D1993418

Patricia Highsmith

Geschichten von natürlichen und unnatürlichen Katastrophen

Patricia Highsmith

Geschichten von natürlichen und unnatürlichen Katastrophen

Aus dem Amerikanischen von Otto Bayer

Büchergilde Gutenberg

Titel der Originalausgabe:
›Tales of Natural and Unnatural Catastrophes‹
Copyright © 1987 by Patricia Highsmith

Alle handelnden Personen sind frei erfunden

Lizenzausgabe
für die Büchergilde Gutenberg,
Frankfurt am Main, Wien,
mit freundlicher Genehmigung der
Diogenes Verlag AG Zürich

Alle deutschen Rechte vorbehalten
Copyright © 1988
Diogenes Verlag AG Zürich
ISBN 3 7632 3613 9

Inhalt

Der geheimnisvolle Friedhof

Am Rande des ostösterreichischen Städtchens G. liegt ein geheimnisvoller, kaum vierzig Ar großer Friedhof, letzte Ruhestätte vorwiegend für Arme, deren Gräber meist gar nicht oder bestenfalls mit Grabsteinfragmenten gekennzeichnet sind, die jedoch inzwischen alle an den falschen Stellen stehen. Dieser Friedhof wurde dennoch berühmt, und zwar durch die sonderbaren knolligen Gewächse, bläulichgrüne und weißliche Gebilde, die sich gespenstisch über dem Boden erhoben und zum Teil bis zwei Meter hoch wurden. Andere solche pilzförmigen Gewächse wurden nur einen halben Meter hoch oder blieben noch kleiner, aber alle waren bizarr wie sonst nichts mehr in der Natur, nicht einmal Korallen. Nachdem sich einige dieser kleinen Exemplare über dem grasbewachsenen, matschigen Boden gezeigt hatten, machte der Friedhofswärter eine Schwester aus dem benachbarten Landeskrankenhaus darauf aufmerksam. Der Friedhof lag auf der Rückseite des ziegelsteinernen Gebäudes, und man sah ihn gar nicht so ohne weiteres, wenn man sich dem Krankenhaus auf der einzigen Straße näherte, die daran vorbeiführte und eine Abzweigung bis direkt vor dem Haupteingang hatte.

Andreas Silzer, der Friedhofswärter, sagte, er habe ein paar von diesen Gewächsen mit seiner Hacke umgehauen und auf den Komposthaufen geworfen, damit sie dort verrotten sollten, doch das täten sie nicht.

»Bloß ein Pilz«, erklärte Andreas, »aber es wachsen noch mehr nach. Ich hab schon ein Pilzmittel gestreut, und was Stärkeres will ich nicht nehmen, damit die Blumen nicht eingehen.« Andreas pflegte getreulich die Stiefmütterchen und Rosensträucher, die ein paar Angehörige von Verstorbenen hier gepflanzt hatten. Ab und an bekam er für seine Mühen ein Trinkgeld.

Die Schwester zögerte ein paar Sekunden mit der Antwort. »Ich werd's Dr. Müller sagen. Danke, Andreas.«

Schwester Susanne Richter sagte nicht weiter, was Andreas ihr berichtet hatte. Dafür hatte sie ihre Gründe – oder Ausreden. Erstens übertrieb Andreas wahrscheinlich und hatte nach dem Regen der letzten Zeit nur ein paar Pilze auf den Grabsteinen gesehen; zweitens kannte sie ihren Platz, der nicht schlecht war, und wollte ihn gern behalten und nicht als neugierige Nase dastehen, die sich in Dinge mischte, die sie nichts angingen, wie zum Beispiel den Friedhof.

So gut wie keiner setzte je den Fuß auf diese düstere Parzelle hinter dem Landeskrankenhaus, außer dem fünfundsechzigjährigen Andreas, der mit seiner Frau in der Stadt wohnte. Dreimal wöchentlich fuhr er mit dem Fahrrad hin. Andreas war eigentlich schon in Rente, bekam aber für die Pflege der Krankenhausanlagen und des Friedhofs einen kleinen Zuschuß zum staatlichen Ruhegeld. Den etwa drei Beerdigungen im Monat wohnte meist nur der Stadtpfarrer bei, der ein paar Worte sprach, sowie die Totengräber, die das Grab hinterher wieder zuschaufeln mußten, und etwa jedes zweite Mal war auch irgendein Angehöriger des Verstorbenen dabei. Manche von den alten Leuten, die da starben, waren ganz allein auf der Welt, oder ihre Kinder wohnten weit fort. Es war ein trister Ort, dieses Landeskrankenhaus Nummer sechsunddreißig.

Gar nicht so trist war es dagegen für einen jungen Medizinstudenten der Universität von G., Oktavian Ziegler. Er war zweiundzwanzig Jahre alt, groß und dünn, doch voll Tatendrang und Humor, was ihn bei den Mädchen beliebt machte. Zudem war er ein hochbegabter, von seinen Lehrern sehr geschätzter Student. So hatte man Oktavian – er hieß so, weil sein Vater als Oboist ein Verehrer von Richard Strauss war und hoffte, sein Sohn werde vielleicht Komponist – sogar zu den Experimenten beigezogen, die ein paar Krankenhausärzte und einige seiner Professoren hier im Landeskrankenhaus mit Krebspatienten im letzten Stadium machten. Die Experimente fanden im obersten Stockwerk statt, in einem großen Raum mit langen Tischen, ein paar Waschbecken und guter Beleuchtung. Hygiene war hier nicht so wichtig, denn man experimentierte meist an Leichen oder herausgeschnittenem Krebsgewebe von Lebenden oder schon Toten, bevor diese auf den Friedhof gebracht wurden. Dabei wollten die Ärzte mehr über Krebs in Erfahrung bringen: wodurch er entstand, wie man ihn behandeln konnte und warum er weiterwuchs, nachdem er einmal angefangen hatte. In diesem Jahr hatten amerikanische Wissenschaftler entdeckt, daß eine bestimmte Veränderung innerhalb eines Gens eine Stufe zur Krebsentstehung bildete, zur Entstehung bösartiger Zellen aber noch eine zweite Stufe nötig war. »Karzinogene« lautete der Überbegriff für die Substanzen, die bei Meerschweinchen und anderen Organismen die schreckliche Krankheit auslösen konnten, sofern der Wirtsorganismus von Natur aus schon die erste Voraussetzung mitbrachte. Soviel war inzwischen Allgemeinwissen. Die Ärzte und Wissenschaftler am Landeskrankenhaus wollten indessen mehr wissen: wie schnell und warum ein Tumor wuchs oder wie ein Krebsgewebe reagierte, wenn man ihm Karzinogene in hoher Konzentration zuführte – lauter Experimente, die man nicht ohne weiteres an lebenden Menschen machen konnte, wohl aber an Organen oder Gewebestücken, die man zum Beispiel über eine kleine Pumpe unabhängig mit Blut versorgte. Nun hätte man entweder dieses Blut immer wieder reinigen oder fortwährend frisches Blut nehmen müssen, aber keiner der Ärzte wollte ja ein solches Experiment über Wochen und Monate laufen lassen. Eines konnten die Ärzte und Oktavian jedoch an einem Lebertumor (er stammte von einem verstorbenen Patienten) beobachten, daß nämlich das kranke Gewebe, nachdem man ihm Karzinogene zuführte, auch noch weiterwuchs, nachdem die Blutversorgung unterbrochen war. Die Ärzte fanden es nicht der Mühe wert, festzustellen, wie groß das Gewächs noch würde, aber sie bewahrten Proben davon auf, um sie unterm Mikroskop zu untersuchen, falls sie ihnen doch noch neue Erkenntnisse brächten. Beseitigt wurden diese zuletzt nicht mehr gewünschten Überbleibsel im Keller des Krankenhauses, wo sich ein großer, von der Heizungsanlage unabhängiger Verbrennungsofen befand, der ausschließlich zur Vernichtung von Verbandsmaterial und allerlei sonstigem verunreinigten Zeug diente.

Anders war das mit den etwa drei Leichen im Monat, die ohne Einbalsamierung und manchmal nur in einem Tuch statt einem hölzernen Sarg auf den Friedhof gebracht wurden. Manchen Krebspatienten, deren letzte Stunde geschlagen hatte, injizierten die Ärzte noch Karzinogene, nachdem Morphium ihre Sinne abgestumpft hatte und eine Lokalanästhesie den Rest besorgen konnte, wovon sie sich einen »schlagartigen Durchbruch« erhofften, wie die Journalisten es nennen würden, aber nie hätten die Ärzte einen solchen Ausdruck gebraucht. Die Tumoren vergrößerten sich dann auch, die ohnehin im Sterben liegenden Patienten starben, und das nicht unbedingt früher aufgrund der Experimente. Manchmal wurden die vergrößerten Gewächse herausgeschnitten, meist nicht.

Oktavian fiel die als untergeordnet geltende und somit einem Studenten angemessene Aufgabe zu, dafür zu sorgen, daß die »Versuchsleichen« mit dem großen alten Lastenaufzug aus dem Labor im Obergeschoß hinuntergeschafft und nach kurzem Zwischenaufenthalt in der Leichenhalle, wo man sie in ein Tuch hüllte oder einsargte, auf den Friedhof gebracht wurden. Oktavian mußte die Totengräber, die das nebenbei machten, telefonisch herbeirufen, manchmal kurzfristig, und dann taten sie alle ihr Bestes. Einer der Männer war meist angetrunken, aber Oktavian drückte ein Auge zu, scherzte mit ihnen und achtete darauf, daß sie die Grube tief genug aushoben. Manchmal mußten sie einen Toten über oder unmittelbar neben einer anderen Leiche begraben. Manchmal kam Kalk darüber. Das galt natürlich nur für die Armen, von denen keine Angehörigen dabei waren. Und bei einer solchen Beisetzung im Herbst bemerkte Oktavian dann die runden Auswüchse, von denen Andreas ein paar Tage zuvor der Schwester berichtet hatte. Oktavian sah sie, während er eine seiner gelegentlichen Zigaretten paffte und sich gegen die Kälte die Füße vertrat. Er wußte sofort, was das war und woher es kam, und sagte den Arbeitern, die in seiner Nähe schaufelten, kein Wort davon. Eins von den Dingern (er sah mindestens zehn), das in seiner Nähe stand, wollte er sich genauer ansehen, und als er hinging, stolperte er über einen dunklen Grabstein, denn die Nacht war recht finster. Das Ding war bläulich-weiß, etwa fünfzehn Zentimeter hoch, oben abgerundet und hatte in halber Höhe eine Art Wulst oder Falte, die im Boden verschwand. Oktavian war überrascht, amüsiert und erschrocken zugleich. Diese Gebilde waren riesenhaft gegenüber dem, was er und seine Vorgesetzten im Labor erzeugt hatten. Und wie groß sie erst unter dem Boden sein mußten, wenn sie sich durch fast zwei Meter Erde emporarbeiteten!

Oktavian ging zu den Totengräbern zurück und merkte erst jetzt, daß er die ganze Zeit den Atem angehalten hatte. Er vermutete, war fast sicher, daß die Gewächse da draußen im Dunkeln höchst ansteckend waren. Sie vereinigten in sich die Karzinogene, die ihnen die Ärzte injiziert hatten, mit den wildgewordenen Zellen, die den Krebs ursprünglich ausgelöst hatten. Wie groß würden sie noch werden? Und was ernährte sie? Beklemmende Fragen! Wie die meisten Medizinstudenten schickte Oktavian gelegentlich Freunden ein kurioses Stück der menschlichen Anatomie. Es kam fast einer Liebeserklärung gleich, wenn ein junger Mann ein solches Geschenk von einer Studentin in der Post fand, aber *so* etwas? Nein!

»Jetzt noch feststampfen«, sagte Oktavian zu den Arbeitern und ging mit gutem Beispiel voran, indem er anfing, auf dem Erdhügel herumzutrampeln, der das neue Grab bedeckte. Alle vier stampften jetzt, *stapf, stapf, stapf*. Und wie lange dauerte es wohl noch, fragte sich Oktavian, bis etwas Blasses, Rundes sich aus dieser Erde drängte?

Der junge Mann behielt sein Geheimnis für sich, bis er sich am Samstag abend mit Marianne traf, dem Mädchen, das er seit ungefähr einem Monat als seine Liebste betrachtete.

Marianne war nicht sonderlich hübsch, sie lernte wie besessen und nahm sich zu ihren Verabredungen selten die Zeit, etwas Lippenstift aufzutragen und sich die hellbraunen Haare zu kämmen, aber Oktavian liebte sie für ihr herzhaftes Lachen. Sie konnte, wenn sie nach endloser Büffelei ihre Bücher zuklappte, vor Freude und Befreiung regelrecht zerspringen, und Oktavian bildete sich gern ein – obwohl er zu sehr Realist war, um es wirklich zu glauben –, er allein sei die Ursache ihrer Verwandlung.

»Heute gibt's was Besonderes«, sagte Oktavian, als er sie unten in ihrem Wohnheim abholte. Er hatte ihr gesagt, sie solle Gummistiefel anziehen, und sie hatte welche an. Oktavian besaß ein Motorrad mit Sozius.

»Willst du etwa eine Nachtwanderung mit mir machen?«

»Wart's ab.« Oktavian brauste los.

Es regnete ein wenig, und der Wind war kalt und böig. Kein schöner Abend. Aber es war Samstag, und Marianne klammerte sich an Oktavians Taille, zog den behelmten Kopf ein und lachte, während er übers Land dahinbrauste.

»Hier!« sagte er, als er schließlich anhielt.

»Das Krankenhaus?«

»Nein, der Friedhof«, flüsterte er und nahm sie bei der Hand. »Komm mit.«

Er hielt ihre Hand die ganze Zeit. Die gespenstischen bleichen Gewächse waren höher geworden, fand Oktavian, oder war es Einbildung? Marianne war sprachlos vor Verwunderung. Lachen konnte sie nicht, nur verwirrt nach Luft schnappen. Oktavian erklärte ihr, was es mit den Gewächsen auf sich hatte. Er hatte eine Taschenlampe mitgebracht. Eines der knolligen Gewächse war fast einen Meter hoch! Marianne fand, es sehe fast aus wie ein Embryo in dem Stadium, in dem sich bei Fischen wie Säugetieren die Kiemenansätze unterhalb des künftigen Kopfs zeigen. Marianne hatte eine künstlerische Ader; Oktavian wäre nie auf so eine Idee gekommen.

»Was *geschieht* denn jetzt?« flüsterte sie. »Wissen die Ärzte nichts davon?«

»Weiß ich nicht«, antwortete Oktavian. »Irgendwer wird es ihnen wohl melden.«

Oktavian hatte sie die ganze Zeit zur Mitte des dunklen Friedhofs zu ziehen versucht. Links von ihnen erhoben sich die roten Ziegelmauern des fünfstöckigen Krankenhauses, dessen Fenster zur Hälfte erleuchtet waren. Im obersten Stock waren alle Fenster hell. »Nun sieh dir das mal an!« rief Oktavian, der im wandernden Lichtstrahl seiner Taschenlampe etwas entdeckt hatte.

Es war eine Doppelknolle, fast wie siamesische Zwillinge mit zusammengewachsenen Hüften, zwei Köpfen und zwei Armen, an deren Enden Finger waren – nicht fünf an jeder Hand, aber doch so etwas wie Finger. Zufall, klar, aber unheimlich war es schon. Oktavian lächelte verlegen, aber lachen konnte er nicht. Marianne zog ihn fort. »Na schön«, sagte er. »Aber ich schwöre – ich meine, ich hätte eins von den Dingern gerade *wachsen* sehen.«

Marianne zog ihn zum Motorrad. Oktavian wollte es nicht in den Kopf, daß noch kein Arzt, keine Schwester irgendwann einmal nach draußen geschaut und gesehen hatte, was sich da auf dem Friedhof tat. Komisch, sich vorzustellen, daß Ärzte, Praktikanten und Krankenschwestern allesamt die ganze Zeit so sehr mit ihrer jeweiligen Arbeit beschäftigt sein sollten, daß keiner die Zeit hatte, einmal aus dem Fenster zu gucken oder einen kleinen Spaziergang zu machen.

Als Marianne und Oktavian eine halbe Stunde später in einem kleinen Gasthaus, wo nicht weit von ihrem Tisch ein lustiges Feuer im Kamin prasselte, bei einem heißen, scharfen Gulasch saßen, konnten sie wieder lachen, aber es klang nervös und verkrampft.

»... *muß* ich Hans erzählen!« sagte Oktavian. »Der flippt aus!«

»Und Marie-Luise. Und *Jakob*!« Marianne grinste, wieder ganz die alte Marianne vom Samstagabend.

»Wir lassen eine Party steigen. Schon bald. Sonst wird die Zeit knapp«, sagte Oktavian ernst über den Tisch.

Marianne wußte, was er meinte. Sie machten einen Plan, stellten eine Liste mit einem runden Dutzend Auserwählter zusammen. Kommenden Dienstag sollte es sein. Der nächste Samstag war vielleicht schon zu spät, da konnte das Krankenhaus inzwischen entdeckt haben, was auf dem Friedhof los war, und etwas dagegen unternommen haben.

»Eine Gespensterparty«, sagte Marianne. »Wir kommen alle in Bettlaken – auch wenn's regnet.«

Oktavian brauchte nicht zu antworten, denn Marianne kannte ihn gut genug, um zu wissen, daß er einverstanden war. Er überlegte, ob Regenwasser das Wachstum dieser aberwitzigen Tumoren fördern könne. Oder der Erdboden? Ob die fleißigen Adern, die den Krebs nährten, Würmer und Maden ihrer kümmerlichen Nährstoffe wegen einzufangen begannen, wenn das Blut in den Leichen verbraucht war? Griffen die Kapillaren am Ende gar auf andere Leichen über, die daneben lagen? Wie auch immer, fest stand jedenfalls, daß der Tod des Wirtsorganismus nicht auch das Ende des Krebses bedeutete.

Oktavian und Marianne ernteten hämisches Grinsen, auch ein paar zynische Zweifel, als sie mündlich – und heimlich – zur »Echten Gespensterparty« am Dienstag abend auf dem Friedhof von Landeskrankenhaus sechsunddreißig einluden. Hängt euch ein Bettlaken um oder bringt eins mit, und erscheint eine Viertelstunde vor Mitternacht, hieß die Weisung.

Am Dienstag abend regnete es wieder leicht, aber dazwischen waren ein paar regenfreie Tage gewesen, und Oktavian hatte gehofft, das schöne Wetter würde halten. Der Schnürlregen dämpfte jedoch nicht die Stimmung des runden Dutzends Medizinstudenten, das sich mehr oder weniger pünktlich beim Friedhof einfand, teilweise auf Fahrrädern, denn sie waren ermahnt worden, nicht zuviel Lärm zu machen, damit ihnen nicht das Krankenhauspersonal auf die Pelle rückte.

Halblaute »Oooohs« und »Aaaahs« ertönten, als die weißgewandeten Studenten sich auf dem Friedhof umsahen; dabei hatte Oktavian jeden einzelnen ermahnt, still zu sein. »Alles Schwindel – das sind Plastikbälle, du Schlawiner!« zischelte ein Mädchen Oktavian vernehmlich zu.

»Nein – nein!« zischelte Oktavian zurück.

»Igitt! Mein Gott, nun guckt euch das an!« rief ein junger Bursche so gedämpft wie möglich.

»Krebspatienten? Heilige Muttergottes, Okki, was macht ihr denn hier für Experimente?« fragte ein ernster junger Mann neben Oktavian.

Lakenverhüllte Gestalten zogen um den Friedhof, gingen in der mondlosen Nacht zwischen den Grabsteinen umher, die Taschenlampen mit Bedacht nach unten gerichtet, um einerseits nicht zu stolpern, andererseits nicht entdeckt zu werden. Oktavian hatte sich ausgemalt, zu einer Gespensterpolonaise um den Friedhof aufzurufen, traute sich jedoch nicht, dafür seine Stimme zu heben, was allerdings auch nicht nötig war. Aus bloßer Erregung, Angst und allgemeinem Staunen begannen schon alle zu tanzen, anfangs nicht in derselben Richtung, doch bald formierte sich der Tanz von selbst zu einem Kreis, in dem sie gegen den Uhrzeigersinn dahinstolperten, sich wieder fingen, einander bei den Händen hielten und leise summten und kicherten, während ihre durchnäßten weißen Laken im Wind flatterten.

Wie immer brannte im Krankenhaus Licht, fast die Hälfte der Fenster, sah Oktavian, waren leuchtende Rechtecke. Er hielt Marianne an der einen und einen Kommilitonen an der anderen Hand.

»Seht mal da! He, guckt doch mal!« rief einer. Seine Taschenlampe strahlte etwas an, was ihm bis zu den Hüften reichte. »Untendrunter *rosa*! Ehrlich!«

»Halt doch um Himmels willen die Klappe!« zischte Oktavian zurück.

In dem Moment sah Oktavian einen jungen Burschen auf der andern Seite gegen einen blassen Klumpen treten und hörte ihn lachen. »Die sind am Boden fest! Die sind aus *Gummi*!«

Oktavian hätte ihn umbringen können! Der Kerl verdiente nicht, Arzt zu werden! Marianne schrie auf, weil Oktavian ihre Hand zu fest drückte. »Die sind echt, du Trottel!« rief Oktavian. »Und sei bloß *still*!«

»Masern, Malaria, Milzbrand, Mumps!« sangen die Studenten und schwenkten die Beine wie beim Ballett. Langsam drehte sich der Kreis.

Eine Trillerpfeife schrillte.

»Los, rennt *weg*!« schrie Oktavian, dem sofort klar war, daß einer aus dem Krankenhaus sie gesehen oder gehört haben mußte, vielleicht der alte Wachmann, der um Mitternacht meist hinter der Haupteingangstür ein Nickerchen machte. Oktavian lief mit Marianne zu seinem Motorrad, das am Straßenrand stand.

Die übrigen folgten lachend, stolpernd, kreischend. Ein paar waren mit dem Auto gekommen, aber die Autos standen ein gutes Stück weg.

»He!« sagte Oktavian zu einem Jungen und Mädchen, die neben ihnen liefen. »Behaltet das für euch! Weitersagen!«

Sie zerstreuten sich erstaunlich leise, die Laken zusammengefaltet, wie eine gut gedrillte Truppe. Oktavian ließ sein Gefährt erst ein paar Meter rollen, bevor er den Motor anließ.

Hinter ihnen bewegten sich langsame Gestalten mit Taschenlampen, Leute aus dem Krankenhaus, suchend um den Friedhof herum.

Oktavian blieb die nächsten Tage in Deckung. Er hatte an der Universität reichlich zu tun, die andern auch. Aber sie studierten aufmerksam den *Anzeiger*, der jedoch mit keinem Wort etwas von »Störungen« oder »Vandalen« auf dem Krankenhausfriedhof meldete, und dieses Schweigen hatte Oktavian erwartet. Die da oben konnten sich die Meldung nicht leisten, daß auf den Gräbern herumgetrampelt und Blumentöpfe umgeworfen worden waren, denn sonst kamen womöglich ein paar Angehörige Verstorbener, um die Schäden zu beheben und sich über mangelnde Sorgfalt zu beschweren, und das Krankenhaus wollte die Öffentlichkeit sicher nichts von diesen seltsamen Gewächsen wissen lassen, die jetzt so zahlreich waren, daß sie jedem aufgefallen wären. Denen mußte ein ordentlicher Schrecken in die Glieder gefahren sein, dachte Oktavian.

Am Donnerstag abend ging Oktavian wie gewöhnlich um neun ins Krankenhaus, um mit den Ärzten im Obergeschoß zu arbeiten. Als er sein Motorrad abstellte, warf er einen Blick zum Friedhof. Dieser war so finster wie eh und je, dennoch sah er die blassen, kugeligen Formen, sechs oder sieben, vielleicht noch immer dieselben. Oben war die Atmosphäre verändert. Dr. Stefan Roeg, der jüngste von den Ärzten, mit dem Oktavian am besten ausgekommen war, sagte ihm fast im selben Atemzug guten Abend und auf Wiedersehen. Er hatte seine Überschuhe und einen Schirm in der Hand, obwohl es gar nicht regnete, und war anscheinend überhaupt nur gekommen, um diese abzuholen. Der alte Professor Braun, der den kahlen Kopf, auf dem nur noch ein paar lange Büschel über den Ohren wuchsen, in den Wolken trug, benahm sich als einziger von den Anwesenden wie immer. Er wollte gern über die »Fortschritte« der kleinen Gewebestückchen reden, die seit letzter Woche unter Glas lagen. Oktavian sah aber, daß die anderen es aufgegeben hatten. Höflich lächelnd wünschten sie Professor Braun gute Nacht.

»Es ist gefährlich«, sagte einer der Ärzte noch rasch zu Professor Braun, bevor er ging.

Auch Oktavian konnte sich davonmachen. Ob der alte Professor Braun jetzt allein bis nach Mitternacht arbeiten würde? Schweigend gingen Oktavian und die Ärzte die fünf Treppen nach unten. Oktavian hielt es für klüger, keine Fragen zu stellen. Sie alle kannten ein furchtbares Geheimnis. Die Ärzte behandelten ihn, den kleinen Studenten, wie ihresgleichen. Hatten sie schon etwas Bestimmtes vor? Oder wollten sie nur stillschweigend abwarten?

Etwas sickerte dann doch durch. Ein paar Neugierige kamen aus der Stadt und beäugten von fern den Friedhof. Oktavian sah sie, als er einmal rasch mit dem Motorrad hinfuhr. Die Leute, drei oder vier, wagten sich nicht auf den Friedhof, sondern starrten nur vom Rand aus die Gewächse an, die im Dämmerlicht aussahen wie festgebundene Luftballons. Es waren Gespenster, böse Geister von Verbrechern und an furchtbaren Krankheiten Verstorbenen, die hier begraben lagen; es waren unheimliche Folgen des Fallouts von Atombombentests; es kam von den unhygienischen Zuständen im Krankenhaus, das ja nicht gerade das modernste im Land war, wie jedermann wußte. Derartige Erklärungen wurden Oktavian von Marianne hinterbracht, die sie vom Hauspersonal ihres Wohnheims zu hören bekam, das den Friedhof nicht einmal gesehen hatte.

Der *Anzeiger* meldete in einem kurzen Absatz den Tod Andreas Silzers. Er hatte »getreulich die Anlagen des Landeskrankenhauses gepflegt«. Gestorben war er an einem »metastasierenden Tumor«. Der arme alte Andreas, dachte Oktavian, war monatelang mit den Gewächsen auf dem Friedhof in Berührung gekommen. Würde die Stadt dort jemals aufräumen?

Eines Samstags fuhren Oktavian und Marianne abends

zum Landeskrankenhaus und sahen auf dem Parkplatz davor zwei große Lastwagen stehen. Im Schein mehrerer Laternen gingen ein paar Gestalten auf dem Friedhof umher. Auf den zweiten Blick sahen sie, daß diese Gestalten Gesichtsmasken, graue Uniformen und Handschuhe trugen und Hacken schwangen.

»Müllwerker!« flüsterte Marianne. »Schau! Sie stecken die Dinger in große Plastiksäcke.«

Oktavian sah es. »Aber was machen sie dann mit den Säkken?« fragte er, mehr bei sich. »Komm. Wir gehen.«

Nur zwei Tage später erlitt einer der Müllwerker einen Zusammenbruch. Seine Frau ließ nicht zu, daß er ins Landeskrankenhaus eingeliefert wurde, und behauptete, er sei von der Arbeit auf dem Friedhof krank geworden. Das brachte die Bombe zum Platzen, denn die Frau wurde wörtlich im *Anzeiger* zitiert. Sofort klagten auch die anderen »Sanitärarbeiter« über Übelkeit und Schwäche. Man zog einen stabilen Drahtzaun ein paar Meter entfernt um den Friedhof herum und hängte in Abständen ein paar LEBENSGEFAHR-Schilder auf. Durch ein breites Gatter im Zaun konnte ein Bulldozer hineinfahren und die Erde abtragen. Desinfektionsmittel aller Art wurden ausgestreut. Die Arbeiter trugen Schutzanzüge und Masken. Das Landeskrankenhaus wurde von Patienten und Personal evakuiert, das Gebäude selbst gründlich gereinigt und desinfiziert. Im *Anzeiger* stand, ein seltsamer Pilz habe den Friedhof befallen, und bis die Medizin mehr über ihn wisse, halte man es für ratsam, der Öffentlichkeit den Zutritt zu verwehren.

Doch überall drangen aus der aufgewühlten Friedhofserde weitere Gewächse, zuerst kleine, am Boden kriechende Knollen, dann begannen sie, wie aus dem Nichts, immer schneller zu wachsen – einen, ja zwei Meter in vierzehn Tagen! Künstler kamen mit Campingstühlen, um sie zu zeichnen. Andere Leute machten Fotos, und die ganz Vorsichtigen hielten Abstand und schauten nur durch Ferngläser. Es war die Rede davon, den Friedhof bis in zwei, sogar drei Meter Tiefe auszubaggern. Aber wohin dann mit dem Aushub? Die Meeresschützer hatten vor Wochen einen Parlamentsbeschluß durchgesetzt, wonach die Friedhofserde von Landeskrankenhaus sechsunddreißig nicht ins Meer gekippt werden dürfe. Landwirte und Ökologen verwahrten sich dagegen, daß man sie unter ihrem oder staatseigenem Land vergrub, egal wie tief. Die Grenzbeamten der Nachbarländer kontrollierten Lastwagen, die das Land verließen, doppelt genau, ob sie nicht heimlich Friedhofsschutt geladen hatten.

Man entschied sich also für Verbrennung. Es gab horrende Gefahrenzulagen für die Männer, die mit Kränen die Erde in Container luden, die man vor die Hintertür des Krankenhauses gerollt hatte, durch die in umgekehrter Richtung schon so viele Leichen transportiert worden waren. Die große Heizanlage und der Verbrennungsofen waren als einzige von allen Einrichtungen des Hauses wieder in Betrieb. Die Asche, die dort schwarz und dunkelgrau herauskam, beanspruchte weniger Platz als das Erdreich, wurde aber von den Arbeitern ebenso vorsichtig gehandhabt. Sollte man jetzt *sie* ins Meer kippen? Nein, auch das war verboten. Es blieb schließlich nichts anderes übrig, als die Asche vorläufig in dicken Plastiksäcken in der Leichenhalle und im Erdgeschoß des Krankenhauses zu stapeln.

Und immer mehr Gewächse kamen, als wären bei all dem Hacken und Graben Hunderte von Sporen freigesetzt worden, aber das war, wie Oktavian sich sagte, nur gleichnishaft zu verstehen, denn Tumoren wuchsen nicht aus Sporen. Immerhin war diese Friedhofserde erstaunlich fruchtbar! Doch dann vergaß er das Landeskrankenhaus über seinen Abschlußprüfungen. Marianne hatte noch ein Jahr vor sich. Danach wollten sie vielleicht heiraten.

Trotz lauter offizieller Proteste, aber zum Jubel der linksradikalen Kunstszene, waren manche Skulpturen, die jetzt auf Ausstellungen erschienen, eindeutig von dem inspiriert, was ihre Schöpfer auf dem Friedhof von Landeskrankenhaus sechsunddreißig gesehen und skizziert hatten. Es waren gewiß keine abstoßenden Gebilde, bestanden sie doch aus lauter Rundungen, die Gesäßen oder Brüsten ähnelten, je nachdem, wie man sie interpretieren wollte. Einige bekamen Preise. Ein halbabstraktes Werk glich einer dicken Frau mit Strandball; ein anderes zeigte eine sitzende Gestalt und hieß »Mutterschaft«.

Der Friedhof, obwohl jetzt abgesenkt, brachte weiter seine sonderbaren Früchte hervor. Arbeiter mit Gesichtsmasken und Handschuhen – meist ältere Rentner – hackten sie an der Basis ab wie das Unkraut daheim in ihren Gärten. Bei einigen reichten die Wurzeln so tief hinunter, daß die Arbeiter meinten, man müsse den Boden noch einmal abtragen und verbrennen. Die städtischen Behörden hatten das Ganze satt. Millionen Schillinge hatten sie dafür schon ausgegeben. Sie wollten das Gelände einfach absperren und dann versuchen, es zu vergessen. Die Straße führte sowieso nur am leeren Krankenhaus vorbei und dann in die Berge, wo sie in einen schmalen Pfad überging, den vornehmlich Wanderer benutzten. Man würde den Friedhof vergessen. Die Presse hatte das Thema bereits fallengelassen. Man wußte, daß Ärzte am Landeskrankenhaus Experimente gemacht hatten, die mit Krebs zusammenhingen, aber die Schuld am Zustand des Friedhofs verteilte sich auf so viele Leute, daß kein Arzt oder Klinikdirektor dafür zur Verantwortung gezogen wurde.

Die Annahme der Behörden, der Friedhof werde in Vergessenheit geraten, war falsch. Er wurde zur Touristenattraktion, die das Geburtshaus eines unbedeutenden Dichters in G. an Beliebtheit weit übertraf. Ansichtskarten vom Friedhof fanden reißenden Absatz. Aus vielen Ländern kamen Maler, auch Wissenschaftler (die Tests, die sie an den vom Friedhof genommenen Proben vornahmen, gaben allerdings auch keine weiteren Aufschlüsse über die Ursachen und Heilungsmöglichkeiten von Krebs). Künstler und Kunstkritiker merkten an, daß die Formgebungen der Natur, wie sie sich in den Friedhofsgewächsen manifestierten, an Genialität die Kristalle überträfen und in ihrer Ästhetik nicht zu verachten seien. Einige Philosophen und Schriftsteller sahen in den grotesken Figuren Sinnbilder für die vom Menschen selbst zerstörte menschliche Seele, für das wahnwitzige Sich-Vergreifen an der Natur, aus dem ja auch die verfluchte Atombombe hervorgegangen sei. Andere Philosophen hielten entgegen, ob Krebs denn etwa nicht zur menschlichen Natur gehöre?

Oktavian sagte zu Marianne, diese Frage könnten sie getrost stellen, denn die Antwort könne ja und nein lauten, oder ja für den einen und nein für den andern, und die Diskussion darüber könne man ewig fortsetzen.

Moby Dick II
oder
Der Bombenwal

Es war mitten in der warmen Jahreszeit, hell strahlte die Sonne aufs blaue Meer, und die kleinen Fische schwammen nah an der Oberfläche. Der Wal, stets in der Nähe seiner Gefährtin, sonnte sich wie sie im wärmenden Wasser, tauchte manchmal aus reinem Vergnügen auf den Grund, kam wieder hoch und sprang wie ein Delphin im Sonnenschein, bevor er wieder ins weiche Meer klatschte. Seine Gefährtin bekam bald ihr Junges und schwamm langsamer, wagte sich auch neugierig ein Stückchen in die Buchten der Inseln vor. Sie wußten beide, daß Inseln gefährlich waren, denn auf Inseln lebten Menschen, doch Walmütter gebaren nun einmal gern in seichtem Wasser.

Wo sie jetzt waren, fuhren nicht viele Schiffe auf dem Südpazifik, und die wenigen waren lang und flach und hielten stetig ihren Kurs. Die Inselchen, so harmlos sie aussahen, waren bedrohlicher, denn von dort aus machten Katamarane und sogar Kanus manchmal Jagd auf sie, ganz zu schweigen von den gelegentlichen Booten, die Motoren und manchmal Harpunenkanonen hatten.

Ihr ganzes Erwachsenenleben waren der Wal und seine Gefährtin schon zusammen. Es war jetzt ihr zweites Junges. Das erste, ein Weibchen, war zu gegebener Zeit, nachdem es lange mit ihnen gezogen, ein paarmal abhanden gekommen, doch dank der Stimmen der besorgten Eltern immer wiedergefunden worden war, seiner eigenen Wege geschwommen.

An einem sonnigen Nachmittag wandte die Gefährtin sich auf einen flachen, gelben Streifen Land zu, und er folgte ihr in einiger Entfernung. Das Wasser war hier nicht tief, und wenn er nur ein wenig tauchte, scheuerte er schon mit dem Bauch über den Sand. Gelb und schwarz gestreifte Fische zuckten und flitzten mit aller Kraft, die sie in ihren winzigen Körperchen hatten, aus seiner Bahn. Er hätte sich ein paar von ihnen schnappen, das Wasser aus dem Maul pressen und die kleinen Leckerbissen genießen können, aber mit einem eleganten Schwanzschlag näherte er sich weiter der Insel und verharrte dann, nach der Gefährtin lauschend, reglos im Wasser. Er vernahm ein leises Rumoren.

Jetzt bekam sie endlich ihr Junges.

Eine kleine Kondenswassersäule zeigte ihm, wo sie war, unweit des gelben Strandes mit den im Wind sich neigenden Palmen.

»Hei-ho!« rief ein Mensch.

Er sandte ihr unter Wasser einen Warnlaut zu. Menschenstimmen hatte er schon oft gehört, jedesmal anders, aber auch immer wieder gleich. Er sah, wie sie sich unter Wasser wand, das Junge halb schon draußen. Die Menschen stießen jetzt ein Boot ins Wasser und kreischten schrill. Als er den Kopf hob, sah er den ersten Speer fliegen.

Sie quälte sich ihm entgegen, suchte das tiefere Wasser. Aus ihrem Rücken ragte ein Speer. Er tauchte unter und rammte das Boot von unten an seinem spitzen Bug, daß es sich überschlug. Dabei traf ihn ein Speer kurz vor der Fluke.

Die Menschen waren jetzt im Wasser, alle mit Speeren bewaffnet, und umzingelten watend und schwimmend seine Gefährtin. Der Wal schoß auf sie zu und zerquetschte zwei von ihnen zwischen seinen Lippen.

Schreie ertönten. Blut färbte das Wasser.

Ein Speer bohrte sich in seine Stirn und blieb stecken. Menschen zerrten seine Gefährtin an den Strand. Andere gingen jetzt auf ihn los.

Der Wal holte zu einem gezielten Schwanzschlag aus, ein Menschenkörper flog hoch in die Luft und zerbarst, Blut regnete aufs Meer. Mit aufgerissenem Maul warf der Wal sich herum: Ein kleiner Mensch und die unteren Gliedmaßen eines zweiten berührten seine Lippen und wurden im nächsten Moment zermalmt. Der Wal drückte die Zunge hoch und spie das Gemisch von blutigem Menschenfleisch und Meerwasser aus. Er war mit Speeren gespickt und suchte jetzt das tiefere Wasser, hob noch einmal den Kopf, um soviel Luft zu holen, wie er mit einem Atemzug bekommen konnte, und tauchte.

Sie verfolgten ihn in einem Boot, das er nicht zu fürchten brauchte, denn es hatte keinen Motor. Die Stiche schmerzten, und seine Wut war groß. Weit draußen vor der Insel stieg er hoch und blies, sichtete das Boot und tauchte. Als er den schlanken Bootsleib über sich sah, schlug er einen Bogen und zielte auf seine Flanke knapp unter der Wasserlinie, und sein Anprall zertrümmerte das Boot und warf es um. Die drei oder vier schreienden Männer im Wasser schlug er bewußtlos und schwamm weg.

Derart angespornt, wandte er sich wieder zur Küste, wo er seine Gefährtin wußte, die jetzt starb oder schon tot war. Noch zwei Boote waren losgefahren, und er griff das nähere von unten an und schleuderte die Menschen ins Wasser. Vom zweiten Boot flogen Speere, von denen ihm einer in der Seite steckenblieb. Er tauchte ab, und als er sich umdrehte und das schlingernde Boot über sich sah, rammte er es. Dann schwamm er dicht über dem Sand weiter auf die Küste zu. Das Geschrei der Menschen wurde lauter. Als der Wal den Kopf hob, sah er mit einem Auge die kleinen braunen Menschen um den halb angelandeten Körper seiner Gefährtin stolzieren. Im ersten Moment war ihm danach, mitten unter sie zu fahren, sich geradewegs auf den Strand zu werfen, doch ebenso plötzlich war dieser Drang wieder verflogen, und der Wal wippte mit dem Schwanz und machte sich davon.

Als er einem großen Hai begegnete, jagte er auf ihn zu, nur um ihn wie einen weißen Blitz das Weite suchen zu sehen.

Die verhaßten kleinen braunen Menschen! Er wußte, daß diese kleinen Bestien normalerweise keine Lebewesen angriffen, die so groß waren wie er oder auch seine Gefährtin. Sie machten Jagd auf Seekühe, die nur ein Viertel seiner Größe hatten. Vor Haien hatten sie eine heillose Angst. Verdrossen schwamm der Wal weiter, wohin war ihm egal, doch unbewußt suchte er kalte Strömungen für seine Wunden.

Er war südlich des Äquators und schwamm immer weiter nach Süden. Er schwamm und schwamm, bis seine Wut sich ein wenig legte, und als er zum Blasen auftauchte, stand die Sonne tief über dem Horizont. Vor dem Dunkelwerden begegnete er einem Riesenschwarm kleiner Fische und schwamm mit offenem Maul hinein.

Die nächsten Tage und Wochen schwamm er gemächlich dahin, denn um diese Jahreszeit hatte er keinen Grund, eine bestimmte Richtung zu halten. Das pazifische Becken war eine grenzenlose Welt. Und es war seltsam, wieder allein zu sein, nachdem er fünf Jahre mit einer Gefährtin geschwommen war, die er stets in der Nähe wußte und jederzeit schnell wiederfand, selbst wenn sie einmal eine Zeitlang nicht zu sehen war. Sie hatten einander immer wiedergefunden, waren immer einträchtig in dieselbe Richtung geschwommen, meist wohin er wollte.

Er mied die Inseln, mochten die kleinen Fische vor deren Küste noch so wohlschmeckend sein, ebenso die grünen Pflanzenteppiche. Einmal sprang er in einem sorglosen Augenblick ein wenig hoch, und als er im Zurückfallen seine hohe weiße Kondenswassersäule ausblies, erspähte sein linkes Auge ein Schiff. Es war weit fort, hatte aber die dunkle, gedrungene Form jener Schiffe, die Wale jagten, Schiffe mit Motoren. Ohne viel Luft in den Lungen tauchte er sofort wieder unter und schwamm rechtwinklig zum Kurs des Schiffes davon. Jetzt galt es, im Zickzackkurs den Gegner zu täuschen und dabei noch genug Luft zu holen, um schnell zu schwimmen. Er war solchen Schiffen schon etliche Male entkommen. Warum nicht wieder? Das war jetzt allerdings keine Frage, sondern eine Notwendigkeit.

Eine halbe Stunde dauerte die Jagd, eine Stunde. Er ließ das schaukelnde, schlingernde Schiff nah an sich herankommen, das heißt an die Wirbel, die er nach dem Luftholen beim Untertauchen zurückließ, dann tauchte er unter ihm durch und schwamm in entgegengesetzter Richtung weiter.

Ein paar Minuten verlor das Schiff seine Fährte. Mit voll aufgedrehten Motoren wendete es auf hartem Kiel und suchte und rätselte.

Er schwamm, solange er konnte, bis die Erschöpfung ihn zum Auftauchen zwang, und wieder mußte er blasen, bevor er Luft holte. Das Schiff war jetzt weit weg, aber er wußte, daß er gesehen worden war. Er atmete, solange er es wagen konnte, tauchte wieder, wobei er einen Schwenk nach links vortäuschte, und wandte sich unter Wasser erneut in die vorherige Richtung. Hellichter Tag, o weh!

Zwei weitere Stunden vergingen. Als das Schiff wieder ganz nah war, hatte der Wal nicht mehr die Kraft, um schnell zu schwimmen, und brauchte Luft.

Eine Harpunenkanone krachte. Das Zeitzündergeschoß verfehlte ihn und explodierte mindestens eine ganze Körperlänge von ihm entfernt unter Wasser. In rasendem Zorn schnappte er mit dem Maul nach dem Drahtseil, an dem die Harpune hing, und zog daran, als könne er das Schiff so zum Kentern bringen oder gar abschleppen. Das dünne Drahtseil war starr und schnitt ihm ein wenig ins Maul.

Es schnitt auch in seine große, empfindliche Zunge, und der Mann an der Winde sah das Blut im Wasser. Man ließ ein Boot hinab und drosselte weiter den Motor. An Deck begann die starke Winde das Drahtseil einzuholen.

Der Wal fühlte den Zug des Drahtseils, hörte das Boot ins Wasser klatschen und wußte, was das bedeutete: ein Boot mit Speeren für die Todesstöße hinter die Finne, in die Augen, das Spritzloch; dann die Taue, um den Kadaver ans Schiff zu binden. Diese Dummköpfe in ihrem Holzboot!

Mit langsam wippender Fluke drehte der Wal sich in die

Richtung, aus der das Klatschen gekommen war. Jetzt sah er den Boden des Boots. Er rammte das kleine Gefährt von unten und drückte es mit dem Rücken hoch. Im selben Moment traf ihn ein Speer, drang ihm kurz vor dem Schwanz ins Fleisch und bohrte sich quer über das Ende des Rückgrats, und er fühlte sofort den Schmerz. Er tauchte.

Mindestens drei Männer strampelten im aufgewühlten Wasser und bekamen von dem Walfänger Taue zugeworfen. Das Holzboot war in der Mitte auseinandergebrochen, Taue und Speere ins Meer geflogen. Des Geschreis war kein Ende: Einer der Männer hatte sich an einem scharfzackigen Brett den Arm aufgerissen und blutete stark, ein anderer trieb reglos auf dem Bauch, und vom Schiff sprang einer mit einem Seil zu ihm hinunter, um ihn zu retten. Die Winde hatte eine detonierte Harpune hochgezogen, ohne Wal. Und ein paar Leute auf dem Schiff sahen erstaunt ein halbes Holzboot schnell in die Ferne davongleiten. Der letzte Speer war im Wal steckengeblieben, und seine Leine hing an einem Eisenring im Schandeckel des Boots.

Sie hätten der jetzt sichtbaren Spur des Wals natürlich folgen können. Aber zum einen war der Kurs des Wals nicht der ihnen aufgetragene, und zweitens war gut die halbe Mannschaft damit beschäftigt, die ertrinkenden Kameraden zu retten und von der zurückgebliebenen Bootshälfte alles an Speeren und Gerätschaften zu bergen, was zu bergen war, bevor sie das Wrack aufgaben. Aber dieser verrückte Wal war riesig, das meinten alle. Und er hatte den Teufel im Leib!

Dem Wal war inzwischen klargeworden, daß er ein Anhängsel hatte. Als er das erstemal zum Luftholen aufgetaucht war, hatte er den Holzklotz hinter sich noch nicht gesehen. Beim zweitenmal sah er ihn. Er hatte Widerstand gefühlt, wenn er in eine bestimmte Tiefe tauchte, aber er war durchaus in der Lage, das halbe Boot mit sich unter Wasser zu ziehen und dort zu halten, wenn er wollte. Das Tau war biegsam, anders als das starre Drahtseil, und etwa dreimal so lang wie er selbst. Das Wrackteil war ärgerlich. Er täte klug daran, so tief zu schwimmen, daß es unter Wasser blieb. Aber immer wenn er auftauchte – und er brauchte lange und viele Atemzüge, um sich einen ordentlichen Luftvorrat anzulegen – trieb auch das halbe Boot hinter ihm nach oben.

Das setzte auf den Inseln, an denen der Wal vorbeischwamm, einige wunderliche Geschichten in Umlauf. Kinder und Jugendliche wußten zu erzählen, sie hätten ein kaputtes Schiff oder Boot eine Zeitlang auf dem Wasser treiben sehen, dann sei es plötzlich verschwunden. Die Geschichte ging von Insel zu Insel, weitererzählt von Männern und jungen Burschen, die sich mit ihren Fischerbooten begegneten, und wurde belacht, doch nicht ganz als Unsinn abgetan, denn zu viele glaubwürdige Männer schworen, sie hätten es mit eigenen Augen gesehen.

»Es ist ein Zauber«, sagte ein Mann ehrfürchtig, denn sein Volk hielt die Magie in Ehren.

Aber war es ein guter oder schlechter Zauber? Bedeutete er Glück oder Unglück, zum Beispiel einen großen Wind, der eine Woge über ihre Insel spülen, ihre Häuser niederwalzen und sie alle ins Meer reißen würde? Auf einigen Inseln waren auch ein paar weiße Männer, die angeblich über Taifune, Erdbeben und Mond- und Sonnenfinsternisse Bescheid wußten. Mochte ja sein. Aber dieses auftauchende und wieder verschwindende Boot war doch etwas ganz anderes. Die Weißen würden über die Geschichte lachen. Aber sie wußten eben nicht immer, was wichtig war und was nicht. Woher auch? Schließlich waren sie nur Menschen.

Oft trieb der Wal, wenn er sich an schwimmendem Grünzeug oder Schwärmen kleiner Fische gütlich tat, faul an der Wasseroberfläche und genoß die Sonnenwärme auf seinem Rücken. Gewöhnlich waren keine Inseln in Sicht, aber die Inseln waren ja nicht gefährlich, wenn er auf Abstand blieb. An einem solchen gemütlichen Tag aber sah er, als er die Nase aus dem Wasser hob, einen Katamaran mit Segel auf ihn zuhalten, wenigstens schien es so. Die Plötzlichkeit und Lautlosigkeit dieser Annäherung weckten Angst und Abwehrbereitschaft in ihm, und er tauchte etwas tiefer und drehte sich dem Boot entgegen. Der Katamaran war von einer Größe, die er ohne weiteres zertrümmern und schwer beschädigen konnte, wenn ihm der Sinn danach stand.

Der Wal merkte, daß die Menschen sich für das halbe Boot interessierten, das jetzt seitlich von ihm auf dem Wasser trieb. In dem Katamaran saßen zwei Männer, einer mit einem Tau in der Hand. Der andere sah jetzt ihn, schrie auf und riß einen Speer in die Höhe. Der Wal bewegte seine waagrechte Schwanzflosse und griff an, tauchte unter dem Ausleger durch, rammte mit der Nase die Seitenwand des Boots und drückte sie ein. Der Mann mit dem Speer flog ins Meer, und der Wal wendete im aufgewühlten Wasser und biß ihm die Füße ab. Mit dem anderen wurde er leichter fertig. Er rammte ihm die Nase in den Leib, daß ihm nicht nur Hören und Sehen verging.

Mast und Segel des Katamarans neigten sich schlaff zum Meer. Der Wal wäre ja noch geblieben und hätte ein zweites oder drittes Mal zugeschlagen, aber als er zum Luftholen einmal kurz den Kopf aus dem Wasser hob, vernahm er von fern, aber deutlich, die bellenden, kreischenden Stimmen von Menschen. Noch ein Boot? Ohne langes Zaudern tauchte der Wal unter und entfernte sich von den Geräuschen.

Die beiden Männer waren tot, der eine mit zerquetschtem Brustkorb und Lungen, der andere verblutet. Ein zweiter Katamaran war von der nahen Insel losgefahren, um die beiden zu retten. Den Wal hatte man gar nicht gesehen, nur den auseinanderbrechenden ersten Katamaran in unmittelbarer Nähe der treibenden Bootshälfte, und dann war diese Bootshälfte im Meer verschwunden. Man näherte sich dem kaputten, aber noch schwimmenden Katamaran also mit Vorsicht, und einer der Männer an Bord wollte sogar am liebsten umkehren, solange noch Zeit war.

»Es ist ein Zauber!« sagte er. »Habt ihr's gesehen? Das Boot ist in zwei Stücke geborsten, und die schwimmen jetzt weiter herum und versenken andere Boote – töten *uns*!«

Der andere sah eine Leiche im Meer treiben. »Das ist mein *Bruder*!«

Sie hatten keine Toten erwartet, höchstens damit gerechnet, daß die beiden Männer vielleicht verletzt am Wrack ihres Katamarans hingen. Als ein Junge rief, er sehe den zweiten Toten in einem Meer von Blut, beschlossen sie sofort und einhellig, umzukehren.

»Seht das Boot nicht an!« brüllte ein Mann. »Guckt weg!«

Sie guckten weg; der Katamaran wendete, und sie schwangen die Paddel, bis sie die Arme schmerzten und sie nach Luft rangen. Einer, der nicht mitpaddelte, stimmte Gesänge zur Abwehr böser Geister an. Auf der Insel erzählten sie dann mit schlotternden Knien und in abgehackten, angstvollen Sätzen ihre Geschichte. Bis zum Abend dieses Tages wagte keiner auf der Insel, einen der vier auch nur zu berühren.

So wurde die Geschichte weitererzählt und immer weiter aufgebauscht. Das berühmte Wrack, das durch Zauberhand erschien und wieder verschwand, hatte einen Katamaran durch bloße Berührung in zwei Teile geborsten! Und die beiden Männer an Bord waren augenblicklich tot gewesen, wie von einem bösen Geist erschlagen.

Das Wrack wurde auch vor anderen Inseln gesichtet und gemieden. Die Möglichkeit, es werde vielleicht von einem Hai oder Wal gezogen, wurde tatsächlich erwogen, aber dann war es der Geist eines Wals oder Hais, den zu töten unmöglich war, während er leicht jedes andere Wesen töten und mit seinem bösen Willen allein jedes Boot zerstören konnte.

Der Wal zog weiter durch die gemäßigten Meere, immer weniger geplagt von dem dumpfen Schmerz kurz über dem Schwanz, wo die Harpune seine Fettschicht durchstoßen hatte und wie eine Nadel auf der anderen Seite wieder herausdrang. Ärgerlich war nur das Wrack. Der Wal schwamm an scharfkantigen Korallen vorbei, um vielleicht das Tau durchzuscheuern oder das Wrack davon abzuschlagen, doch bisher ohne Erfolg. Das Alleinsein machte ihn trübsinnig. Er begegnete drei Walen seiner Art, einem jungen Weibchen und drei Männchen, und hätte sich ihnen für eine Weile angeschlossen, um Gesellschaft zu haben, doch eines der Männchen scheute vor dem Boot, das er unter Wasser nachschleppte. Man mied ihn.

So sang der Wal allein in den Tiefen sein hohes »Huu-waaauuh!« und redete mit sich selbst. Früher hatte er sich so mit seiner Gefährtin unterhalten, ihr gesagt, wo er war, sie vor Feinden gewarnt oder ihr in einem anderen Ton mitgeteilt, daß es hier bei ihm etwas zu futtern gebe.

Eines Morgens ließ er sich dicht unter der Wasseroberfläche dahintreiben und holte hin und wieder gemächlich Luft, da hörte er auf einmal ein Paddel platschen.

Mit dem linken Auge sah der Wal ein winziges Boot mit einer einsamen Gestalt darin, doch das Boot hielt nicht auf ihn zu, sondern auf das hölzerne Wrack, das er zur Zeit schräg hinter sich wußte. Das kleine Boot konnte ihm nicht gefährlich werden, aber er suchte den Horizont nach weiteren Booten oder einer Insel ab und sah in großer Entfernung einen hellen Streifen Land. Der Wal tauchte etwas tiefer.

Der Junge im Boot sah den Wal, schauderte und richtete sich, das Paddel fest in beiden Händen, halb auf. Er war hier herausgefahren, um seinen Mut zu beweisen, und vor ein paar Minuten hatte er noch gesagt: *Es ist mir egal, ob ich lebe oder sterbe.* Das hatte ihn tollkühn gemacht. Er hatte sich ausgemalt, von einem Zauber oder irgend etwas anderem erschlagen zu werden, was er nicht sehen oder verstehen konnte. Nun hatte er gesehen, nämlich einen Wal so groß wie keiner, von dem er je gehört hatte. Er sah das grau schimmernde Ungetüm dicht unter der Wasseroberfläche um sein Boot kreisen. Das Boot schaukelte wie wild. Der Junge fiel rücklings hin und holte unwillkürlich zur Sicherheit sein langes

Paddel ein. Die Leine, mit der das Wrack an dem Wal hing, glitt am Bug seines Boots vorbei und berührte ihn, so daß sich das Boot drehte. Mit der rechten Hand hielt der Junge das Wrack auf Abstand, damit es sein Boot nicht beschädigte. Das Ungetüm umkreiste ihn weiter. Der Junge sah die lange, glänzende Harpune in der Haut des Wals stecken. Sie hatte eine prächtige Spitze. Sie war aus Metall und viel länger, als der Junge groß war. Wie gern hätte er die Harpune gehabt! Ob er sie sich holen konnte?

Von neuem überkam ihn die Wut, die er auf der Insel gespürt hatte: Es war ihm egal, ob er lebte oder starb! Als die Leine links an seinem Boot vorbeitrieb, packte er sie unter Wasser. Er fühlte die ungeheure Kraft des Wals und faßte die Leine fester mit beiden Händen und biß die Zähne zusammen. Wenn der Wal ihn nun mitnahm auf eine große Reise zum Rand der Welt und in die Tiefe? Wenn er sich umdrehte und ihn verschlang? Das Boot ruckte, und der Junge fiel vornüber und kam wieder auf die Knie. Immer schneller bewegte sich das Boot, zuerst zur einen Seite, dann zur andern. Und plötzlich war kein Widerstand mehr da, und der Junge fiel rückwärts ins Boot und zappelte einen Moment mit den nackten Füßen in der Luft. Die Leine hing schlaff in seiner Hand, und der Junge keuchte vor Schreck, Erleichterung und Verwunderung. Er sah sich um, aber der Wal war nicht mehr da, nur noch ein Strudel ganz in seiner Nähe, wo der Wal untergetaucht war. Der Junge zog das schlaffe Seil Hand über Hand ins Boot, und da hing seine Beute – die herrliche Harpune!

Sie war sogar noch länger als sein Boot! Ihr pfeilförmiges Vorderende war spitz und stark. Der Eisenring am anderen Ende war fest an der Harpune und diente zum Anbinden der Leine. Das Bootswrack kam angetrieben, und die geöffneten Lippen des Jungen begannen zu lächeln. Zu fürchten gab es nichts mehr. Die Harpune war sein, die Waffe gehörte jetzt ihm. Die Bootshälfte, die seine Leute für verzaubert gehalten hatten, war nichts als ein Wrackteil. Und der Wal war weggeschwommen. Oder?

Vorsichtig spähte der Junge in die Runde, und noch einmal. Das Meer sah ruhig aus. Er nahm sein Paddel, packte die Leine, die über seinem Bootsrand hing, und zog an dem Wrack. Er hatte die kostbaren Metallteile daran gesehen; von denen würde er das Holz abbrennen und sie behalten.

Auf seiner Insel stand der Junge aufrecht und schweigend am Strand, ganz wie ein Häuptling alter Zeiten. Viele von seinem Volk hatten hier auf ihn gewartet, waren ihm entgegengeschwommen, um sein Boot und das Wrack an Land zu ziehen. Der Junge beantwortete ihre aufgeregten Fragen ruhig und knapp wie ein Mann. Seine Harpune hielt er senkrecht neben sich aufgepflanzt und wollte sie zunächst von niemandem berühren lassen, dann ließ er es mit stolzem Lächeln zu, daß ältere Männer mit dem Daumen die lange Spitze entlangfuhren. Das Mädchen, in das er verliebt war, sah von ferne zu. Sie wandte keinen Blick von ihm, dabei hatte sie, bevor er seine verzweifelte Fahrt zu dem Wrack antrat, noch gesagt, sie wolle ihn nicht. Damit stand es nun anders. Die ganze Welt hatte sich für den Jungen verändert.

Der Junge hatte überlegt, ob er nicht sagen sollte, er habe den Wal getötet, in dessen Körper die Harpune steckte, doch dann besann er sich eines Bessern. So erzählte er nur von einem Wal, der das halbe Bootswrack mitgeschleppt habe, dem größten Wal, den er je gesehen oder von dem er je erzählen gehört habe, so lang wie die Insel. Er habe das Ende der Harpune zu fassen bekommen, als der Wal vorbeischwamm, und sie ihm aus dem Fleisch gerissen, sagte er. Das glaubten alle. Alle gingen hin und berührten das Wrack, als wollten sie sich vergewissern, daß es keine Zauberkräfte habe. Männer hoben den Eisenring, an dem die Leine hing, und ließen ihn fallen, um das Scheppern zu hören, mit dem er gegen die Metallbeschläge in der Seitenwand des Wracks schlug.

Eine Weile behandelte der Junge sogar das Mädchen, in das er verliebt war, von oben herab und tat, als sehe er es gar nicht, dabei kreisten seine Gedanken doch nur um sie. Er sagte, der Wal sei nicht nur riesig gewesen, sondern auch über und über mit Speeren und Harpunen gespickt wie ein zum Braten mit Gewürzen gespicktes Schwein. So groß sei der Wal, daß kein Speer ihn je an seinem Lebensnerv treffen könne. So glorifizierte der Junge seinen Mut.

Blieb also der Wal, und die Geschichte von dem unverwundbaren Ungetüm sprach sich auf den Inseln herum, und auf den kleinen Fischerbooten hielt man die Augen offen, um dem Tier möglichst nicht in die Quere zu kommen. Schließlich hörten es auch gewerbsmäßige Walfänger, die sich mit ihren Harpunenkanonen nicht fürchteten und dachten, wenn der Wal vielleicht auch nicht so groß sei wie berichtet, lohne sein Fang sich immer noch. Einer von ihnen verfolgte eines Tages den Wal, doch dieser entkam, indem er unter einen der großen Tanker tauchte und ihm auf seinem schnurgeraden Kurs folgte.

Der Wal zog jetzt nach Norden, wo die Meere kühler waren und noch kühler würden. Von den Inseln hatte er genug! Nachdem er das Bootswrack los war, steckten in seinem Körper noch immer ein paar Harpunen mit Beinspitzen. Eine von ihnen, neben seinem linken Auge, machte ihm zu schaffen, besonders wenn er Pflanzen damit streifte. So war er unentwegt gereizt und angriffslustig, und eines Tages schwamm er deshalb aus Versehen weit in eine Flußmündung hinein.

Er schwamm schon eine ganze Weile in der breiten Mündung, ohne zu merken, daß sie nicht mehr zum Meer gehörte, bis der säuerlich-bittere Geschmack und die Erschütterungen von etwas Schwerem, das in seiner unmittelbaren Nähe ins Wasser geworfen wurde, ihn darauf brachten, daß er in die falsche Richtung schwamm, vermutlich in eine Sackgasse – und in die Nähe menschlicher Feinde. Sogar Maschinen hörte er mahlen. Er wendete und tauchte tiefer, um dahin zurückzuschwimmen, wo er hergekommen war.

Das Wasser war faulig und das Flußbett mit scharfkantigen Metallteilen übersät, großen und kleinen Zylindern, verrottenden Seilen und Ketten. Über ihm schaukelten Boote in den Wellen, die er auf der Wasseroberfläche machte, und Menschenstimmen schrien auf. Der Wal jagte mit einem kräftigen Schwanzschlag vorwärts, und etwas Kratziges glitt über seinen Kopf, verfing sich in einer Harpune und blieb hängen.

Sekundenlang spürte er Widerstand, aber nicht so stark, daß er ihn aufgehalten hätte, und endlich erreichte er das offene Meer. Bei einem kurzen Ausruhen aber fühlte er an beiden Körperseiten etwas Schweres, das ihn nach unten ziehen wollte. Rechts und links sah er mehrere Gewichte an einem langen Strang hängen, der über seinen Hinterkopf führte. Er schwamm ein Stück rückwärts, aber die Gewichte blieben. Die Schnur oder Kette hatte sich irgendwie in den Harpunen verfangen, die in ihm steckten. Er näherte seine Nase einem der Gewichte, berührte es aber nicht. Es hatte die Form der auf dem Wasser schwimmenden Dinger, mit denen die Zufahrten zu Flüssen begrenzt waren, aber diese hier waren kleiner. Er konnte jetzt nicht mehr so schnell zum Atmen auftauchen, und wenn er zur Nahrungsaufnahme an der Oberfläche bleiben wollte, kamen die Gewichte widerstrebend mit nach oben und begannen sogleich wieder langsam zu sinken.

Als er einmal im nördlichen Pazifik zum Atmen auftauchte, provozierte sein hoher, weißer Dampfstrahl einen lauten Ruf, den der Wal hörte. Er war in der Nähe eines Fischerboots aufgetaucht, das er aber nicht zu fürchten brauchte, denn es war so eines mit Segel und Motor. Trotzdem jagte der Wal zum Spaß darauf zu, nur um die Männer noch einmal schreien zu hören, und diesmal klangen ihre Schreie angstvoll. Der Wal verstand, daß die Gewichte, die er an beiden Seiten mitschleppte, starke Wirbel im Wasser erzeugten, als ob er selbst noch größer wäre, als er war. Als er dem Boot dann auswich, ohne es zu berühren, sah er die bedrohlicheren Umrisse eines Walfängers, der wahrscheinlich sein Blasen gesehen hatte und auf ihn zuhielt.

Das Fischerboot hatte seinen Motor angeworfen.

Rasend gemacht durch Schmerz und Wut, griff der Wal das größere Schiff verwegen an. Er wußte, daß es mit den Gewichten kein Entrinnen für ihn gab. Die Harpunen schmerzten und machten ihn langsam, und er schoß am Heck des schnellen Walfängers vorbei, ohne es zu berühren.

Sekunden später gab es unter Wasser eine Explosion, die der Wal als Druck in den Ohren fühlte. Laute Platscher folgten, Gegenstände fielen ins Meer, dann das Schmatzen von zusammenschlagendem Wasser. Er sah das ganze Heck des Walfängers im Meer versinken und schwamm fort.

Von den acht Mann Besatzung überlebten fünf, und eine weitere Geschichte machte die Runde: In dem Gebiet halte sich ein mit Minen behängter Wal auf. Vorsicht! Wie üblich wollte einer der Überlebenden sechs Minen gezählt haben, beim nächsten waren es schon zehn. Alle stimmten nur darin überein, daß die Minen gelb gestrichen waren wie die, mit denen vor Jahren koreanische und vietnamesische Flüsse vermint worden waren. Alle waren sich einig, daß der Wal vernichtet werden müsse. Aber kein einziger Kapitän drängte sich danach.

Man würde mehrere Schiffe brauchen, Walfangschiffe mit Harpunenkanonen, wenn man den Wal gefahrlos töten wollte. Das sei zu machen, sagten die Walfänger, es müßten nur genug von ihnen gleichzeitig im selben Gebiet sein wie der Wal. Drei könnten es schaffen, vier mit Sicherheit. Aber die Zeit verging, der Wal zeigte sich nicht mehr, wo er gesichtet worden war, und die Idee, nach ihm zu suchen, wurde als unprofitabel fallengelassen. Jeder hoffte, ein anderes Schiff werde vielleicht dem Wal begegnen, nur seines nicht.

Der Wal schwamm mit einer freundlichen Strömung weiter

nordwärts. Sie war jetzt das einzig Erfreuliche in seinem Leben. Er war allein, seine vielen kleinen Wunden bereiteten ihm peinigende Schmerzen, und zudem plagten ihn die Minen, die ihn hin und her zerrten. Die an einem Harpunenschaft hängende Kette klirrte stumpf auf seinem Kopf. All dies stimmte ihn feindlich gegen jedes Lebewesen, das er sah. Die verwünschten Gewichte behinderten ihn beim Auf- und Untertauchen, und auf seinem Weg nach Norden vergaß er ganz, daß sie die Macht hatten, Feinde abzuwehren, bis er einem gewissen Walfangschiff begegnete. Es hatte ihn blasen sehen und hielt auf ihn zu.

Der Wal schlug unter Wasser einen weiten Bogen, der ihn hinter das Schiff brachte. Dann schwamm er weiter nordwärts. Doch als er das nächstemal Luft holen mußte, war das Schiff noch genauso nah. Ohne die Gewichte hätte er es gewiß hinter sich lassen können, es abgeschüttelt! Jetzt kam das Schiff mit weißem Schaum vor dem Bug näher, und der Wal hörte an Bord ein stählernes Klirren und menschliche Rufe. Mit wütend peitschendem Schwanz hielt der Wal auf den schwarzen Rumpf zu, im letzten Moment aber schwenkte er unsicher nach links, streifte das Schiff nur mit dem Bauch und tauchte sofort in die Tiefe.

Er hörte den dumpfen Knall einer Harpunenkanone.

Rechts von ihm gab es einen lauteren, tieferen Knall. Eine der Minen, die er an der rechten Seite nachschleppte, war gegen die Schiffswand geprallt. Irgendwo seitlich unter ihm explodierte harmlos die Zeitzündergranate der Harpune.

In der Schiffswand klaffte ein großer Riß unter der Wasserlinie. Das Schiff sank schnell. Zwei mit Menschen beladene Rettungsboote kamen noch zu Wasser und fischten andere Menschen auf, die schreiend im Meer strampelten.

Der Wal wandte sich von dem ganzen Lärm ab und schwamm weiter nach Norden. Zwischen den Gewichten an seiner rechten und der linken Seite war jetzt ein deutlicher Unterschied zu spüren: rechts fehlte eines, vielleicht auch zwei.

Horrorgeschichten folgten dem Weg des Wals, jede eine Fortsetzung der vorherigen. Das versenkte Schiff war ein Japaner gewesen. Von seinen zwanzig Mann Besatzung hatten nur neun überlebt, so schnell war es gesunken. Der Funker hatte noch im Ertrinken seine Meldung abzusetzen versucht: VON WAL MIT WASSERMINEN GERAMMT. SINKEN SCHNELL. BREITE... Die Position hatte er schon als erstes durchgegeben und mit der SOS-Meldung noch einmal wiederholt, doch als Hilfe eintraf, war außer zwei einsamen Rettungsbooten mit ihren neun Mann nichts mehr zu sehen. Man warnte die ganze Schiffahrt auf diesem Meer vor dem mörderischen Wal. Die geretteten Seeleute vermochten nicht zu sagen, wie viele Minen der Wal mit sich schleppte, aber es waren ganze Stränge an beiden Seiten.

Walfänger wurden aufgefordert, in ihrem eigenen Interesse den Wal um jeden Preis zu erledigen. Seine Minenfracht mache ihn langsam, aber auch äußerst gefährlich, wie einen bewaffneten Irren. Das ergab aufregende Schlagzeilen, auch wenn es keine Bilder dazu gab.

Keine vierundzwanzig Stunden später war die Jagd auf. Fangschiffe leuchteten nachts das Meer mit Suchscheinwerfern ab. Japanische und russische Walfänger sprachen untereinander ab, in Funkkontakt zu bleiben und ihren gewohnten Geschäften nachzugehen, die andern Schiffe aber sofort zu benachrichtigen, wenn der Wal gesichtet würde. Dann wollten sie ihn umzingeln und mit ihren Harpunenkanonen töten, wenn möglich auch einige seiner Minen dabei zur Detonation bringen.

Als nächstes wurde der Wal zweihundert Seemeilen nördlich der Stelle gesichtet, wo das japanische Schiff gesunken war. Es war zwei Uhr in der Früh, tiefste Nacht im November der Nordhalbkugel, und kein Mond schien. Aber die nahenden Schiffe, einige weiter vom Ziel entfernt als andere, machten die Meereslandschaft fast hell oder wenigstens milchig-grau, wie von Mondlicht übergossen. Ihre Positionslichter tanzten wie Blutstropfen auf dem unheimlichen Schlachtfeld, das sich anfangs noch über ein paar hundert Meter erstreckte.

Der Wal sah die Lichter über sich, das Mahlen der langsam näherkommenden Schiffsmotoren dröhnte in seinen Ohren. In seiner Müdigkeit war er der Verzweiflung nahe und keiner Vernunft mehr fähig. Zuerst hatte nur ein Schiff ihn verfolgt, dann ein zweites, jetzt waren es vielleicht acht oder neun. Er merkte, daß sie einen Ring um ihn zogen. So etwas hatte es noch nie gegeben. Immer wieder holte er kurz Luft, solange es noch ging, um seinen Spurt in die Freiheit vorzubereiten. Der Lichterkreis war ja noch nicht geschlossen und auch noch weit weg. Jetzt kam das erste Schiff geradewegs auf ihn zu.

Der Wal stieß den Schwanz in die Luft und tauchte senkrecht unter. Schräg über ihm detonierte eine Harpunengranate im Wasser. Er schwamm geradeaus weiter und tauchte unter dem Ring durch, doch die Gewichte schmerzten, und er mußte endlich wieder hochkommen, mußte blasen und wußte, daß er sich damit verriet.

Die Schiffe kamen sehr schnell, umzingelten ihn so mühelos, als wäre er gar nicht vom Fleck gekommen. Er würde kämpfen. Es wehte ein scharfer, kalter Wind, und die Schiffe wippten auf und ab, während sie sich vorsichtig näherten. Auf einem von ihnen sah der Wal jetzt eine Harpunenkanone herumschwenken, und er tauchte sofort und hielt darauf zu. Kurz bevor er es rammte – was er nicht zu tun im Sinn hatte, denn das Schiff hatte einen metallenen Rumpf –, warf der Wal sich nach links.

Die Gewichte folgten ihm seitlich nach, und eines stieß unter der Wasserlinie an die Seitenwand des Walfängers.

Eine Harpune zischte durchs Wasser, jagte über den Rükken des Wals hinweg und explodierte Sekunden später. Er hob einmal kurz den Kopf aus dem Wasser, suchte eine

Lücke, durch die er entkommen könnte, aber die Schiffe hatten ihren Kreis jetzt noch enger geschlossen. Impulsiv griff der Wal ein Schiff von der Seite an und tauchte im letzten Moment darunter durch. Es folgte eine weitere Explosion unter Wasser, die den Wal an der Fluke verletzte. Sofort begann er aus dieser Wunde stark zu bluten. Der plötzliche Schmerz riß ihn nach links, zurück in den tödlichen Kreis. Dabei prallte zufällig eine der links an ihm hängenden Minen gegen einen Schiffskiel und riß ein Loch mittenhinein.

Die Männer auf den Schiffen schrien und brüllten wie die Wilden. Harpunenkanonen wurden aufs Geratewohl abgefeuert. Inzwischen sanken schon zwei russische und zwei japanische Schiffe. Die Männer verstanden einander kaum, sie hatten nur ein gemeinsames Ziel – oder wenigstens gehabt: den Wal zu töten. Aber ein paar von den Kapitänen wollten die Jagd jetzt abbrechen und lieber die Boote aussetzen, um ihre Leute in Sicherheit zu bringen und auf die noch intakten Schiffe umsteigen zu lassen.

Einer der russischen Seeleute sah die gefürchtete Welle genau auf sein Schiff zukommen und stieß einen Schrei aus.

Der Wal nahm quälend langsam Maß und tauchte unter dem russischen Schiff durch, und kaum daß er auf der anderen Seite wieder hervorkam, gab es eine Detonation, vielleicht auch zwei. Der russische Walfänger schlug dadurch fast um, und eine Harpune verfehlte ihr Ziel und bohrte sich dreißig Meter weiter in die Brust eines japanischen Kapitäns, der kühn auf seinem schwankenden Deck stand. Der verstörte Russe setzte die Winde in Gang und zog die Leiche des japanischen Kapitäns über Bord und zu dem russischen Schiff herüber, das jetzt sank.

»Das sind *zwei* Wale!« schrie einer auf russisch.

»Nein, *nein*!« brüllte ein Japaner, ebenfalls auf russisch, schrill zurück. »Guckt! Da kommt er wieder!«

Eine Mine explodierte.

Wie zur Vergeltung krachten Kanonen, doch die Harpunen konnten ebensogut einen Mann im Wasser treffen wie den wild um sich schlagenden Wal, der keine Richtung mehr kannte und auch keine Vorstellung mehr von dem Ring hatte, der ihn umgab.

Der Wal griff blindlings an. Und immer noch explodierten Minen, wo er zuschlug.

Dann traf ihn eine Harpune. Sie zerfetzte ihn innerlich, und er wand sich im Todesschmerz und schluckte Wasser.

Auf dem Schiff, das die Harpune abgefeuert hatte, setzte die Winde sich in Bewegung und zog den sterbenden Wal heran. Fast lautlos stieß der tödlich verwundete Riese an die Bordwand, dann unterbrach ein furchtbarer Knall das Freudengeheul der Seeleute. Das schöne Messinggeländer auf dem Schandeckel, der ganze Stolz des japanischen Kapitäns, zersprang vor den Augen des Mannes an der Winde, das Deck wölbte sich, barst und schnellte ihm ins Gesicht. Sekunden später glitt er ins kalte Meer.

Es gab von dem Wal nichts mehr zu erbeuten, nichts zu verwerten. Sein Schwanz war abgerissen, seine Organe von einer zweiten Harpune zerfetzt. Sein schwerer Kopf voller Spermöl, vor der Ära der Erdölprodukte das Wertvollste an einem Wal, hatte sich von der Wirbelsäule gelöst und sank ganz langsam in die Tiefe, und von den Menschen, die ihn hätten sehen können, schaute keiner hin.

Operation Balsam oder Rührmichnichtan

Harrisburg war eine Katastrophe gewesen, ein ums Haar tödlicher Rückschlag, daran gab es nichts zu drehen und zu deuteln. Es hatte den Amerikanern nicht nur bewußt gemacht, daß Kernkraftwerke eben doch kaputtgehen und radioaktive Gase in die Atmosphäre abgeben konnten, sondern daß zudem die staatlichen Kontrollorgane das Volk belogen.

»Kein Grund zur Aufregung, liebe Leute, es ist alles unter Kontrolle«, hatte es in Fernsehen und Rundfunk in den ersten bangen Tagen und sogar Wochen danach noch getönt. Welcher Amerikaner, der das miterlebt hatte, würde es je vergessen oder vergeben können? Oder auch, daß vier Jahre später die Aufräumtrupps noch immer nicht in das Gehäuse mit dem zerstörten Reaktorkern hineinkonnten? Und daß von den vier Männern, die dann, vermummt wie zu einer Mondexpedition, doch hineingingen, einer nach ein paar Minuten zusammenbrach, sich an den Kopf faßte und sagte, ihm sei ganz schlecht? Nur eine statt der vier gewünschten Proben Nuklearmüll war bei diesem kostspieligen Unternehmen aus der Reaktorkammer geborgen worden.

Tatsache blieb, daß Harrisburg noch immer nicht ausgeräumt war. Tatsache blieb, daß Eigentümer und Aufsichtsbehörden von dem Ding die Nase voll hatten und es am liebsten vom Erdboden hätten verschwinden sehen. Aber da standen nun die beiden Türme, der eine für immer unbrauchbar und sogar unzugänglich.

Und als ob das für die Nuclear Control Commission nicht schon schlimm genug gewesen wäre, hatte die Öffentlichkeit sie selbst aufs Korn genommen. Auch die NCC hatte gelogen. Jetzt konnten die Kernkraftwerksbetreiber ihre Schwertransporter voll Atommüll nicht mehr bei Nacht und Nebel zu Deponien in anderen Bundesstaaten schicken und unbemerkt zurückkommen lassen. Mochten ihre Aufschriften »Babyweiches Wickelwunder« oder »Tiefkühlfisch, frisch auf den Tisch« lauten, in den Städtchen und Dörfern kamen die alten Weiblein ans Fenster. Was hatten diese Brummer nachts um drei in *ihrem* Dorf zu suchen? Die Weiblein und die Pfadfinder schrieben an ihre Lokalzeitung, und von dort flatterten die Briefe der NCC auf den Tisch. Ein paarmal war so die NCC erwischt und von Washington dafür gerügt worden, daß sie Ablagerungen zu nah an Wohngebieten genehmigt hatte.

Für Benjamin M. Jackson, den Chef der NCC, wurde das Dasein immer mehr zur Daumenschraube. Seit einem Jahr hatte er ein Magengeschwür, gegen das er wenig tat, denn auf seinen wohlverdienten doppelten Scotch nach Feierabend (wenn er je Feierabend hatte) konnte und wollte er nicht verzichten. Ebensowenig konnte er die Angst um seinen Job vergessen, der einfach zu gut bezahlt war, als daß er ihn gern aufs Spiel gesetzt hätte, indem er Washington zu oft darauf hinwies, daß es nun einmal nicht genug Orte gab, an denen seine Dienststelle die Ablagerung des gottverdammten radioaktiven Zeugs genehmigen konnte.

Die Meere kamen nicht in Frage, denn auslaufende Schiffe wurden zu scharf kontrolliert, damit nur ja keine heikle Fracht nach Rußland ging. In den Wäldern wimmelte es von staatlichen Aufsehern. Ein Mann bei der Environmental Watch Agency hätte Benny ja gern eine Ablagerung in Oregon State Park erlaubt, konnte ihm aber keine Durchfahrt an bestimmten Kontrollpunkten garantieren, obwohl Benny dafür zu sorgen versprach, daß das Zeug vergraben wurde.

Auf dem Papier und laut Diensteid hatte Benny die Aufgabe, der sorglosen Beseitigung nuklearer Abfälle einen Riegel vorzuschieben, aber in der Praxis bestand seine Arbeit mehr und mehr darin, mit allen Mitteln Plätze auszuweisen, an denen man das Zeug überhaupt noch loswerden konnte. Im Traum hatte Benny einmal jeden einzelnen seiner hundertsiebenunddreißig Mitarbeiter dazu verdonnert, allabendlich einen Container Atommüll mit nach Hause zu nehmen und in die Toilette zu kippen, aber so konnte man mit radioaktivem Material leider nicht umgehen. Die öffentliche Meinung über Kernkraftwerke und der Respekt vor ihrer Zuverlässigkeit waren auf einem Tiefpunkt und sanken täglich tiefer. Neue Anlagen waren wegen der scharfen Proteste der Anlieger nicht mehr so leicht zu bauen.

In dieser Situation hatte irgendein genialer Kopf in Washington, dessen Namen Benny nie erfuhr, vielleicht weil er streng geheim war, einen Einfall: Washington solle einer bestimmten Universität im Mittelwesten ein Sportstadion mit Laufbahn, Tribüne und Dach spendieren, dann könne man unter diesem Stadion, noch unter der Tiefgarage sogar, in riesigen Betonkammern radioaktiven Müll in Bleibehältern einlagern und vergessen. »Das Gebiet ist erdbebensicher…«, lautete Bennys Anmerkung zu dem Plan. Einstweilen durfte er nicht einmal seinen engsten Mitarbeitern etwas davon sagen. Das Projekt sollte von der Well-Bilt Construction Company in Minnesota ohne Rücksicht auf Kosten durchgepeitscht werden. Laut Plan würden die ersten Lastwagen schon in wenigen Monaten in die von Well-Bilt mit Vorrang fertiggestellten Kellergeschosse einfahren können.

Benny Jacksons Magengeschwür wurde sofort besser. Well-Bilt sollte sieben Tage die Woche rund um die Uhr arbeiten.

Benny konnte es nicht fassen, als er die Zeitungsberichte über das geplante Stadion las. Die Universität war von dem Geschenk aus Washington völlig überrascht worden, denn die derzeitige Regierung war nicht für ihre Großzügigkeit gegenüber Bildungseinrichtungen bekannt. Als Lehrkörper und Studentenschaft hörten, wie groß und schön ihr künftiges Stadion werden sollte, schickten sie einen riesigen Blumenkranz nach Washington und schrieben auf die Schleife: »Mr. President, wir danken Ihnen!« Benny las es mit Tränen der Erleichterung, Belustigung und Beklemmung in den Augen.

Wenn Benny jetzt um Zuweisung einer Deponie gebeten wurde, konnte er den Anrufern sagen, er werde ihnen in rund zwei Monaten etwas anzubieten haben. »Können Sie das Zeug so lange noch dabehalten?« Er wußte, daß sie es länger dabehalten mußten, weil es immer so war, aber es tat gut, auch einmal etwas sagen oder schreiben zu dürfen, was der Wahrheit ein bißchen nahekam.

Benjamin Jackson war sechsunddreißig Jahre alt und hatte eine kleine kahle Stelle auf dem Kopf, der sonst von glattem, dunklem Haar bedeckt war. Trotz seines schlanken Körperbaus bekam er langsam einen Bauch. Er hatte ein Bauingenieursdiplom von der Cornell University, war verheiratet und hatte zwei Kinder. Er hatte seine Stelle bei einem Ökologie-Institut in New Jersey aufgegeben, als er vor zwei Jahren nach einer großen Umbesetzung an der Spitze der Nuclear Control Commission zu deren Chef ernannt wurde, und war mit seiner Familie in ihr derzeitiges Haus in West Virginia gezogen, drei Kilometer von der NCC-Zentrale, einem schönen zweigeschossigen Gebäude, das früher eine Grundschule gewesen war.

»Rührmichnichtan kann man also wieder anfassen«, meinte Gerald McWhirty, als Benny ihm von dem Stadion erzählte. »Das ist ja tröstlich.«

Gerry McWhirty schien nicht ganz so erfreut zu sein, wie Benny gehofft hatte, aber Gerry war nun einmal nicht so leicht zu begeistern. Er haßte Ausflüchte und Lügen, und Benny hatte oft das Gefühl, daß Gerry seinen ganzen Beruf nicht besonders liebte. Gerry war promovierter Physiker, aber er lebte zurückgezogen und liebte es, im Garten zu arbeiten, in seiner Garage herumzutüfteln und seinen Nachbarn den Videorecorder und anderes zu reparieren, was kaputtging. Er war ein guter Kraftwerksinspektor, auch wenn er es in Bennys Augen ein bißchen zu genau nahm und Benny seine Berichte so manches Mal abschwächte. Benny erinnerte sich an »Mängel in der Kühlanlage« eines Kraftwerks bei Wilkes-Barre und eine »schlecht ausgebildete Nachtschicht« in einer Anlage bei Sacramento, die ihre Alarmverfahren »nicht aus dem Effeff beherrschte« und laut Gerry ausgewechselt gehörte. Benny hatte sich der Kritik am Personal angeschlossen, die Mängel an der Kühlanlage aber aus dem Bericht getilgt, weil Gerrys Zahlen ihm nicht so eindrucksvoll erschienen, daß die NCC dazu Stellung nehmen mußte.

McWhirty flog oft mit einem kleinen Inspektionsteam im ganzen Land herum. Aber zu der Baustelle in Minnesota flog Benny allein und inkognito, nur weil er neugierig war, wie es dort voranging.

Was Benny sah, war wirklich erfreulich. Man hatte ein großes Oval in den Boden gesprengt, Bagger schaufelten Erde und Steine auf, die von Lastwagen abtransportiert wurden, und auf dem Baugelände schwärmten ein paar hundert Arbeiter umher wie Bienen um den Korb. Und das an einem Samstagnachmittag.

»Unten kommen wohl die Umkleideräume und Duschen hin?« fragte Benny einen Arbeiter mit Schutzhelm, nur um seine Antwort zu hören.

»Und Luftschutzbunker«, antwortete der Arbeiter. »Oder ich sollte lieber Atomschutzbunker sagen.« Dabei grinste er, als ob das völlig undenkbar wäre.

Benny nickte freundlich. »Ein tolles Projekt. Ganz großartig.«

»Sind Sie einer von den Architekten?«

»Nein, nur ein Ehemaliger von hier.« Benny schaute nach links zum Universitätsgelände, so als liebe er es noch immer. Dann hob er die Hand zum Abschied, ging zu seinem Taxi und fuhr zum Flughafen zurück.

Einen Monat später, als Benny sein Magengeschwür schon so gut wie verschwunden glaubte, machte Love Canal wieder Ärger. Die Environmental Watch Agency meldete »unerwartete chemische Verschmutzung« in Love Canal bei der Stadt Niagara Falls, und Benny bekam einen persönlichen Brief von irgendeinem Hitzkopf namens Robert V. Clarke in Washington, der wie ein Eiferer auf der untersten Sprosse der Beförderungsleiter schrieb. Benny hätte gewettet, daß Clarke schon bald von dieser Leiter purzeln würde, wäre der Brief nicht von einem höheren Tier bei der EWA mitunterzeichnet gewesen, denn in Love Canal waren auch nukleare Abfälle im Spiel, nicht nur »chemische Verschmutzung«, wie man sich oft ausdrückte, wenn man nicht offen von Radioaktivität reden wollte. Die Unterschrift des höheren Tiers bedeutete, daß die NCC etwas unternehmen mußte. Vor einem Jahr waren ein paar Leute von der NCC in Love Canal gewesen, um Luft und Wasser zu untersuchen, waren zum Lunch geblieben und hatten dann, wie Benny sich erinnerte, ihren Segen zu dem gegeben, was sie gesehen und analysiert hatten: Das Gebiet sei wieder mehr als sicher für Menschen bewohnbar. 1980 waren mehrere hundert Familien von dort evakuiert worden, weil aufgrund von Abfällen, die in den vierziger und fünfziger Jahren dort deponiert worden waren, ein Notstand ausgerufen werden mußte. Bennys erster resignierter Gedanke war jetzt: Was geht da wieder für ein Geld drauf, wenn NCC und EWA eine neue Säuberung anordnen müssen und neue Tests zu deren Rechtfertigung und so weiter! Himmel Arsch und Zwirn! Das einzig Gute an dem Brief war der letzte Absatz, in dem es hieß, die EWA werde einen »Gesamtüberblick« erst in etwa sechzehn Monaten haben. Bis dahin würde die NCC aber kooperieren und sich darum kümmern müssen. Benny wußte, daß Love Canal allmonatlich viele tausend Dollar am Tourismus verdiente. Dutzende von Motels, Restaurants, Geschäften und Tankstellen waren jetzt da, die vor dem ganzen Tamtam nicht dagewesen waren. Konnte die EWA nicht einfach mal die Finger davon lassen? Benny schluckte für alle Fälle eine kleine weiße Pille gegen sein Magengeschwür. Wenigstens würden die Motel- und Restaurantbesitzer sich über die neuesten Horrormeldungen nicht beklagen!

Benny setzte einen Brief auf und sprach ihn für seine Sekretärin auf Band. Er erklärte, die unerwartete Kontaminierung in Love Canal müsse von Industrieanlagen flußaufwärts stammen und auf Verstöße gegen die Auflagen zurückzuführen sein, die NCC und EWA verfügt hätten, als ein Komitee unter Mr. So-und-so dann-und-dann in Love Canal gewesen sei und das Wasser frei von gefährlicher Verschmutzung gefunden habe. Benny verschwieg, daß der Großteil der Informationen, die sie damals hatten, von den Eigentümern eines Kernkraftwerks in der Nähe stammte, dessen eigene Chemiker die Tests vorgenommen hatten.

Lügen, Lügen, Lügen! Alle logen. Damit rechtfertigte Benny seine eigenen Lügen (die oft nur ein Verschweigen von Fakten waren) vor sich selbst. Seine einzige Sorge war, daß er vielleicht nicht genug oder nicht ganz im Sinne Washingtons log und irgendein Musterschüler oder Holzkopf oder Speichellecker etwas aufrührte, was Benny den Kopf kosten konnte. Wenn es irgendwo einen Skandal oder eine Panne gab, hielt Washington es immer für optisch sinnvoll, den Chef der jeweils zuständigen Behörde auszuwechseln. Das beruhigte fürs erste die Öffentlichkeit.

Inzwischen ging das Aufräumen auf Three Mile Island offiziell weiter, während sich in Wirklichkeit überhaupt nichts mehr bewegt hatte, seit diese vier Mann vor ein paar Monaten in ihren Raumanzügen hineingegangen waren. Der Mann, der seinerzeit zusammengebrochen war, hatte nach Mitteilung der Kraftwerkseigner einen »Hitzschlag« erlitten und gemäß derselben Mitteilung etwa 75 Millirem Strahlung aufgenommen, »soviel wie bei zweieinhalb Röntgenaufnahmen der Brust«. Die andern drei hatten je 190 Millirem abbekommen. Die für Menschen verträgliche Dosis lag bei 5000

Millirem pro Jahr, eine amtlich festgelegte Zahl. Die teuer ausgebildeten Aufräumspezialisten in ihren teuren Schutzanzügen hatten schon jeder 3000 Millirem bekommen. Bei einem Strahlungsniveau von 200 Millirem pro Stunde (reduziert von 350, sagten die Kraftwerkseigner) hatte der Leiter der Aufräumaktion entschieden, daß dieselben Leute die Arbeiten nicht zu Ende führen könnten, ohne das für Arbeiter in Schutzanzügen festgelegte Maximum von 8000 Millirem zu überschreiten.

»Die Aufräumarbeiten sind unter anderm deswegen so sündhaft teuer«, hatte ein Firmensprecher der Presse gesagt. »Die Schutzmaßnahmen, die Ausbildung und die Probeübungen zur Verringerung der aufgenommenen Strahlendosis erhöhen die Aufräumkosten, die sich jetzt schon auf über dreihundertachtzig Millionen Dollar belaufen.«

Nach Bennys Ansicht würde Harrisburg niemals aufgeräumt werden und auf mehr oder weniger kleiner Flamme vor sich hin köcheln und dabei zweifellos *irgend* etwas in die Umgebung entlassen, aber was tat's? Man konnte sich nur wundern, wie viele Touristen und Schaulustige bei Tag und Nacht so nah wie möglich an die beiden Türme auf Three Mile Island heranfuhren, und je näher sie kamen, desto größer der Nervenkitzel. Es war wohl so ähnlich, wie wenn man zu einem Verkehrsunfall kam, dessen Opfer noch auf der Straße lag, oder zu einem noch brennenden Hochhaus. Eine Zeitung warf der GPU als der Kraftwerkseignerin vor, sie »vermarkte« Harrisburg als Touristenmekka.

Von Gerald McWhirty stammte der Deckname für das Universitätsstadion: Operation Balsam. Rührmichnichtan, die Pflanze mit den explosiven Früchten, sei ja eine Balsamine, erklärte Gerry. Operation Balsam klang harmlos, und das gefiel Benny.

Ende Juni schrieb ein Direktor von Well-Bilt an Benny, man komme gut voran und sei dem Zeitplan voraus, und ein Teil des Kellergeschosses sei schon in Betrieb.

»Ich weiß nicht, wie der viele Beton so schnell trocknen soll«, sagte Gerry McWhirty zu Benny, als sie sich zufällig auf dem Korridor beim Kaffeeautomaten trafen.

Benny sah sich um. Nicht jeder im Haus wußte von Operation Balsam oder sollte davon wissen. »Well-Bilt macht das sicher richtig. Die kriegen doch jeden Betrag, den sie brauchen.«

»Immerhin etwas. Das war nämlich bei Harrisburg der Fehler, daß man da auf billig gebaut hat. Die Lagerräume für Operation Balsam müssen absolut luftdicht sein und dürfen sich keinen Millimeter senken.«

Das wußte Benny, und McWhirtys Bemerkung hätte ihn ein wenig beunruhigen können, nur daß er sich nicht beunruhigen lassen wollte. Operation Balsam war zur Zeit das einzig Erfreuliche in seinem Leben.

Unerfreuliches gab es ja genug, und Ärger. Am selben Tag, an dem McWhirty diese Bemerkung machte, bekam Benny über seinen heißen Draht einen Anruf aus Washington.

»Hallo, Benny. Hier Matt. Sie kennen doch das Säuberungsteam auf Three Mile Island?«

»Sie meinen die vier Männer, die da hineingegangen sind?« Benny stellte sich schon vor, daß der Zusammengebrochene krank geworden war und im Krankenhaus lag und die Kraftwerkgesellschaft verklagt hatte.

»Ja, klar, aber es sind ein paar mehr. Die im Kontrollraum, darunter auch Frauen. Sie haben beschlossen, alle zusammen einen Betriebsausflug nach Kalifornien zu machen. Mit Pauken und Trompeten, wenn Sie mich verstehen. Ich wollte Sie nur vorwarnen, denn dabei kommt vielleicht auch die NCC ein bißchen unter Beschuß. Es kommt heute abend in den Fernsehnachrichten, und ich wollte nicht, daß Sie einen Schock bekommen.«

»Betriebsausflug – wieso?« fragte Benny.

»Wer weiß? Sie haben angeblich alle einen in der Krone, oder gekokst. Ich muß jetzt auflegen, Benny.«

Benny sah sich die Sechsuhr-Nachrichten an. Der Reporter versuchte es ins Komische zu ziehen. »... müde Aufräumarbeiter aus Harrisburg haben heute einen wohlverdienten Urlaubstag eingelegt und sind erster Klasse von Philadelphia nach San Francisco geflogen, und sie sehen so glücklich aus wie – haha! – wie in der guten alten Zeit die Frontkämpferlegion beim Ausflug nach Atlantic City! Darf ich fragen, wie Sie heißen, Sir?«

Ein Mann mit benebeltem Gesicht nannte einen unverständlichen Namen, der wie Joe Olsen klang, oder George O'Brian. »Genießen und vergessen!« unterbrach Olsen oder O'Brian den Reporter fidel. »*Das* ist unsere Devise! Jippie!«

»Wir wolln uns alle nur'n bißchen kontaminieren!« ergänzte eine Frau mit verschmiertem Lippenstift.

»Das nenne ich Spaß an der Freude!« erklärte der lachende Reporter seinem Publikum.

»Himmel, jetzt schießen diese verdammten Medien sich schon *wieder* auf uns ein! Washington sollte denen mal das Handwerk legen!« Benny funkelte seine erschrockene Frau an, bevor er in die Küche verschwand, um den Whisky zu holen.

Was die etwa dreißig Männer und Frauen sonst noch über ihren »Betriebsausflug« sagten, wurde weder in der *New York Times* noch in der *Washington Post* abgedruckt, dafür aber in *Village Voice* und *Rolling Stone*, wo es hieß, sie fühlten sich alle »hoffnungslos verstrahlt«. Wochenlang hätten sie die Radioaktivität auf Kleidern, Haaren und Haut mit nach Hause geschleppt, alles für höheren Lohn und Gefahrenzulage, und nun glaubten sie, daß ihre Wohnungen und Familien auch kontaminiert seien, und sie selbst hätten wohl noch ein paar Jahre zu leben, aber wer weiß, wie lange noch und wie es weitergehe? Deshalb wollten sie noch mal einen draufmachen, bevor ihnen die Haare ausfielen und vor lauter Übelkeit das Essen nicht mehr schmeckte. Ihre Devise wurde ständig wiederholt.

Mein Gott, das soll doch einfach mal alles verschwinden! dachte Benny. Sein Magengeschwür war wieder voll da. Von Operation Balsam, dem einzigen Lichtblick, durfte er seiner Frau nichts erzählen, aber von seinem Magengeschwür mußte er reden, einfach weil er nicht mehr alles essen konnte, was sie kochte.

Vermutlich waren die Ausflügler nach einer Weile etwas ruhiger nach Hause zurückgekehrt, als sie losgezogen waren. Aber sie hatten von sich reden gemacht. Einige wurden noch einmal interviewt und bekamen eine Spalte in *Time* und *Newsweek*. Sie blieben bei ihren Aussagen. Three Mile Island feuerte sie alle miteinander, aber die dreißig Rebellen sagten übereinstimmend, sie seien nur froh, diesen Job loszusein. Sie schimpften, daß Kraftwerkseigner, NCC und EWA nur »alles vertuschten«, während sie sich besser um die Radioaktivität kümmern sollten, die da freigesetzt werde und Bäume, Vieh und alle Menschen schädige, die so dumm seien, sich dem Ding auf dreißig Kilometer Umkreis zu nähern.

Die NCC formulierte sorgfältig eine Erwiderung, in der sie alle günstigen Fakten erwähnte, die sie nur finden konnte, wobei Benny sich nicht einmal sicher war, ob es Fakten waren. Zumindest hatte es aber so in der *Post* vom September 1983 gestanden, allerdings im selben Artikel, in dem auch weniger Günstiges stand, das Benny aber nicht verwendete. Er zitierte:

Ein Kraftwerkssprecher gab bekannt, man habe mit einem »Programm zur Strahlenreduzierung«, das die Belastung für die Aufräumungsmannschaften verringern sollte, die Strahlung im Erdgeschoß des Reaktorgebäudes von 350 auf gegenwärtig etwa 200 rem gesenkt.

Schon beim Diktieren fragte Benny sich allerdings, wie man denn wohl die Strahlung verringern könne, ohne sie einfach entweichen zu lassen, indem man zum Beispiel die Fenster öffnete.

Gerald McWhirty sah sich auf Bennys Bitte den Brief an, rieb sich den rötlichen Schnurrbart und nickte kommentarlos.

»Das ist doch nicht schlecht, oder?« meinte Benny.

»Dreck«, sagte McWhirty. »Das ist meine Meinung über Three Mile Island. Auf billig gebaut, das weiß jeder.«

Benny schämte sich aus einem vagen Patriotismus heraus. Amerika baute auf billig! England, Frankreich und Deutschland hatten selten oder nie Ärger mit ihren Kernkraftwerken, geschweige in diesem katastrophalen Ausmaß, denn dort baute man teuer und wie sich's gehörte. Benny war froh, daß McWhirty das jetzt nicht sagte, denn in der Vergangenheit hatte er es schon gesagt.

Operation Balsam wurde Ende Juli fertig. Die NCC bekam eine Einladung von Well-Bilt: »Die Anlagen sind eingebaut. Wir laden Sie ein, jederzeit gern zu einer vorgezogenen informellen Privatbesichtigung vorbeizukommen.«

Benny wollte zuerst nicht hin, denn sein Name und Gesicht waren in den Medien bekannt, und wenn einer von denen dort war? Womöglich auf dem Gelände selbst? »Da wird doch wohl nicht auch das Stadion offiziell eingeweiht?« fragte er McWhirty, der mit Well-Bilt telefoniert hatte.

»Natürlich nicht. Bei der Eröffnung würde ich mich dort nicht erwischen lassen wollen. Nur Operation Balsam.«

Im letzten Moment flog Benny doch mit, weil Douglas Ferguson, ein NCC-Direktor und guter Freund von McWhirty, zu ihm sagte: »Schnappen Sie sich doch einen alten Regenmantel, Benny, und kommen Sie mit. Wir sind nur fünfzehn. Morgen früh um zehn geht's los, und vor Mitternacht sind wir wieder zurück.«

Benny schnappte sich also einen alten Regenmantel, um sich ein wenig zu tarnen. Er sah darin kein bißchen bedeutend aus.

Die NCC-Abordnung wurde am Flughafen von Indianapolis von vier Limousinen abgeholt, die Well-Bilt geschickt hatte.

Kleine Wimpel wehten an den Kanten des Stadiondachs, das einer riesigen halben Eierschale ähnelte. Im strahlenden Sonnenschein schimmerte der Rasen ringsum smaragdgrün.

»Wie schön!« rief Benny, überwältigt von den Veränderungen in der kurzen Zeit seit seinem Besuch.

Ein riesiger, neutral weiß gestrichener Lastwagen war hinter ihnen von der Straße abgebogen, und Benny sah ihn auf eine kleine Baumgruppe auf dem Rasen zufahren, sich nach vorn neigen und verschwinden. Benny wußte, das war einer der *ihren*, beladen mit Atommüll. Das seltene Erfolgsgefühl ließ sein Herz in die Höhe hüpfen. Da das Kellergeschoß angeblich als Atomschutzbunker, Krankenhaus und dergleichen dienen sollte, konnten die Lastwagen vorgeblich Trockennahrung, Decken und Medikamente heranschaffen.

»Lieferanteneingang«, flüsterte McWhirty lächelnd, als er sah, wohin Bennys Blick ging.

Uniformierte, bewaffnete Wächter empfingen sie am Tor und winkten ihre Wagen durch. Ein adrett gekleideter Mittfünfziger stellte sich als Frank Marlucci vor, einer der Bauleiter von Well-Bilt. Sie gingen zusammen durch einen der breiten Zuschauereingänge. Dort waren Kassenhäuschen, Bänke und Aufzüge.

»Sie möchten sicher zuerst die Kellergeschosse sehen?« fragte Mr. Marlucci.

Das wollten sie. Der Aufzug fuhr abwärts und abwärts, vorbei an UMKLEIDERÄUME und TIEFGARAGE, bis sie auf einem betonierten Korridor ausstiegen, dessen Decke an die fünf Meter hoch war. Andere, breitere Gänge führten von diesem Korridor weg, breit genug für Lastwagen. Pfeile an den Wänden wiesen den Fahrern den Weg.

»Bitte hier entlang, meine Herren«, sagte Mr. Marlucci.

Benny hörte irgendwo einen Lastwagen im niedrigen Gang

mahlen. In einem Zentralgewölbe, von dem strahlenförmig Tunnel wegführten, sahen sie einen Gabelstapler große Bleibehälter von der Ladefläche eines weißen Lastwagens heben. Ein zweiter Gabelstapler setzte andere Container behutsam auf ein Förderband. Die Container verschwanden in der Ferne, wie auf einem Flughafen die Koffer eines frisch eingecheckten Passagiers. Benny verzog das Gesicht zu einem breiten Lächeln. Wie wunderbar solide das alles aussah, wie versteckt, wie undurchdringlich!

Sogar Gerry McWhirty schien beeindruckt. »Und die Kammern? Die Lager?« schrie er gegen den Lärm an.

Mr. Marlucci winkte ihnen, zu folgen. »Diese hier zum Beispiel.« Er blieb vor einer drei mal drei Meter großen Stahltür stehen, schloß eine Metallabdeckung rechts davon auf und betätigte auf einer Tastatur das Zahlenschloß. Die Tür glitt nach rechts in die Betonwand. »Diese Kammer ist fast voll. Noch nicht ganz.«

Benny konnte die Größe des Raums nicht abschätzen, da die großen quaderförmigen Container in drei oder vier Schichten an den Wänden standen und hinten bis zur Decke reichten. Er sah McWhirty einen Moment zögern und dann hineingehen.

McWhirty blickte sich zwischen den Containern um; er sah auf den Betonboden und stampfte mit dem Fuß auf, als ob sein Fliegengewicht bei den schweren Containern etwas ausmachte oder die Konstruktion erschüttern könnte. »Kann ich die Tür noch mal geschlossen sehen?« fragte McWhirty, als er herauskam.

Mr. Marlucci drückte auf einen Knopf, und die Tür glitt zu.

McWhirty fuhr mit dem Finger oder Fingernagel seitlich an der unteren Türkante entlang. »Hier ist ein bißchen Luft.«

Mr. Marlucci schüttelte energisch den Kopf. »Die Tür ist genutet, Sir, und liegt unten auf – luftdicht versenkt in einem Stahlgehäuse.«

Benny hätte gern gefragt, wie lange eigentlich die Bleicontainer halten sollten, aber so etwas mußte er eigentlich selbst wissen. Er wußte, daß sie gut dreißig Zentimeter dick waren – phantastisch – und das schien für die Ewigkeit gemacht.

Nach einem weiteren Stück über den Korridor entdeckte McWhirty einen Riß in der Betonwand und fuhr mit dem Finger darüber.

»Das wird ausgebessert«, sagte Mr. Marlucci. »Vorerst ist das normal.«

Die Räume seien zwanzig mal zwanzig Meter groß, beantwortete Mr. Marlucci die Frage eines NCC-Mitarbeiters. Dann führte er sie in einen anderen quadratischen Raum mit blauem Fußboden, einer Theke mit Hockern, Kochgelegenheiten, Kühlschränken, Tischen und Stühlen, Ruhenischen und einem Zigarettenautomaten – ohne Menschen darin ein gespenstischer Anblick.

»Die Leute werden hier ihre Poster aufhängen, damit es nicht mehr so trostlos wirkt«, sagte Mr. Marlucci lächelnd. »Es ist ja nur die Kantine für die Balsam-Mitarbeiter, muß also nicht unbedingt aussehen wie eine Nachtbar.«

McWhirty wollte noch einen weiteren Lagerraum sehen. »Vielleicht auf der andern Kellerseite?«

Die Gruppe legte nach Bennys Schätzung einen Weg von der ungefähren Breite des Footballfelds über ihnen zurück, vielleicht auch mehr. Sie mußten sich an eine Wand drücken, um einen Gabelstapler mit sechs Containern vorbeizulassen. Benny bildete sich ein, den Boden unter seinen Füßen zittern zu fühlen. War unter ihnen noch ein Stockwerk? An den Wänden hingen in bestimmten Abständen kleine rote Behälter, die Benny zuerst für Feuerlöscher hielt, bis er bei näherem Hinsehen das Wort SAUERSTOFF darauf las. Auf jedem dieser Tanks steckte eine Atemmaske, ähnlich den Gasmasken von früher, und die ganze Apparatur steckte in einer versiegelten Plastikkapsel. Mr. Marlucci blieb vor einer der sieben Stahltüren in dieser Reihe stehen und betätigte wieder ein Zahlenschloß.

»Wie voll ist dieser Keller schon?« fragte McWhirty. »Ein Viertel? Ein Drittel?«

»Mehr als halb, Sir«, antwortete Mr. Marlucci, als die Tür in die Wand glitt. »Es ist schon erstaunlich, wie schnell er sich füllt. Aber schließlich rollen die Lastwagen Tag und Nacht an, seit – mein Gott, seit fast einem Monat.«

Benny sank das Herz ein wenig. Bei diesem Tempo würde er Operation Balsam für ein paar dringende Sachen, die ihm auf der Seele lagen, gar nicht mehr benutzen können. »Woher kommt das denn alles – hauptsächlich?« fragte er mit einem Gefühl wie ein Vermieter, in dessen Wohnung eine viel zu große Familie eingezogen war.

»Oh, Sie würden staunen, Sir. Wir haben Anweisungen aus Washington – streng geheim, natürlich –, dies und jenes anzunehmen, was aus Texas, Kalifornien, Ohio, überhaupt irgendwoher angeliefert wird, wo es Schwierigkeiten gibt. Auf den Containern steht nicht, woher sie kommen, aber wenn es die richtigen sind, müssen wir sie annehmen.«

Benny kochte im stillen. Washington hatte natürlich Vorrang, aber warum war der NCC weder von Washington noch von der EWA mitgeteilt worden, daß man hier schon alles vollstellte?

McWhirty war in die halbvolle Kammer getreten, deren Tür gerade aufgegangen war, und musterte, soweit er sie sehen konnte, die Wände und die Kanten der Bleicontainer. »Haben Sie Ihre Taschenlampe bei sich, Doug? Dann prüfen Sie doch mal die hintere Wand auf Risse und Feuchtigkeit, soweit es geht.«

Douglas Ferguson nahm seine Taschenlampe und ging hinein.

»Bei diesem Tempo«, sagte McWhirty zu Mr. Marlucci, »dürfte der Keller in einem Monat voll sein, was?«

»Dieses Kellergeschoß«, sagte Mr. Marlucci lächelnd. »Nun – ich schätze, in drei bis vier Wochen. Es wird voll und versiegelt sein, bevor die Footballsaison beginnt.«

Schlimm, dachte Benny. Nun würde Washington wohl noch anderswo einer Universität ein Stadion schenken müssen, und zwar möglichst bald.

Sie gingen weiter zu einem Ausgang auf der anderen Kellerseite, die sie noch nicht besichtigt hatten, und Mr. Marlucci sagte, sie könnten von hier mit dem Aufzug nach oben fahren und sich das Stadion von innen ansehen.

Als sie oben auf dem sonnenbeschienenen Rasen standen, sagte Mr. Marlucci kopfschüttelnd etwas zu einem Mann in Hemdsärmeln und Jeans, der ihn etwas gefragt hatte. Benny stand nah genug, um Mr. Marlucci sagen zu hören:

»Der Atomschutzbunker ist jetzt ziemlich leer, da gibt's nicht viel zu besichtigen. Wir liefern gerade Vorräte an, wie Sie sehen.« Und während sie eine Rampe hinaufgingen, meinte er zu Benny: »Das war einer der Professoren. – Na, ist das nicht ein Anblick?« Und er wies mit ausgebreiteten Armen über das Footballfeld, als möchte er es umarmen.

Eine dunkelgraue Laufbahn umrahmte das grüne Footballfeld. Hoch ragten die Zuschauerränge empor, leer, aber wie in Erwartung spannender Spiele.

»Das kann sich sehen lassen!« hörte man jemand von den NCC-Leuten sagen.

Mr. Marlucci erklärte die Heizungs- und Belüftungssysteme, die Erste-Hilfe-Station für Spieler und Zuschauer im Falle eines Falles, und lud schließlich zu einem Imbiß in einem nahen Restaurant ein, wenn die Herren Zeit hätten. Sie hatten keine. Es war schon nach vier, und ihre Maschine startete um Viertel nach sechs. Der Nachmittag war vergangen wie im Flug.

Die Limousinen fuhren wieder vor, man gratulierte, dankte und verabschiedete sich, und die Wagen fuhren wieder zum Flughafen.

Im Flugzeug setzte Benny sich neben McWhirty, weil er dessen Eindrücke hören wollte, solange sie frisch waren.

»Wir sehen uns das in zwei Wochen noch mal an«, sagte

McWhirty. »Und dann messen wir mal selbst die Strahlung unten und an allen Luftschächten. Diese Risse –« McWhirty lachte auf. »Von wegen schnell-schnell! Ich möchte mal mit Doug reden.« Er löste seinen Gurt und stand auf.

Benny hörte hinter sich auf dem Gang McWhirtys Stimme fragen: »Wo ist Doug?«

»Doug?« antwortete eine andere Stimme. »Vielleicht auf der Toilette.«

Ein paar Minuten später beugte McWhirty sich mit gequältem Gesicht über Benny. »Doug ist nicht in der Maschine. Mir fällt gerade ein –«

»Ja, was?« fragte Benny.

McWhirty setzte sich steif hin. »Ich habe ihn nicht mehr gesehen, seit er in diesen Containerraum gegangen ist. Meinen Sie, er könnte darin eingeschlossen worden sein?«

»Himmel, nein!« sagte Benny sofort und versuchte sich zu erinnern. »Ich habe Marlucci auch nicht die Tür schließen sehen.«

»Ich auch nicht, aber – ich habe gerade die andern gefragt, und keiner kann sich erinnern, ihn vorhin auf dem Flughafen gesehen zu haben. Er ist noch dort, Benny!« Nur mit Mühe brachte es Gerry fertig, leise zu sprechen.

»Wir rufen Well-Bilt an, sobald wir gelandet sind.«

»Das könnten wir jetzt sofort über Funk tun. Bis zur Landung sind es noch ein paar Stunden.«

»Nein«, sagte Benny, was sich auf die Idee bezog, vom Flugzeug aus über Funk um Öffnung eines Containerraums zu bitten. »Nein.«

Sie bestellten sich beide einen Scotch.

»Wahrscheinlich ruft Doug heute nacht aus irgendeinem Hotel in Indianapolis an«, sagte Benny. »Vielleicht ist er in diesem Keller auf die Toilette gegangen und hat uns verloren.«

Es war schon kurz vor zehn, als sie am Flughafen von West Virginia ein Telefon fanden. Benny erfuhr, daß Frank Marlucci um halb sechs nach Hause gegangen sei.

»Dann möchte ich jemand andern sprechen, der mit dem Kellergeschoß zu tun hat. Hier ist Benjamin Jackson von der NCC. Es ist dringend.«

Nach einigem Warten und etlichen Münzen, die seine Mitarbeiter ihm von draußen in die Zelle reichten, meldete sich eine andere Männerstimme, und Benny sagte wieder, wer er war. »Ich habe heute mit einigen meiner Mitarbeiter das Kellergeschoß besichtigt. Wir haben Grund zu der Annahme, daß einer unserer Leute in einem Containerraum eingeschlossen wurde. Ich wünsche, daß jemand nachsehen geht, *sofort.*«

Pause. »Wir bekommen hier jede Menge Anrufe von Studenten, Sir. Da brauchen wir schon nähere Angaben zu Ihrer Person, bevor... Wir haben hier nämlich zu tun, Sir. Gute Nacht.« Der Mann legte auf.

Ein NCC-Mann meinte, Doug sei vielleicht doch herausgekommen, falls er überhaupt eingesperrt gewesen sei, und werde Benny oder Gerry heute nacht anrufen und morgen mit der Frühmaschine nachkommen. Benny und Gerry einigten sich darauf, nach Hause zu gehen und auf einen Anruf zu warten, selbst aber heute nacht auch noch einmal bei Well-Bilt anzurufen.

McWhirty rief von zu Hause aus bei Evelyn Ferguson an, Dougs Frau, um ihr zu sagen, daß Doug über Nacht in Indianapolis bleiben müsse, um mit den Leuten von der Baufirma ein paar Einzelheiten zu besprechen.

Eine Männerstimme nach der andern, die Benny und Gerry in der Nacht im Stadion erreichten, wimmelte sie ab. Man wisse nichts von einer Besuchergruppe, die gestern nachmittag das Stadion besichtigt habe, und keiner wollte je etwas von einer »Operation Balsam« gehört haben. Wenn sie wirklich von der NCC seien, sollten sie sich morgen früh mit diesem Frank Marlucci in Verbindung setzen, auf den sie sich dauernd beriefen, dann könne der die Sache prüfen und sich ihrer Bitte annehmen.

»Was ist denn nur los?« fragte Beatrice, Bennys Frau, als sie um zwei Uhr morgens ins Wohnzimmer kam.

»Doug Ferguson – wie gesagt – er hat nicht alle Informationen, die er für morgen braucht, und ich kann nicht feststellen, in welchem Hotel er wohnt.«

Als Benny vormittags um halb zehn bei Well-Bilt anrief, erfuhr er, daß Mr. Marlucci heute nicht zur Arbeit kommen werde. »Dann geben Sie mir bitte Mr. Siegman.« Benny hatte ein kleines Verzeichnis der Well-Bilt-Leute.

»Mr. Siegman ist gerade in einer Konferenz, Sir. Alle sind in einer Konferenz, weil heute nachmittag die Presse das Stadion besichtigen kommt.«

»Wer ist für die Kellerräume zuständig – *jetzt*?« fragte Benny.

Schweigen. »Wir haben heute nur ein Rumpfpersonal hier, Sir. Niemand ist dafür besonders zuständig.«

»Jemand wie Mr. Marlucci. Hören Sie, es ist dringend. Ich habe allen Grund zu der Annahme, daß einer von uns womöglich in einem Containerraum eingeschlossen ist – seit gestern. Der Mann muß da rausgeholt werden!«

»In w-welchem Raum, Sir?«

»Das kann ich Ihnen nicht genau sagen. Irgendwo gegenüber der Zufahrt für die Lastwagen. Auf der linken Seite, wenn man den – Hauptkorridor, wie ich annehme, entlanggeht.« Benny hatte die Pläne vor sich liegen, aber die Kammern und Korridore hatten keine Nummern oder Buchstaben. Die Gänge führten strahlenförmig von der Mitte weg, wurden aber von anderen, im Kreis verlaufenden Gängen geschnitten, so daß der Plan aussah wie ein Spinnennetz, aber Benny meinte, der Gang, auf dem sie gewesen waren, habe sich in der Mitte befunden, deshalb nannte er ihn den Hauptkorridor.

»Wir haben auf jeder Seite eine Zufahrt für die Lastwagen, Sir.«

»Es macht Ihnen doch sicher nicht zuviel Mühe, einmal die

Kammern zu öffnen und hineinzusehen, wie? Es ist eine von den halbvollen Kammern. Tun Sie das jetzt bitte, und rufen Sie dann zurück.« Benny vergewisserte sich, daß der Mann seine Nummer richtig notiert hatte.

Der Mann rief nicht zurück.

Doug Ferguson kam nicht mit der Morgenmaschine aus Indianapolis. Benny hatte begonnen, seine Pfefferminztabletten zu kauen, denn andere Schmerzmittel hatte er nicht, bevor er sein Rezept erneuern ließ. Gerald McWhirty war mit ein paar anderen dabei, einen »Zwischenbericht über Operation Balsam« abzufassen. Er war für die EWA bestimmt und mußte günstig ausfallen und mindestens sechzig Seiten lang sein. Marlucci hatte ihnen einen Packen Papiere mitgegeben, die sie kopieren und beilegen konnten. Evelyn Ferguson rief zweimal an, um zu fragen, ob Doug zurück sei oder sich gemeldet habe.

»Es ist nicht seine Art, nicht anzurufen«, sagte Evelyn. »Er kann mich zu jeder Tages- und Nachtzeit anrufen, und das tut er auch immer.«

»Ich weiß, daß er da draußen alle Hände voll zu tun hat«, sagte Benny. »Wahrscheinlich hat er keine freie Minute.«

Ab zwei Uhr nachmittags meldete sich bei Well-Bilt auf zwei Apparaten einfach niemand mehr. Benny dachte sich, daß der Keller, in dem die Telefone vielleicht standen, wegen der Journalisten abgeriegelt worden war und heute auch keine Lastwagen dort einfuhren – daß dort heute keine Menschenseele war, bis auf Doug vielleicht, der in einem Containerraum saß und ungehört um Hilfe rief. Hatte der letzte Mann, mit dem er gesprochen hatte, ihm geglaubt, daß womöglich ein Mensch in einem Containerraum eingeschlossen war?

Benny Jackson und Gerry McWhirty blieben noch im NCC-Gebäude, nachdem alle andern schon nach Hause gegangen waren. McWhirty sah mitgenommen aus und mußte zugeben, daß er die ganze letzte Nacht nicht geschlafen hatte. Sie wollten jetzt noch einmal versuchen, Marlucci zu erreichen. Benny versuchte auf einem, McWhirty auf einem anderen Apparat, den Privatanschluß Marluccis herauszufinden, der in der Gegend wohnen mußte, aber es war möglich, daß er sich nur für die Dauer der Bauarbeiten eine Wohnung gemietet hatte und noch nicht im Telefonverzeichnis stand. Er muß doch Telefon haben, dachte Benny. Aber ein Frank Marlucci war weder in Indianapolis noch in einer der umliegenden Städte verzeichnet. Ob es überhaupt sein richtiger Name ist? dachte Benny.

Die schlaflose Nacht war jetzt an ihm. Er hatte zu McWhirty gesagt, daß er am morgigen Donnerstag nach Indianapolis fliegen wolle, aber McWhirty hatte nein gesagt, das tue besser er, denn er werde nicht soviel Aufsehen erregen wie der NCC-Chef persönlich. Benny sah in Dougs Einkerkerung jetzt ein dummes Mißgeschick, das für Washington sehr nach Unfähigkeit aussehen würde. Es fiel auf Benny und die NCC zurück.

Dennoch griff Benny am Donnerstag morgen als erstes zum Telefon, um über seinen heißen Draht Washington anzurufen, und fand sich sehr nobel, weil er damit schließlich seinen Job riskierte.

»Hier Jackson, NCC. Ist Matt da?« Matt Schwartz, mit dem Benny oft sprach, obwohl er ihn noch nie von Angesicht zu Angesicht gesehen hatte, war ein freundlicher und hilfsbereiter Mensch. Jetzt sagte man ihm jedoch, Matt sei bei einer Konferenz in einem anderen Haus und nicht zu erreichen. »Es geht um Operation Balsam ... ja ... Wir müssen unbedingt einen gewissen Frank Marlucci sprechen, einen der Bauleiter von Well-Bilt. Wir müssen mit ihm telefonieren, können ihn aber nirgends ausfindig machen.« Benny hatte mit fester Stimme gesprochen, aber doch einmal gestockt: Er hatte nicht ausdrücklich gesagt, daß ein NCC-Mitarbeiter seit Dienstag nachmittag in einem Containerraum eingeschlossen war.

»Weswegen wollen Sie ihn sprechen?« fragte Washington.

»Ich muß ihn etwas fragen. Er war gestern – nicht im Dienst.« Benny war gerade eingefallen, daß er es heute vormittag noch gar nicht versucht hatte.

»Wir rufen zurück«, sagte Washington und legte auf.

Washington rief in Rekordzeit zurück, dieselbe Männerstimme. »Marlucci ist nicht mehr bei Well-Bilt beschäftigt, Sir. Es hat keinen Sinn, ihn erreichen zu wollen.«

»Die müssen doch seinen Privatanschluß haben. Ich muß ihn fragen –«

»Wir wissen Bescheid. Wegen der Panne.«

Benny war überrascht. »Und, ist schon etwas unternommen worden?«

»Ja, Sir«, lautete die knappe Antwort.

»Es geht um Doug Ferguson von der NCC. Heißt das, er ist wohlauf?«

»Wohlauf? Was ist denn mit dem Mann?«

»W-was meinten Sie denn vorhin mit der ›Panne‹?«

»Marlucci hat einen Fehler begangen und ist rausgeflogen. Wir raten unseren Leuten vorerst von einem Besuch dort ab. Bis auf weiteres.«

Es war ein Befehl, das wußte Benny. Er konnte gerade noch Gerry McWhirty zu Hause erreichen und ihm sagen, daß er die Morgenmaschine nicht nehmen solle. McWhirty kam um elf zum Dienst. Bei Well-Bilt waren die Telefone wieder besetzt, aber Benny hatte noch niemanden gesprochen, der ihm Marluccis Privatnummer nennen oder ihm sagen konnte, ob gestern oder heute ein Containerraum geöffnet worden war, um nach einem möglicherweise darin Eingeschlossenen zu suchen. Es wußte einfach niemand etwas.

»Hier ist Jackson von der Nuclear Control Commission«, wiederholte Benny zum soundsovielten Mal.

»Wir haben *verstanden*, Sir. Wir können nichts für Sie tun.«

Wieder einmal gaben Benny und Gerry sich der schwachen

Hoffnung hin, Doug könne noch mit der Morgenmaschine um halb zwölf kommen. Wenn, so rief er jedenfalls nicht an, und sie hatten nicht den Mut, seine Frau anzurufen und zu fragen, ob Doug nach Hause gekommen sei. Evelyn hatte vormittags einmal angerufen und gefragt, ob man etwas von ihm gehört habe, und Benny hatte seine Sekretärin angewiesen, Mrs. Ferguson zu sagen, daß sie auch noch nichts von Doug gehört hätten, aber annähmen, er werde spätestens Samstag wiederkommen. Benny war klar, daß Evelyn Ferguson das nicht schlucken würde.

Der Nachmittag brachte neue Plagen. Bewohner von Love Canal hatten eine Kampagne organisiert, und ab dem Lunch wurde die NCC mit Anrufen und Telegrammen von erbosten Hausbesitzern und Frauen bombardiert, denen man gesagt hatte, sie müßten ihre Häuser wieder verlassen, nachdem sie in ihre schon einmal verlassenen Häuser gerade erst wieder eingezogen waren. Das »Komitee für Gerechtigkeit in Love Canal« blockierte die Telefone mit Anrufen und Telegrammen, die vom Telegraphenamt telefonisch durchgegeben wurden – lauter Vorwürfe an die NCC, sie habe Falschinformationen und Lügen verbreitet –, bis Benny schier verrückt wurde. Sollte doch eine Bombe auf Love Canal mitsamt seinem Scheißkomitee fallen!

Am Freitag wurde Benny über den heißen Draht aus Washington von einer Frauenstimme informiert, daß Frank Marlucci gestern nachmittag bei einem Verkehrsunfall im Süden von Indiana ums Leben gekommen sei. Benny wußte, was sich höchstwahrscheinlich abgespielt hatte: Jemand hatte Marlucci mit voller Absicht von der Straße gedrängt. Ihm war ganz elend, bis er sich ins Gedächtnis rief, daß er dergleichen ja schon gehört hatte, bisher zwei- oder dreimal. Und er wußte, warum ihm so elend war: Marluccis Tod bestätigte Dougs Tod. Wenn er sich vorstellte, wie Doug in diesem halb mit Containern gefüllten Raum saß und vor Hunger, Durst und Luftmangel immer schwächer wurde, wie er ungehört wimmerte und endlich starb, wurde ihm speiübel. Er rief McWhirty zu sich und sagte es ihm.

»Heiliger Jesus!« McWhirty sank in Bennys Zimmer in einen Ledersessel, als hätte ihn alle Kraft verlassen.

»Meinen Sie, Marlucci könnte versucht haben, ihn rauszuholen?« fragte Benny. »Oder daß er ihn rausgeholt *hat* – tot?«

»Oder daß Ladearbeiter ihn gefunden haben und Marlucci dafür verantwortlich gemacht wurde.« McWhirty wirkte wie benebelt, war aber nur erschöpft. »Ich denke, daß Doug spätestens gestern früh tot war – erstickt.«

Es hatte wohl keinen Sinn, sich das Geschehen allzu genau auszumalen, fand Benny. »Meinen Sie, die würden das einfach vertuschen – wenn sie ihn gefunden hätten?«

»Ja«, sagte Gerry.

Die Well-Bilt-Leute mit ihrem technischen Apparat wußten sich gewiß eine Leiche vom Hals zu schaffen, davon war Benny überzeugt. »Was sagen wir seiner Frau?«

McWhirty sah sehr elend aus. »Wir werden ihr sagen müssen, daß er verschwunden ist – vielleicht tot. Ich werde es ihr sagen. Sie wissen doch – unser Beruf hat seine Risiken.«

»Wir werden dafür sorgen, daß sie eine großzügige Pension bekommt«, sagte Benny.

McWhirty verfiel in eine Verstörtheit oder Depression, aus der er nicht herauskam, aber er kam weiter zur Arbeit und wollte von der Woche Urlaub, die ihm der Arzt verordnet hatte, nichts wissen.

Die folgende Woche brachte eine wahre Flut von Briefen, und ein zweitägiger Sitzstreik auf dem NCC-Gelände – der dem schönen Rasen schadete, zumal die Polizei die Hartnäkkigeren unter den Demonstranten mit Gewalt vom Gelände zu schaffen versuchte – versetzte die ganze NCC in Unruhe und veranlaßte die Mitarbeiter, in gepanzerten Autos zum Dienst zu kommen, die sie morgens um halb neun heimlich an verabredeten Stellen abholten. Die Demonstranten nannten sich »Bürger in Aufruhr«, und ihr Kern schien aus der

Gegend von Three Mile Island zu kommen, aber sie hatten die Absicht, »Bürger in Aufruhr« zu einer landesweiten Bewegung zu machen, indem sie sich mit militanten Umweltschützern zusammentaten. Die NCC-Leute kamen in einem Hagel von Steinen, Eiern und Schimpfwörtern zum Dienst.

Ende September geriet Gerald McWhirty mit seinem Wagen, dem älteren von den beiden, die er und seine Frau besaßen, von der Fahrbahn, stürzte eine Böschung hinunter und war tot. Er hatte keine Mitteilung hinterlassen. Man bezeichnete es als Unfall.

Evelyn Ferguson, die seit dem Verschwinden ihres Mannes (wie man es nannte) zu trinken angefangen hatte, kam auf Staatskosten in ein Sanatorium in Massachusetts. Benny schickte ihr aufmunternde Postkarten, wann immer er mal wieder daran dachte.

Die NCC verfaßte für Washington einen positiven Bericht über Operation Balsam, als die Anlage im Oktober offiziell abgenommen wurde. Benny war dort und sah noch schlimmere Risse im Beton als McWhirty, aber Well-Bilt versprach, sie zu reparieren, und so wurden sie im Bericht nicht erwähnt. Schlimmer war, daß eine Strahlenmessung durch die NCC an einem der Luftschächte außerhalb des Stadions 210 Millirem pro Stunde ergab, etwas über 300 Millirem an einem zweiten – von den insgesamt zwölf Schächten war überhaupt nur einer sauber. Woher kam die Radioaktivität? Well-Bilt versprach, sich darum zu kümmern, indessen halte man aber die austretende Strahlenmenge noch nicht für besorgniserregend und sehe keine Gefahr für Menschen, Tiere und Pflanzen in der Umgebung.

Benny hatte jetzt andere Probleme am Hals. Eine Ladung Plutonium, unter dem Decknamen »italienische Fracht« – weil sie mit Italien nichts zu tun hatte – von Houston nach South Carolina unterwegs, war verschwunden, und ob die NCC sich darum kümmern und herausbekommen könne, ob sie vielleicht von einem befreundeten Land gestohlen worden sei oder was? Bennys Kommission hatte somit schon mindestens vier solcher Sendungen aufzuspüren, die auf dem Land- oder Seeweg abhanden gekommen waren. Benny vermißte Gerry McWhirty auf eigenartige Weise, als ob Gerry die Stimme seines Gewissens gewesen sei, die jetzt verstummt war. Er vermißte auch Doug Ferguson, aber anders. So erinnerte er sich noch an die interessante rostrote Tweedjacke, die Doug an jenem letzten Tag getragen hatte, wußte noch, daß er Doug deswegen ein Kompliment gemacht hatte. Jetzt war Doug wahrscheinlich irgendwo einbetoniert, und zwar für immer. Die Containerräume waren inzwischen alle voll und, wie man sich bei Well-Bilt ausdrückte, »auf Dauer hermetisch versiegelt«. Bennys Magengeschwür war nicht besser geworden, aber auch nicht schlimmer, und er hatte die Abschlußinspektion von Operation Balsam ganz gut überstanden: Er hatte sich vorgenommen, keine Miene zu verziehen und nicht einmal daran zu denken, daß hinter einer dieser quadratischen Stahltüren, an denen er an diesem Tag vorbeigegangen war, womöglich Doug Fergusons Leiche lag. Und es war ihm gelungen.

Nabuti: Dem UN-Komitee ein herzliches Willkommen

Dem großen, fruchtbaren westafrikanischen Land waren Natur und Glücksgöttin hold gewesen. Nabuti besaß Flüsse und saftige Ebenen, eine fast zweitausend Kilometer lange Küste, und in seinen Bergen lag Kupfer. Zweihundert Jahre lang war Nabuti von den Weißen ausgebeutet worden, die Bergbau betrieben und für ihre Zwecke Straßen und Häfen und Eisenbahnen bauten. Noch ehe die erste Hälfte des zwanzigsten Jahrhunderts um war, besaß Nabuti achttausend Kilometer Teerstraßen, seine Flüsse waren schiffbar gemacht, Elektrizitäts- und Wasserversorgung installiert, Schulen eingerichtet. Malaria und Bilharziose waren besiegt, die Gesundheit allgemein sehr verbessert, und von den zahlreichen Neugeborenen blieben die meisten am Leben.

Seine Unabhängigkeit erhielt Nabuti in den fünfziger Jahren auf bloßen Antrag. Über ganz Afrika lag Unabhängigkeit in der Luft wie Champagner, den man bloß einzuatmen brauchte. Ein Kader von Weißen blieb noch eine Zeitlang in Nabuti, um zu gewährleisten, daß alles richtig funktionierte, daß Bedienungsmannschaften die Eisenbahnen fahren, Kraftwerke in Gang halten und Maschinen warten konnten, vom Traktor bis zum Fahrrad, aber die Weißen waren um diese Zeit nicht beliebt. Je eher sie gingen, desto besser, hieß die Devise, und die Weißen begriffen, nachdem sie einige Male von faulenzenden Jugendlichen auf der Straße angespuckt und – mehrere – dann auch überfallen und totgeschlagen worden waren. Die Weißen gingen.

Darauf folgte ein halbjähriges Volksfest, auf dem die vier oder fünf Kontrahenten um die Macht öffentliche Reden hielten und sagten, wie sie das Land zu regieren gedächten. Alle versprachen viel. Sie mußten die ewig lärmenden Musikboxen und Kofferradios übertönen. Es gab eine sogenannte Wahl, dann eine Stichwahl zwischen den beiden führenden Kandidaten, dann Streit um die Stimmenauszählung, und Sieger wurde ein stämmiger Mittzwanziger namens Bomo, denn er war Chef der Polizei, und die Polizei war bewaffnet. Die ursprünglich von Weißen ausgebildete Polizei würde einen guten Kader für eine künftige nabutische Armee abgeben, hatten die weißen Herren gemeint, und so sollte es kommen. Die Polizei schwoll zu einem immer größeren Heer, und mit den Millionen Dollar, die Nabuti für seinen Start als unabhängiges afrikanisches Land bekommen hatte, und den jährlichen Zuwendungen und Darlehen danach war der Ankauf schneidiger Uniformen, Gewehre, Maschinengewehre und Panzer kein Problem. Bomo, der nie in seinem Leben morgens um sechs von einem Trompetensignal geweckt worden war, machte sich zusätzlich zum Präsidenten noch zum Oberbefehlshaber der Armee. Bewaffnete Macht, Waffenandrohung war nötig, denn Bomo gedachte sein Volk zum Arbeiten zu bringen. Fortschritt – das Wort bedeutete für Bomo mehr Komfort, besseres Gesundheitswesen, erhöhten Kupferexport, mehr Autos und Fernseher – der Fortschritt mußte weitergehen.

Auf Einladung kamen ein paar weiße Baufirmen, um verschiedene Projekte in Angriff zu nehmen: Bomos Regierungsgebäude zum einen, zum anderen seine private Residenz, das Kleine Schloß, sowie ein paar Hochhäuser zur Unterbringung von Arbeitern in der Hauptstadt Goka und eine Flughafenerweiterung mit längeren Landebahnen, denn Bomo schwebte Tourismus vor. Zunächst waren die Arbeitslöhne gut und lockten Menschen aus der Landwirtschaft in die Städte. Dann kam es, wie es kommen mußte: Grundnahrungsmittel wurden knapp, und Nabuti mußte Lebensmittel importieren, was keine schwere Bürde war, denn per Vereinbarung mit einer UN-Behörde gab es Reis, Weizen und Milchpulver nahezu umsonst. Am schlimmsten stand es um die Kupferminen. Die Bergarbeiter wurden immer undisziplinierter, blieben unkontrolliert der Arbeit fern und betranken sich, vorwiegend mit Bier, ständige Lohnforderungen mündeten in halborganisierte und wilde Streiks, und innerhalb von zwei bis drei Jahren sank die Produktion auf zwanzig Prozent des Normalwerts. Ging irgendwo eine Maschine kaputt, sofort behauptete ein zorniger Arbeiter, er könne sie nicht reparieren, und vielleicht konnte er es wirklich nicht.

Nabuti suchte um weitere Finanzhilfe nach und bekam sie. Bomo sah vollkommen ein, daß sein Volk Kühlschränke, Fernseher, Autos und WCs haben wollte, ziemlich genau in dieser Reihenfolge. Er bekam die Fernseher zu Millionen und erstaunlich billig, sie erhöhten die Schulden des Landes nur um ein Winziges. Dank Fernsehen wurde das Volk ruhiger, was die Arbeitskämpfe anging, allerdings erschienen immer mehr Leute einfach nicht zur Arbeit, sondern blieben zu Hause vor dem Fernseher. Wessen Gerät kaputt war, der ging zu Freunden, deren Gerät noch nicht kaputt war. Das Leben in der Hauptstadt war zu einer einzigen großen Bier- und Fernsehparty geworden, denn dank Satellitenfunk war täglich vierundzwanzig Stunden lang immer irgend etwas auf dem Bildschirm; in welcher Sprache, war den Nabutis ziemlich egal, solange es nur Bilder zu sehen gab.

Es gab noch andere Probleme: Verkehrsstaus zum Beispiel. Man kümmerte sich nicht um rote und grüne Ampeln, zuerst mit der Entschuldigung, es kümmere sich auch sonst keiner darum, dann unter Hinweis auf die (unbestreitbare) Tatsache, daß die meisten Ampeln sowieso nicht funktionierten. In den Hauptstraßen von Goka stagnierten die Ströme von Personenautos, Lastautos und vereinzelten Traktoren, die als Transportmittel sehr beliebt waren, denn Traktoren konnten alles andere aus dem Weg schieben und überwanden spielend Schlaglöcher und unbedeckte Kanalschächte. Zahlreiche Autos blieben in diesem Gewühl mit überhitztem Motor stecken, wurden oft einfach stehengelassen und waren Stunden später ausgeschlachtet. Da die Beseitigung dieser Wracks nicht organisiert war, blieben sie lange dort liegen. Rings um Goka und zwei, drei andere Großstädte herum entstanden wilde Ansiedlungen von Arbeits- und Obdachlosen. Rauchschwaden von verbranntem Müll und der Gestank der offenen Kloaken waberten ständig über Goka, egal wie der Wind stand. Bei Windstille lag der Smog so tief über der Stadt, daß man kaum noch die Landesfahne über dem sechsstöckigen Regierungsgebäude sah. Das Telefonnetz funktionierte gerade noch soweit, daß ein paar Unentwegte immer wieder zu telefonieren versuchten, aber auch wenn es hin und wieder einen Wählton gab, kamen die Anrufe meist nirgends an. Infolgedessen waren Boten sehr gefragt. Junge Burschen, auch ein paar junge Mädchen, brachten denen, die in den Hochhäusern wohnten und sie aus Sicherheitsgründen – oder weil der Aufzug nicht ging – nicht verließen, Briefe oder öfter mündliche Botschaften sowie Pakete und Lebensmittel und Schwarzmarktgüter. Einige wenige in Nabuti hatten reichlich Geld, die Mehrheit aber hungerte. Wer Geld hatte, war in der Armee oder deren Umfeld oder hatte die Finger in Schwarzhandel, Prostitution und Rauschgift.

Handel und Gewerbe waren so gut wie nicht mehr vorhanden, und Bomo hatte resigniert, was er sich aber bewußt und direkt nie eingestanden hätte. Seine Aufgabe sei es, sagte er sich, sein Land zusammenzuhalten, Kontakt zu pflegen mit den regionalen Gruppen, den (ihm ergebenen) starken Männern, die in der Lage waren, Unruhen zu ersticken und die raubenden und plündernden Jugendbanden zu zerschlagen; außerdem der UNO zweimal jährlich über die Fortschritte im Gesundheitswesen zu berichten und die ausbleibenden Fortschritte in Industrie und Landwirtschaft auf Dürren, Streiks und die Nachbarländer zu schieben, die stets für Unruhen sorgten, indem sie ihre eigenen Hungernden und Arbeitslosen kurzerhand über die Grenze nach Nabuti ausspien, trotz der Maschinengewehrsalven, mit denen nabutische Soldaten sie dort empfingen. Diese Eindringlinge schlugen sich in den Busch und sickerten dann heimlich in die Elendssiedlungen um die großen Städte herum. Es war widerwärtig. Aber die UNO-Leute glaubten Bomo, wenn er versicherte, er tue sein Bestes. Jedenfalls floß weiter Geld herein.

Bomo, als junger Mann einsdreiundneunzig groß, war mit der Zeit fülliger geworden. Mit jetzt knapp zweiundfünfzig Jahren maß er zwei Meter im Umfang und ließ sich überlange Offizierskoppel anfertigen, damit er die Schnalle bei Bedarf noch um vier oder mehr Löcher versetzen konnte. Dieses Auge aufs Detail, fand er, machte den gutaussehenden Mann. Er besaß zwei Dutzend Orden, die er bei Reden anlegte, mehrere Mützen mit reichlicher Goldverzierung und für die wichtigsten Anlässe, wie Militärparaden, einen hochgeschlossenen Waffenrock mit viel Goldlitze. Er trug selten die vollständige Uniform, denn sie war in der Hitze unbequem. Aber stets hatte er eine lange Khakihose an, keine Shorts, dazu meist ein offenes Hemd mit hochgekrempelten Ärmeln und Sandalen, keine Socken. In dieser Aufmachung ließ er sich allmorgendlich im Jeep zu einer Inspektionsrunde kreuz und quer durch Goka und die nähere Umgebung fahren. Das dauerte ungefähr von zehn bis eins, dann wurde es Zeit zum Lunch und anschließendem Nachmittagsschläfchen im Kleinen Schloß. Im Jeep standen immer drei Soldaten mit aufgepflanzten Gewehren und hielten die Augen offen, falls es irgendwo Ärger gab, aber ebenso zur Demonstration bewaffneter Macht, obwohl sie seit Jahren keinen Schuß mehr hatten abgeben müssen. Die Leute standen nur noch an den Straßenecken herum und redeten oder saßen am Straßenrand und tranken Kaffee und Bier. Bomos Morgenrunde diente auch noch dazu, auf ein halbes Stündchen bei einer seiner zwei oder drei Mätressen zu verschwinden, die er Ehefrauen nennen mußte, wenn er mit ausländischen Diplomaten sprach. Bomo konnte seine Söhne nicht mehr zählen, es mochten fünfundsiebzig oder auch hundert sein. Die Zahl der Töchter spielte keine Rolle, obwohl landauf, landab viele Mädchen behaupteten, er sei ihr Vater, so viele, daß der Anspruch nichts mehr galt.

Bomos Lieblingssöhne waren zwei an der Zahl und von verschiedenen Müttern, Kuo hieß der eine und war etwa achtzehn Jahre alt, der andere hieß Paulo und war ein paar Monate jünger oder älter. Beide waren scharf auf die Nachfolge ihres Vaters und lebten mit ihren jeweils drei oder vier Frauen mit im Kleinen Schloß. Bomo spielte sie gegeneinander aus und stachelte sie dazu an, bei Rebellionen hart durchzugreifen – einer härter als der andere – und stets zuerst zu schießen, mehr brauchte es nicht, um Nabuti zu regieren. Eines Tages würde der eine den andern umbringen, und Bomo würde wissen, daß sein Land in die richtigen Hände fiel, die Hände des Stärkeren.

Eines Tages wurde Bomo von einem Boten ein versiegelter Umschlag überbracht, der stark verschmutzt war und auf der Rückseite das Emblem der Vereinten Nationen trug. Der Brief, erfuhr Bomo von seinem alten Dolmetscher, sei einen Monat alt und enthalte im wesentlichen die Nachricht, daß fünfzehn Mitglieder des UN-Komitees für Afrikahilfe mit fünf Hilfskräften an dem und dem Tag – und das war von jetzt an in neun Tagen – Nabuti zu besuchen wünschten. Das Komitee, hieß es in dem Brief, habe vergebens im Regierungsgebäude und im Kleinen Schloß anzurufen versucht, und dies sei schon der zweite Brief, von dem der Absender nun hoffe, er möge seinen Adressaten erreichen, wofür er um Bestätigung bitte, möglichst an das ›Hotel Grüner Himmel‹ in Gibbu, der Hauptstadt von Gibbi, einem Nachbarland an Nabutis Ostgrenze, zu dem Nabuti derart schlechte Beziehungen hatte, daß Bomo zweifelte, ob irgendeine Botschaft aus seinem Land überhaupt zugestellt würde.

Um diesen Besuch gab es kein Herumkommen, das war Bomo klar. Das Komitee wollte auf dieser Tour, seiner ersten seit fünf Jahren, mehrere Länder in dieser Region besuchen. Ein rasch vom Zaun gebrochener Bürgerkrieg – nichts leichter als das – würde seine Regierung in ein schlechtes Licht rücken, auch wenn Sicherheitsgründe vielleicht den Besuch abwendeten.

Bomo rief seine beiden Söhne zu sich.

»Aufräumen!« befahl Bomo in der Landessprache mit ein paar eingestreuten Brocken Französisch und Englisch. »Müll, Bierdosen, *merde, slums*, Bettler, Diebe! Erschießt sie und verbrennt die Leichen! Danach werden die Straßen gesäubert und Fenster geputzt. Und der Flughafen! Macht die Landebahnen frei!«

Kuo und Paulo sprachen mit ihren starken Männern in der Armee, und diese sandten Kommandos aus, um einer schnelleren Müllverbrennung und Straßenreinigung nachzuhelfen; Kloaken waren auszuspülen und überhaupt erst einmal Abflüsse dafür zu graben, Widerspenstige waren zu erschießen, desgleichen Aussätzige und wer sonst noch so schlimm aussah, daß man ihn nicht vorzeigen konnte. Ein ganzes Volk spuckte in die Hände, denn es galt diesen Berg von Arbeit in neun Tagen zu bewältigen. Bummelanten wurden an die Wand gestellt. Binnen Stunden war die Luft in Goka und den drei anderen großen Städten des Landes erfüllt von Gewehrfeuer, Schreien, Rauch und dem blechernen Scheppern der Autoleichen, die mit Muskelkraft von den Straßen geschleift wurden.

Bomo kümmerte sich persönlich um das ›Hotel Bomo‹ und das Regierungsgebäude, denn dorthin, und in dieser Reihenfolge, gedachte er das Komitee nach der Landung auf dem Flughafen Bomo zu bringen. Im Parterre des Regierungsgebäudes sollte im größten Salon ein Empfang stattfinden, wofür die großen Küchen im hinteren Gebäudeteil herzurichten waren. Von vorn war das Regierungsgebäude dem Parthenon nachempfunden, denn einer der Weißen hatte beim Abschied aus Nabuti in seiner Rede von einem »künftigen Haus der Regierung, edler als der Parthenon« gesprochen. Bomo hatte dies einem französischen Architekten aufgetragen und erinnerte sich noch, wie entgeistert der Architekt gewesen war, denn es sollte nach Bomos Willen ein sechsstöckiges Gebäude mit zwei Stockwerk hohen Säulen und einem noch höheren Giebel werden, in dem Bomo außerdem einen Balkon wünschte. Der Balkon im Giebel war da, und einst hatte Bomo von dort herab viele Reden gehalten, aber jetzt wurde das Regierungsgebäude nicht mehr benutzt, höchstens als inoffizielles Freizeitzentrum. Das hatte damit angefangen, daß die Wachposten zuerst Karten, dann Billard gespielt hatten, dann waren Musikboxen und Getränkeautomaten und immer mehr Betten aufgestellt und ein gutbesuchtes Bordell eingerichtet worden. In einigen Zimmern im ersten Stock befanden sich noch die Papiere und Akten, mit denen Nabuti einstmals seine Unabhängigkeit begonnen hatte, aber da selbst unter Druck niemand Steuern zahlte und Empfangsquittungen für eingegangene Maschinen und Waren aller Art unmöglich zu bekommen waren, hatten die Beamten sich längst in alle Winde zerstreut, nachdem sie zuvor die großen Whisky- und Weinkeller leergetrunken hatten. Die meisten Fenster im Regierungsgebäude waren kaputt, die elektrischen Anlagen »tot«, und die Aufzüge funktionierten auch dann nicht, wenn einmal Strom da war. Bomo ließ seine besten Elektriker kommen.

»In vierundzwanzig Stunden will ich die Lichter brennen und die Klimaanlage in Betrieb sehen!« brüllte er die sechs erschrockenen Männer auf der Treppe des Regierungsgebäudes an.

Frauen putzten und fegten drinnen schon und scheuerten die Wände, während Soldaten Müßiggänger und quiekende Prostituierte mit Bajonetten verjagten.

Lulu-Fey, eine von Bomos Frauen und derzeitige Favoritin, übte ihren Bauchtanz, den sie auf einer Tunesienreise mit Bomo gelernt hatte. Bauchtanz war keine nabutische Sitte, aber Bomo hatte ihr gesagt, westliche Männer sähen so etwas gern und sie solle die Ehrengäste nach dem Empfang damit überraschen, und Lulu-Fey gehorchte nur zu gern. Sie hatte sich schon bei der Planung des Menüs nützlich gemacht, bei dem es vor allem Schweinebraten und Spanferkel gab.

Die Telefontechniker hatten nach zwei Tagen die Verbindungen zwischen Regierungsgebäude und Kleinem Schloß wiederhergestellt, und der erste Anruf, den Bomo erhielt, kam vom UN-Komitee, das ihn schon seit Wochen zu erreichen versuchte und wissen wollte, ob der vorgeschlagene Besuchstermin genehm sei, was Bomo ihnen versicherte.

Trommeln schlugen Tag und Nacht und spornten das Volk zur Arbeit an, und da zudem die üblichen Kofferradios Tag und Nacht mit Popmusik plärrten, fanden die Leute erst Schlaf, wenn sie vor Erschöpfung umsanken.

Am Abend des zweiten Tages kam die weitere gute Nachricht, daß im Regierungsgebäude der Strom wieder da war und zwei der vier Aufzüge liefen. Zwei genügten, um das UN-Komitee zu einem Blick von der Dachterrasse nach oben zu bringen, denn sie faßten jeder zwölf Leute. Auf dem Flughafen Bomo waren Bierdosen zu Tausenden weggeschafft, Blech- und Papphütten abgerissen, der Tower aufgeräumt, seine Fenster geputzt oder zerbrochene Scheiben ganz herausgeschlagen worden. Strom hatte der Tower nicht, und seit dem letzten Besuch eines UN-Komitees vor vielen Jahren waren hier auch keine Flugzeuge mehr gelandet, außer Bomos propellergetriebener Privatmaschine, die zur Zeit nicht einsatzbereit war, weil ein Ersatzteil fehlte. Die Mechaniker wußten nicht, welches Teil, und Bomo hatte in Amerika ein neues Flugzeug bestellt, welches jedoch noch nicht eingetroffen war.

Am Abend des zweiten Tages blieb dann einer der Aufzüge mit mindestens zwanzig Leuten darin stecken. Die Reinigungstrupps und ein paar Soldaten hatten den wieder fließenden Strom mit Bier aus den allgegenwärtigen Sechserpacks gefeiert, dann hatten zu viele auf einmal mit dem Aufzug fahren wollen, und der Aufzug war zwischen dem dritten und vierten Stock stehengeblieben. Männer und junge Burschen drängten sich die ganze Nacht davor und gaben grölend guten Rat:

»Ihr müßt auf die Knöpfe drücken! Haha!«

»Tretet doch die Tür ein!«

»Schiebt mal alle von derselben Seite!«

Die Eingesperrten brüllten, sie hätten nicht genug Luft, und verlangten, daß der Schacht aufgesprengt werde. Aus der Kabine klang es nach Streit und Prügeleien.

Auf allen Stockwerken schlugen junge Burschen auf die Knöpfe ein, bis sie in den Schalttafeln verschwanden oder abfielen.

Bis zum Morgengrauen hatten die Eingesperrten sich heiser geschrien. Sie schwitzten sich tot, sagten sie. Drei von ihnen seien schon tot und fünf andere ohnmächtig.

Sobald es jemand wagte, wurde Bomo geweckt. Was zu tun sei? Bomo zog sich an und begab sich mit finsterem Blick, aber ganz Herr der Lage, zu Fuß zum Regierungsgebäude. Die Menge vor und in der Eingangshalle machte ihm Platz. Im Erdgeschoß erinnerte ihn die geschlossene Tür des Fahrstuhlschachts an die Fotos von Banktresoren, die er in westlichen Illustrierten auf Bankreklamen gesehen hatte. Auf keinen Fall sollte dieser Aufzugschacht von außen beschädigt werden, bevor das Komitee hiergewesen war. Bomo stieg in Sandalen, Khakihose und Hemd, auf dem Kopf eine dem Notstand angemessene goldverzierte Mütze, die Treppe hinauf. Wo das Stöhnen im Schacht am lautesten war, blieb er stehen und betrachtete das goldglänzende Metall, das den festsitzenden Aufzug umgab. Wie hätte man ihn überhaupt aufbrechen können, ohne mit einer Kanone darauf zu schießen? Auf den Treppen über und unter ihm standen an die zweihundert seiner Landsleute und sahen ihn erwartungsvoll, gleichgültig oder schläfrig an. Ohne sich das allerkleinste

Zögern anmerken zu lassen, ging Bomo wieder die Treppe hinunter, wo die Menge sich teilte, um ihn durchzulassen.

»Elektriker!« schrie Bomo.

Nur einer wurde nach vorn geschubst, ein Mann mittleren Alters, der sehr ängstlich wirkte. »Wir glauben, daß eine Sicherheitsvorrichtung den Aufzug angehalten hat, weil er überlastet war, Exzellenz.«

Bomo nahm die Mütze ab und wischte sich die Schweißströme von der Stirn. »Ist Strom da? Läuft die Klimaanlage?«

»Ja, Exzellenz, aber der Aufzug hat so gut wie keine Belüftung. Und der Strom ist schwach.«

»Dann macht die verdammten Fenster zu, wenn die Klimaanlage läuft!« brüllte Bomo. »Verdammt, hier ist es ja heißer als draußen – ihr habt die verdammte *Heizung* an!«

Es stimmte. Sie hatten sämtliche Schalter ausprobiert, um den Aufzug nach unten zu bekommen, und dabei war die Kaltluft ab- und die Warmluft eingeschaltet worden. Als Bomo vors Haus trat, war die Luft dort tatsächlich kühler, aber auch voll Rauch. Ein launischer Wind wehte dunkelgraue Rauchwolken genau an der Vorderfront des Regierungsgebäudes vorbei und nahm Bomo fast den Atem, so daß er kehrtmachte und mit den Händen vorm Gesicht wieder ins Haus stürzte. Kaum daß er wieder Luft bekam, gab er gleich weitere Befehle.

»Offiziere! Soldaten! Beschleunigt die Müllverbrennung! *Sämtliche* Verbrennungen! Bis morgen abend muß alles erledigt und die Feuer gelöscht sein!«

»Jawohl, Exzellenz«, sagte der nächststehende Offizier und salutierte, bevor er seine Kameraden zusammenrief und zur Tür stürzte.

Der kleine Elektriker stand wieder neben Bomo. »Wenn wir den Aufzug nicht elektrisch bewegen können, Exzellenz, dürfen wir dann den Schacht aufbrechen, um –?«

»Nein!« überschrie Bomo das Gebelfer derer im Foyer,

die aber größtenteils lachten. »Der Aufzugschacht wird *nicht* aufgebrochen!«

Bomo eilte wieder die Treppe hinunter und schrie nach einem nassen Tuch, in sauberes Wasser getränkt. Ein paar Jungen flitzten durch den Nebel, um ihm seinen Wunsch zu erfüllen. Die Straße gegenüber dem Haus war jetzt leer von kriechenden und stehenden Autos, es rollten nur noch ein paar Fahrräder darauf entlang, und handgezogene kleine Wagen, beladen mit Waren und Müll, Eimern und Krügen. Von einem bekamen die Jungen zwei nasse Tücher und brachten sie Bomo, der sich eines sofort über den verschwitzten Kopf und das Gesicht legte. Es war irgend jemandes Hemd, aber das war egal. Die Leute brüllten und versuchten torkelnd den Rauchschwaden auszuweichen, in denen man mitunter nur zwei Meter weit sah. Und der furchtbare Gestank erinnerte an verbranntes Fleisch und Exkremente und versengte Hühnerfedern.

Problem Nummer zwei boten an diesem Tag ein Dutzend oder mehr Brände in der Stadt. Wasser mußte herbeigeschafft werden, in Eimern. Soldaten trieben dafür alle Schaulustigen zusammen, und besonders gefragt waren leichtfüßige Kinder. Als Bomo kurz vor zwei Uhr nachmittags erschöpft ins Kleine Schloß zurückkam, übte Lulu-Fey im großen Wohnzimmer gerade wieder Bauchtanz und beschwerte sich über den Rauch. Dagegen sei nichts zu machen, bevor das große Aufräumen erledigt sei, sagte Bomo.

Der Nachmittag war bestimmt von kakophonem Geschrei und Gewehrfeuer. Soldaten hatten den Befehl bekommen, die schwarzen Märkte auszuheben, die ihre Unterhaltungselektronik, Pornographie, Kaviar- und Gänseleberkonserven und teuren Whiskys wie Jack Daniels und Chivas Regal inzwischen offen auslegten, und die Soldaten trafen auf bewaffneten Widerstand. Es kam zu kleinen Gefechten, Maschinengewehre wurden eingesetzt, Flaschen beschlagnahmt und ausgetrunken.

Am Abend gab es weitere Schwierigkeiten: Von den vermuteten zwanzig Männern in dem steckengebliebenen Aufzug war die Hälfte erstickt oder im Faustkampf mit anderen getötet worden. Ihre Frauen drängten sich jetzt um den Aufzugschacht und versuchten ihn mit Äxten aufzubrechen. Bomo befahl, die Frauen wegzubringen oder zu erschießen, nötigenfalls beides. Aus dem Aufzug kam jetzt nur noch hin und wieder ein schwaches Stöhnen.

Bomo verwünschte die Elektriker. »Laßt sie sterben!« brüllte er, ohne sicher zu sein, ob ihn jemand hörte.

Sie starben. Nach Ablauf des fünften Tages kam kein Laut mehr aus dem Aufzug, dafür Gestank, ein scheußlicher Gestank nach Verwesung, nach etwas Totem, kein ungewohnter Geruch für Nabutis, ungewohnt jedoch im schönsten Gebäude des Landes, dem Regierungsgebäude. Bomo ließ Räucherstäbchen entzünden, aber die vermehrten leider den infernalischen Rauch, der das ganze Gebäude durchdrang, obwohl angeblich alle Fenster zu waren und die Klimaanlage lief.

Erst in allerletzter Minute, am Vorabend des Tages, an dem das UN-Komitee für Afrikahilfe eintreffen sollte, dachte Bomo an die Wagen, die sie am Flughafen brauchen würden. Er machte seinen Chauffeuren, zwölf livrierten Männern, die Hölle heiß, weil sie sich nicht schon vor Tagen um die großen Mercedes-Limousinen gekümmert hatten, aber sie sagten, sie seien dauernd mit Feuerlöschen beschäftigt gewesen. Es waren schöne Autos, nur liefen sie nicht, kein einziges, dabei besaß Bomo ihrer zwanzig. Das eine brauchte einen neuen Reifen und einen Vergaser, das zweite eine Windschutzscheibe, einem dritten fehlte das Lenkrad, das vierte konnte man gar nicht erst aufschließen, weil der Schlüssel verschwunden war, und warum die übrigen nicht ansprangen, blieb ein Geheimnis. Bomo befahl den Chauffeuren und Mechanikern, die ganze Nacht durchzuarbeiten, wenn es sein müsse, und drei Limousinen fahrbereit zu machen.

Sie schafften es nicht. Lulu-Fey hatte die geniale Idee, die Wagen an langen, bunten Kordeln von der Bevölkerung ziehen zu lassen. Das sehe ehrerbietiger aus, sagte sie, und Bomo verstand, was sie meinte.

Der kleine Jet mit dem UN-Komitee landete pünktlich, raste aber durch ein paar Schlaglöcher auf der Landebahn, wobei ein Rad abbrach und eine Tragfläche beschädigt wurde, und die Delegierten und ihre fünf Helfer entstiegen ihm in einem Zustand gelinden Schocks.

Bomos Militärkapelle spielte die nabutische Nationalhymne. Kinder streuten Blumen. Immer noch war die Stadt von Rauch umgeben, und einige Delegierte zückten nach den ersten Schritten an Land ihre Taschentücher und hielten sie sich vor Nasen und Münder. Bomo, der seine zackigste Uniform mitsamt Waffenrock, Koppel und Orden angelegt hatte, ging ihnen entgegen.

Douglas Hazelwood, der Vorsitzende des Komitees, stellte sich lächelnd vor und schüttelte Bomo herzlich die Hand. Alle anderen folgten seinem Beispiel.

»Etwas neblig hier!« bemerkte einer fröhlich.

Bomo hatte keine Antwort parat, doch er wahrte seine Würde, indem er sie zu den fünf Limousinen führte, vor denen barfüßige Kinder mit bunten Kordeln und Seilen in den Händen standen wie Pferde, die mit den Hufen scharrten. Der Rauch war viel schlimmer als gestern um diese Zeit, denn gestern abend hatte Bomo den Fehler begangen zu befehlen, die Feuer mit Wasser zu löschen, und viele waren nicht ganz ausgegangen und schwelten jetzt vor sich hin. Die sonst so grelle Sonne war nur ein dunstiger gelber Fleck am grauen Himmel, wie vor einem Taifun. Ihre Hitze drang durch, nicht aber ihr Licht, und es hätte ebensogut schon Abend sein können.

Gefolgt von der Musikkapelle, rollten die Wagen langsam der Hauptstadt zu. Ihr Ziel war das ›Hotel Bomo‹ von Nabuti, wo im Erdgeschoß fünfunddreißig Zimmer hergerichtet waren. Bomo hatte ein paar Ehefrauen und Personal in Begleitung des Komitees erwartet. Immerhin gab es in dem Hotel fließendes kaltes Wasser, wenn auch keine Klimaanlage. Es war fünf Stockwerke hoch, und seine Aufzüge waren außer Betrieb, aber Aufzüge wurden für den Besuch des Komitees nicht benötigt. Die Delegierten packten hier nur ihre Sachen aus, machten sich frisch und stiegen wieder in die Wagen, die draußen in Sonne und Rauch gewartet hatten, dann ging es auf einen kleinen Aperitif gleich weiter zum Kleinen Schloß.

Lulu-Fey trug einen bodenlangen, baumwollenen Wickelrock über nackten Füßen und goldenes Geschmeide an Hand- und Fußgelenken. Eine bezaubernde Gastgeberin, dachte Bomo, wenn sie auch kein Wort Englisch sprach. Die Herren tranken Gin, Scotch, Tomatensaft, alles was sie wollten, während Diener an allen Fenstern und offenen Türen mit dekorativen Fächern wedelten, um den Rauch nicht hereinzulassen oder wenigstens gut zu verteilen. Ein paar Delegierte mußten husten, aber alle schienen guter Dinge und stellten Bomo keine allzu schwierigen Fragen nach Landwirtschaft, Kupferexporten und Gesundheitswesen. Heute wollten sie sich im Laufe des Tages noch die Kupferminen anschauen, und da die Kupferminen stillgelegt waren, hatte Bomo sich eine Geschichte von Arbeiterunruhen ausgedacht, von Streik und so unvernünftigen Lohnforderungen, daß Bomo nicht hatte nachgeben können. Dann begaben sie sich unter Verzicht auf die Wagen zu Fuß zum Regierungsgebäude, denn einer der Delegierten erinnerte sich vom letzten Besuch, daß es dorthin gar nicht weit war, obschon sie das Regierungsgebäude im Moment vor lauter Rauch nicht sahen.

Schweinebraten. Oliven. Gebackene Jamswurzel, allerlei frisches Obst, Blüten in Orange und Purpur, feinstes Silber. Der lange Tisch mit seinem weißen Leinentuch machte sich prächtig im großen Salon, der vom Eingang aus gesehen rechts von den Aufzügen lag. Aber der Gestank war bestialisch und unerklärlich. Bomo sah verwunderte und besorgte Blicke zwischen Delegierten hin und her gehen, bevor sie Platz nahmen. Und es schien, als wäre ihnen der Rauch geradewegs in den Salon gefolgt. Von Bomos besten Dienern, alle in weißem Jackett und schwarzer Hose, wurde Champagner eingeschenkt, dann erhob sich Bomo, um auf seine Gäste einen Toast auszubringen. Er hielt eine kleine Willkommensrede, die er nur einmal geprobt hatte, aber sie war darum nicht schlechter. Und es klang aufrichtig, als Bomo sagte:

»Mein Land heißt Sie herzlich willkommen und dankt Ihnen allen für die vielen Wohltaten, die Maschinen und das Geld, alles was Sie uns angedeihen ließen.«

Die Gäste applaudierten, husteten und lächelten.

Lulu-Fey, die links von Bomo saß, lächelte ebenfalls und erwartete ungeduldig ihren Teil der Show, den Bauchtanz. In einer Ecke saßen Musiker und spielten auf Saiteninstrumenten und einer Trommel. Bomo sah zu seinem Ärger, daß die Fenster geöffnet worden waren und Diener sich bemühten, die Rauchschwaden zu verteilen, wie sie es schon im Kleinen Schloß getan hatten.

Eben waren Schweinebraten und Spanferkel tranchiert und aufgetragen worden, als es eindringlich an die geschlossene Tür zur Eingangshalle klopfte. Ein Diener öffnete, und ein Mann fiel längelang in den Salon, gefolgt von einer dunklen Rauchwolke, noch ehe der Diener die Tür wieder hatte schließen können. Der Gestürzte meldete, daß offenbar das Haus in Flammen stehe. Zwar wurde das nicht sogleich ins Englische übersetzt, aber die plötzliche Unruhe, die man den Dienern und Bomo anmerkte, machte alle etwas beklommen, und einige Delegierte standen ängstlich auf.

Bomo erfuhr, daß es irgendeinem Idioten gelungen war, Benzin aufs Dach des festgeklemmten Aufzugs zu gießen und ein Streichholz darauf zu werfen, um die Toten zu verbrennen, wie es in Nabuti religiöser Brauch war. Ein Diener sagte, dafür seien die Ehefrauen einiger der Männer verantwortlich.

»Gasmasken!« schrie Bomo. »Bringt sie her, schnell – bei Todesstrafe!«

Diener stürzten davon, Soldaten rannten, als ständen sie selbst in Flammen. Alle sollten hinaus, und alle versuchten es auch, doch ein Delegierter war schon zusammengebrochen und mußte durchs ganze Foyer geschleift werden. Aus dem Aufzugschacht quoll Rauch durch unsichtbare Ritzen, als wollte er gleich explodieren, und der Rauch stank, daß es ein Vorgeschmack auf die Hölle war. Menschen stürzten und taumelten aus den Türen des Regierungsgebäudes auf die Treppe und kamen in eine graue Atmosphäre, in der man zwar besser sehen konnte, das Atmen aber kaum weniger gefährlich war.

»Die Gasmasken, Exzellenz!« rief ein Leutnant.

Soldaten kamen angerannt, die Arme voller Gasmasken, die geöffnet und den Delegierten und ihren Gehilfen unverzüglich auf die Gesichter gedrückt wurden.

»Kotztüten auf!« schrie Bomo, dem plötzlich Kommandos einfielen, die er vor langer Zeit einmal gehört hatte. Er war zufrieden mit seinen Soldaten, weil sie so schnell die Masken gebracht hatten. Zusammen mit den Soldaten, die auch zum Teil schon Masken aufgesetzt hatten, half Bomo den benommenen Delegierten, die Masken hinterm Kopf festzuschnallen, und führte sie dann nach links zum Kleinen Schloß, wo die Luft noch reiner schien, jedenfalls im Augenblick. Tapfer lehnte Bomo eine Maske für sich selbst ab und nahm Lulu-Fey schützend bei der Hand. Sie hielt sich eine weiße, in Champagner getränkte Serviette vors Gesicht.

Die Delegierten begannen zu taumeln und wehrten und wanden sich, als wollten sie sich die Masken vom Gesicht reißen. Zwei stürzten.

»Hebt sie auf!« brüllte Bomo seinen Soldaten zu.

Rauch wirbelte. Ein Soldat mit Maske fiel hin und wand sich kraftlos am Boden.

Im Kleinen Schloß begannen Diener sogleich wieder zu

fächeln. Die Delegierten wurden mit den Gesichtern nach oben auf den Boden gelegt. Einige rührten sich nicht, worüber Bomo sich sehr wunderte.

»Mehr Fächer!« rief Bomo. »Und nasse Tücher, sofort!« Die Tücher sollten für die Leute ohne Masken sein, wie für ihn zum Beispiel.

Nach ein paar Minuten sah alles etwas besser aus. Der Wind hatte sich günstig gedreht, frischere Luft wehte durchs Haus. Aber von den Herren des Komitees und ihren Gehilfen bewegten sich nur noch zwei oder drei ganz schwach, dann lagen sie wieder still da und stöhnten.

Kuo, der seinen Posten verlassen hatte, um dem Empfang beizuwohnen, wedelte den Rauch vor seinem Gesicht fort, rieb sich die Augen und sagte: »Wir könnten ihnen die Masken jetzt abnehmen, meinst du nicht, Vater?« Er saß wie Bomo in der Hocke, nicht um die Leute auf dem Boden besser zu sehen, sondern weil der Rauch hier im Zimmer nach oben stieg.

Bomo war einverstanden. Er und Kuo und ein paar Diener begannen die Masken loszuschnallen. Plötzlich schrie einer der Diener erschrocken auf, ganz schrill, und dabei war er doch ein Mann.

»Ameisen!« schrie er in seiner Muttersprache und schüttelte beide Hände.

»Heiliger Strohsack! Er hat recht!« Kuo sprang auf, klatschte die Hände gegeneinander und rieb sich beide Handrücken. »Das sind die großen grauen!«

Alle kannten diese grauen Ameisen. Sie überwinterten – oder übersommerten – an den merkwürdigsten Stellen und brachen, wenn man sie störte, blutdürstig und wütend in Scharen hervor. Sie hatten sich in den Filtereinsätzen der Gasmasken eingenistet, flachen, runden Scheiben aus porösem, aber filzähnlichem Material. Alle im Haus packten jetzt mit an, um die Delegierten an den Schultern oder Füßen aus dem Haus zu schleifen, denn wenn recht viele von diesen Ameisen entwischten und im Haus blieben, wäre die Hölle los. Die Masken mußten unbedingt aus dem Haus und draußen verbrannt werden. Kuo, jetzt mit weißen Handschuhen, riß die erste Maske ab, unter der ein von Ameisen blutig gebissenes, blau angelaufenes Gesicht zum Vorschein kam. Diener sprangen überallhin, Masken wurden abgeschnitten, und Bomo befahl, auf dem Rasen des Kleinen Schlosses ein Feuer anzuzünden.

Die Dienstboten, Männer wie Frauen, kreischten. Servietten, Handtücher, alles wurde genommen, um die wütenden Ameisen von Armen, Händen und bloßen Füßen zu schlagen. Die Gesichter, von denen sie die Masken abnahmen, waren alle blau angelaufen, die Leute waren erstickt, denn die Filter waren von Anfang an durch die Ameisenkörper verstopft gewesen.

Es war grausig, aber Bomo blieb nichts anderes übrig, als alle zwanzig Leichen verbrennen zu lassen. Man legte sie, die Füße nach außen wie die Speichen eines Rades, im Kreis aus. Da blieb keine Zeit für Etikette! Zuerst mußten die Ameisen erledigt werden, weshalb man Kerosin über die Masken und Köpfe schüttete und ein Streichholz hineinwarf.

Diener suchten auf dem Boden nach fliehenden Ameisen und trampelten sie tot. Quiekend, wenn eine Ameise sie in die nackten Füße biß, sprühte Lulu-Fey ein Insektizid, das sie in der Küche gefunden hatte, kreisförmig um die vorstehenden Füße der UN-Delegierten herum auf den Boden.

»Der Pilot!« sagte Bomo plötzlich mit gerunzelter Stirn, denn ihm war eingefallen, daß er noch jemanden im Cockpit des Flugzeugs gesehen hatte, vielleicht sogar zwei.

Sein Sohn Kuo hörte ihn und hob einen Finger zum Zeichen, daß er verstanden hatte. »Ich gebe dem Flughafen Nachricht.« Er sprach mit einem seiner Soldaten, der in der Nähe stand und das Feuer schürte, und fuhr sich mit einem Finger über die Kehle. Der Soldat ging.

Die beiden amerikanischen Piloten, die auf dem Flughafen

geblieben waren, um mit Hilfe einiger Nabutis zu versuchen, die Schäden an ihrem kleinen Jet zu reparieren, wurden von einem Trupp von fünf Soldaten mit aufgepflanzten Bajonetten überrascht, die in aggressiver Haltung auf sie zukamen und ihnen wortlos die Köpfe abschlugen.

So verschwand das UN-Komitee für Afrikahilfe, das eine Unterabteilung irgendeiner anderen wohlmeinenden Abteilung war, von der Bildfläche. Aus dem Flugzeug wurde alles noch Brauchbare, einschließlich Triebwerk, herausgeholt, und noch am Abend desselben Tages, an dem seine Passagiere gestorben waren, wurde der ausgeschlachtete Rumpf demoliert und bis zur Unkenntlichkeit verbrannt. Als Anrufer sich anderntags nach dem Verbleib Mr. Hazelwoods und seines Komitees erkundigen wollten, antwortete die Telefonistin ihnen auf Bomos Geheiß, das Flugzeug mit dem Komitee sei nicht angekommen, obwohl man es gestern vormittag um elf erwartet habe. Unschwer zu vermuten, daß ihr Nachbarland Gibbi, das den Nabutis bekanntlich immer Scherereien mache, es abgeschossen habe. Präsident Bomo könne jedenfalls nichts Näheres sagen und bedaure zutiefst, daß es dem Komitee nicht möglich gewesen sei, das Land zu besuchen, denn er habe sich so sehr darauf gefreut.

Süße Freiheit! Und ein Picknick vor dem Weißen Haus

An allen Ecken stolperst du über sie, in New York, Chicago, Philadelphia, oder sie stolpern über dich. Sie heißen Bekloppte, wenn die Bürger nachsichtig gestimmt sind, oder Schmarotzer, wenn nicht. Sie sind alle ein bißchen oder total verrückt, viele schwadronieren laut ins Blaue hinein oder führen ernste Gespräche mit einem, der gar nicht da ist.

Keiner weiß, was man mit ihnen anfangen soll. »Es sind so viele!« sagen manche verzweifelt. Oder: »Warum müssen die alle nach New York kommen?« Oder Chicago oder sonstwohin. Es sind ebenso viele Frauen wie Männer, manchmal schwer zu unterscheiden, denn ihre Kleidung besteht aus Mantel, ausgetretenen flachen Schuhen oder Stiefeln, altem Filzhut oder ins Gesicht gezogener Wollmütze, und Haareschneiden tun sie erst gar nicht. Es zieht sie in die Großstädte, denn da sind sie anonym, fallen nicht auf wie ein Pickel im Gesicht, können in Hauseingängen schlafen, unter die Erde gehen und ein paar Tage in U-Bahnhöfen wohnen oder im Winter einen warmen Luftschacht auf dem Gehsteig in Besitz nehmen und gegen Platzräuber und Teilhaber verteidigen, indem sie Stacheldraht in den Rost flechten und gerade soviel Platz frei lassen, wie einer allein zum Schlafen braucht. In Großstädten gibt's auch die Absteigen, die pro Nacht zwischen einem und drei Dollar kosten, aber da muß man sich vor Dieben unter den Schlafgenossen in acht nehmen.

Wo kommen sie her? Viele aus staatlichen Pflegeanstalten, entlassen mit der Auflage, in die nächste Apotheke zu gehen und sich die notwendigen Medikamente zu besorgen: »Es kostet nichts, aber verlier nur ja nicht das Rezept oder die Adresse der Apotheke.« Viele sind schon zu weit hinüber, um irgend etwas in der Hand zu behalten oder sich gar zu merken, daß sie einmal täglich oder wöchentlich ihre Pillen schlucken sollen. Aber egal, die überfüllten Heime haben sie vom Hals. Wieder andere von diesen wie seelenlos umherirrenden Wesen sind die Geächteten völlig normaler Familien. Die alte Tante Fran, die mit keinem auskam, weil sie jeden verdächtigte und bezichtigte, sich gegen sie verschworen zu haben, was sie nur bestätigt fand, als die eigene Familie sie vor die Tür setzte. Oder Vetter Ben, Junggeselle und der Flasche zugetan, was ihn seine Arbeitsstelle kostete, und nun zieht er durch die Straßen New Yorks, vom Scotch, für den er einmal einen feinen Gaumen hatte, auf billigen Fusel heruntergekommen.

Als Aline Schroeder zur Küchentür hinausging, um draußen die Wäsche aufzuhängen, sah sie zu ihrer Überraschung zwei fremde Männer in ihrem Garten stehen, anscheinend ganz in den Anblick der Rosen vertieft. Sie stellte ihren Korb ab und wollte gerade hingehen und sie fragen, was sie wünschten, da drehten sie sich um, und sie schrie auf.

»Eddie! ... Eddie, komm *runter*!« Und sie lief zum Haus. Aline Schroeder wußte, wann sie einen Geisteskranken vor sich hatte.

Das war donnerstags morgens in einem kleinen Städtchen in Ohio. Eddie Schroeder, der aus den beiden undurchschaubaren Männern nichts herausbekam, nur daß der eine nach Chicago, der andere nach New York wolle, ließ sie nicht aus den Augen und schickte seine Frau, die Polizei anzurufen.

»Die müssen aus der Klapsmühle entwichen sein«, flüsterte Eddie ihr zu. »Ich möchte mich mit denen nicht anlegen. Nicht unsere Sache.«

»Eigentlich sollten die zum Busbahnhof«, sagte die Polizei bei ihrem Eintreffen. »Brookfield hat heute an die hundert nach Hause entlassen. Die beiden müssen sich verlaufen haben.« Die Polizisten konnten sie mit dem Versprechen, sie zum Busbahnhof zu bringen, ohne jede Schwierigkeit in ihren Wagen verfrachten.

Aline Schroeder war sprachlos vor Schrecken, und Eddie machte ein finsteres Gesicht.

»Schafft sie nur ja alle weg von hier, Sam«, sagte Eddie zu einem der Polizisten, den er kannte.

»Machen wir, aber wir haben strikte Anweisung, nett mit ihnen umzugehen«, antwortete der Beamte.

Aline Schroeder ging in die Küche und goß sich einen Tee auf. Die Sache sprach sich selbstverständlich in der Stadt herum. Aber trotz aller polizeilichen Bemühungen sind die Bewohner von Temple bis heute nicht überzeugt, daß die Polizei an jenem denkwürdigen Donnerstag wirklich alle aus der Stadt schaffte. Vor allem seit es danach noch mehr, viel mehr »amtliche Entlassungen« gab. Und dabei ist das alte Brookfield Center am Stadtrand nach wie vor überfüllt.

Brookfield Center ist ein typisches Beispiel für viele staatliche und halbstaatliche Anstalten dieser Art in den Vereinigten Staaten. Es beherbergt nicht ausschließlich Geisteskranke, sondern nimmt auch Betagte auf, deren Angehörige ein teureres Altersheim nicht bezahlen können, sowie Genesende aus staatlichen Krankenhäusern. Trotzdem hieß das Brookfield Center in Temple, Ohio, schon immer nur »die Klapsmühle«. Es war allgemein bekannt, daß manche Zimmer dort Gummiwände und Gitter vor den Fenstern hatten. Diese Fenster konnte man von draußen sehen. Wer in Temple schon fünfzig oder sechzig Jahre alt war, erinnerte sich noch, wie man als Kind mit den Eltern am Brookfield Center vorbeigefahren war und auf die Fenster gestarrt hatte, um einmal einen von den Insassen zu Gesicht zu bekommen, wovor man sich zugleich aber auch fürchtete, denn es war ja schon damals »die Klapsmühle«. Eltern versuchten ihren Kindern die Neugier auszutreiben und gaben ihnen zu verstehen, die da drinnen seien alle gefährlich, obschon man auch wieder Mitleid mit ihnen haben müsse. Fest stand jedenfalls, daß sie eingesperrt gehörten.

Da solche Anstalten also überfüllt waren, erging Ende der sechziger von Washington die in den siebzigern dann noch einmal wiederholte Weisung, solche Insassen zu entlassen, die nicht als gewalttätig galten. Für das geplagte Personal von Brookfield und vielen ähnlichen Einrichtungen im Land kam das wie ein Geschenk vom Himmel. Die gleiche Weisung erging auch an Gefängnisse und stand unter dem Motto: »Sparsamkeit und Menschlichkeit«, mit anderen Worten, der Staat konnte auf diese Weise Geld sparen und gleichzeitig Menschen, die nicht unbedingt eingesperrt sein mußten, ein glücklicheres Leben gewähren.

Dr. Newton und seiner Oberschwester Dorothy Sweeney fielen sogleich rund zehn Prozent der Brookfield-Insassen ein, als sie diese »Richtlinien für medizinische und psychiatrische Kliniken des Bundes und der Staaten« erhielten; lauter ihnen wohlbekannte Gesichter, dazu auch viele der dazugehörigen Namen.

»Louis Jones«, sagte Oberschwester Sweeney. »Der ist weiß Gott harmlos. Nimmt seine Sedativa jetzt ganz von selbst.« Und zum erstenmal seit Monaten lächelte sie.

»J-aaa«, meinte Dr. Newton und dachte, daß Louis Jones nach zehn Jahren Sedativa wohl die Unschuld in Person sein mußte. Louis dämmerte nur noch vor sich hin und sah immer ein bißchen schläfrig aus. »Und vielleicht Miss Tiller.«

»Ja, und vielleicht die Kelly-Zwillinge. Und Bert! – Und Claude! Wir müssen eine Liste aufstellen. Dann sehen wir mal unsere Kartei durch und schreiben noch etliche dazu.«

Sie stellten eine Liste auf. Nichts auszusetzen an Miss Tiller, außer daß sie sich für Kleopatra hielt; und hatte sie nicht eine Verwandte in Massachusetts, bei der sie zumindest für den Anfang unterkommen konnte? Nichts auszusetzen an Bert, der die Freundlichkeit selbst war. Und natürlich würde

Brookfield dafür sorgen, daß man mit allen diesen Leuten in Verbindung blieb. Welche Wohltat, in Brookfield wieder einmal etwas Luft zu haben!

Als Dr. Newton und Oberschwester Sweeney an diesem Abend im Speisesaal und über Lautsprecher die Botschaft verkündeten, wurde diese nicht von allen verstanden, was zu erwarten war.

»Einige von Ihnen werden uns bald verlassen – *wenn* Sie das möchten. Und sofern es allen Beteiligten recht ist«, sagte Oberschwester Sweeney lächelnd. Fünf bis sechs kräftige Pfleger standen, wie immer, die Wände des Speisesaals entlang verteilt, die Hände frei für den Fall, daß es Ärger gab.

Aber nur wenige Gesichter sahen von den Suppentellern auf. Miss Tiller, die auch hier, wie gegen jede Bekanntmachung oder Vorschrift im Brookfield Center, mit Sicherheit etwas einzuwenden gehabt hätte, war nicht da, denn sie bestand darauf, daß ihr die Mahlzeiten im Zimmer serviert wurden, wo sie die drei Frauen, die das Zimmer mit ihr teilten, ignorierte, sofern sie ihnen keine Anweisungen gab, die hinwiederum von ihnen ignoriert wurden.

»Kein Anlaß zur Sorge!« fuhr Oberschwester Sweeney fröhlich fort. »Im Gegenteil! Und damit hätten wir heute eine ganz besonders frohe Mahlzeit!«

»Wer geht weg?« fragte eine krächzende Stimme.

»Wohin?« fragte eine Frau.

»Wohin? ... Wer? ... *Wohin*?«

Über die Hälfte der zum Essen Versammelten hatte die Ankündigung aber wohl gar nicht gehört. Die Leitung des Brookfield Centers hatte es für besser gehalten, die Sache frühzeitig bekanntzugeben und wenigstens einigen begreiflich zu machen, statt ein paar allgemein bekannte Gesichter einfach von der Bildfläche verschwinden zu lassen, und man wollte auch verhindern, daß die Entlassungskandidaten sich über Nacht hinausgeworfen fühlten. Man rechnete sogar damit, daß einige sich gegen ihre Entlassung wehren würden, während andere vielleicht fort wollten, die man nicht gehen lassen konnte.

Dies war also mehr oder weniger der Stand der Dinge, als Oberschwester Sweeney, eine jüngere Schwester und ein paar männliche Pfleger darangingen, einzelnen Bescheid zu sagen und ihnen beim Packen zu helfen. Oberschwester Sweeney rechnete fest damit, daß einige plötzlich Hilflosigkeit, Verstörtheit oder sonstwas simulieren würden, weil Brookfield einfach schon zu lange ein bequemes Nest für sie war. Sie verlor wieder die Geduld und sagte zu mehr als einem:

»Sie *werden* gehen, ob's Ihnen gefällt oder nicht, denn so mancher braucht dieses Zimmer nötiger als Sie!«

Miss Gloria Tiller bekannte sich »hocherfreut« ob der Aussicht, aus diesem sonderbaren, schlecht geführten Palast auszuziehen, und sagte, sie erwarte ihr Hausboot am nächsten Morgen vor der Tür.

Unterdessen spielte sich in Gefängnissen ähnliches ab. Die Ruhigen, die Aufgeweckten und oft Witzigen, gealterte Sittenstrolche, die schon Jahrzehnte im Bau waren, kleine Gauner ohne Zahl, Gelegenheitsräuber, Mörder mit friedlichen Gesichtern und niedrigem IQ, die in den letzten Jahren schustern und klempnern gelernt hatten – sie wurden zwischen Maine und Kalifornien zu Tausenden auf freien Fuß gesetzt.

Sie fuhren mit Bussen, per Anhalter, einigen wurden von Freunden und Verwandten telegraphisch die Flugkosten angewiesen, andere gingen schlicht zu Fuß. Alle bekamen, je nach Kassenlage des Bundesstaates, zwischen fünfzig und hundert Dollar Handgeld mit, »damit sie den Weg zu ihren Familien oder anderen Bestimmungsorten finden«.

Ein wortkarger, freundlich wirkender Fünfziger, der wegen »wiederholter Notzucht« dreizehn Jahre eingesessen hatte, sah kaum zehn Minuten nach Verlassen einer Strafanstalt in Illinois seine sexuellen Träume wahr werden. Ein Mädchen im bunten Sommerkleid kam ihm auf dem Fahrrad entgegen, fuhr gemächlich die sonnenbeschienene Straße entlang, an deren Rand der Entlassene, ein gewisser Fred Wechsler, auf eine Mitfahrgelegenheit irgendwohin wartete. Fred zögerte nicht. Er warf sich vor das Fahrrad, das ihn überrollte und das Mädchen abwarf, und befriedigte in einem günstig nahen Graben seine Gelüste. Sein Traum hatte sich erfüllt! Freiheit war der Himmel, endlich wieder Himmel! Fred stieg aus dem Graben, vergaß nicht, die Reisetasche mit seinen paar Habseligkeiten wieder an sich zu nehmen, und ging weiter. Bald nahm ihn ein Auto nach Süden mit. Das Mädchen im Graben, das durch den Sturz ohnmächtig geworden war, begriff beim Wiederaufwachen, was passiert war. Sie meldete den Vorfall der Polizei in ihrem Städtchen.

In Raleigh in North Carolina machten gewiefte Autodiebe, die sich im Gefängnis nicht kennengelernt hatten, in einem Schnellimbiß unweit der Strafanstalt, aus der sie gerade entlassen worden waren, miteinander Bekanntschaft und beschlossen, ihre Talente zusammenzutun.

Für viele der Geistesgestörten aber war die Freiheit wie ein plötzlich hereinbrechender Nebel, und sie wußten nicht, wohin sie sich wenden sollten.

Bei Zeitungen und Rundfunksendern trafen Briefe aus der Bevölkerung ein. Zeitungsmeldungen rechtfertigten die Ängste der Bürger: Ein Mann, der Bankrott gemacht und danach einen Nervenzusammenbruch erlitten und seine »rechtliche Geschäftsfähigkeit eingebüßt« hatte, fand den Weg in die Zentrale seiner ehemaligen Firma zurück, die noch denselben Namen trug, aber in anderen Händen war, und erklärte, er sei hier immer noch der Chef und das Lumpengesindel solle verschwinden. Als man ihn hinauszuwerfen versuchte, wehrte er sich, bekam eine Feueraxt zu fassen, erschlug eine Frau und verwundete zwei Männer, bevor er überwältigt wurde. In einem anderen Fall kehrte eine geschiedene Frau in ihr altes Zuhause zurück, wo ihr Exmann mit neuer Frau und Familie lebte, und wollte einfach nicht wieder fort; man mußte »die Behörden« einschalten, die Frau wurde mit Gewalt entfernt, und die Familie durfte mit ihrem Schreck allein fertigwerden.

Miss Tiller, alias Kleopatra, lehnte den vom Brookfield Center bestellten Bus ab und wollte lieber auf ihr Hausboot warten, nach dem sie den Highway hinauf und hinab ängstlich Ausschau hielt. Zu ihr gesellte sich ein höflicher Mann von kleiner Statur, der mit Gesten zum Ausdruck brachte, daß er ihr gern zu Diensten sein wolle, und Miss Tiller übergab ihm ihr Retikül mit Nachthemd, zwei langen Gewändern und Schminktäschchen. Sie winkte einem riesengroßen dunklen Etwas, das sich ihnen auf dem Highway näherte, winkte so fordernd und entschieden, daß dieses Etwas anhielt.

Es war ein schwerer Neunachser mit zwei Männern in der Fahrerkabine, von denen einer ausstieg. Miss Tiller und der hilfsbereite kleine Mann stiegen ein.

»Wo soll's hingehen?« fragte der Fahrer.

»Alexandria«, antwortete Miss Tiller.

»Sie meinen – in welchem Staat liegt das? Virginia?«

»Ägypten!« sagte Miss Tiller.

Bert nickte zustimmend.

»Was ihr nicht sagt!« meinte der Fahrer, ehrlich verdutzt.

»Dann wollt ihr wohl zum Flughafen. Vielleicht Cleveland?« Der Mann neben dem Fahrer lächelte jetzt. »Dafür fahren wir aber in die verkehrte Richtung.«

Miss Tiller wandte ihm ihr schmales, vornehmes Gesicht zu und sagte: »Danke, ich nehme das Hausboot.«

Der Fahrer lachte und fuhr los. »Hausboot! – Auf 'm Kanal vielleicht?«

Sie fuhren durch das kleine Städtchen Temple, wo Miss Tiller nicht abgesetzt zu werden wünschte, aber ganz aufgeregt wurde sie, als die nächste Stadt in Sicht kam, die viel größer war, und sie sagte dem Fahrer, er könne sie hier überall aussteigen lassen. Was sie so aufgeregt machte, waren die vielen Menschen.

Bert stieg mit ihr aus.

Miss Tiller stellte sich auf die Zehenspitzen und witterte wie ein Jagdhund. »Das ist schon besser!«

Bert zupfte wie angewidert an seinem Anstaltshemd herum und sah zu Miss Tiller auf.

»Kleider!« sagte sie, wohl wissend, daß er sie nicht hören konnte, denn sie hatte inzwischen erkannt, daß er taubstumm war.

Das erste Kaufhaus, in das sie gingen, führte nur Kleidung, die nicht nach ihrem jeweiligen Geschmack war, und Bert brachte mit Grimassen zum Ausdruck, daß er die Preise unverschämt fand, während Miss Tiller einer Verkäuferin mitteilte, daß sie von diesen Sachen nichts geschenkt haben möchte. In einer anderen Straße fanden sie einen Billigladen mit allerlei interessanten Roben im Schaufenster. Bert erstand sogleich eine schwarze Melone, eine Hose, ein Paar große, bequeme Schuhe und ein Jackett, alles zusammen für knapp zwanzig Dollar, und dazu ein Stöckchen für fünfzig Cent. Miss Tiller brauchte etwas länger für ihren Einkauf, fand aber, was sie suchte: ein langes purpurrotes Kleid mit goldenen Ziermünzen und leider einem schlimmen Riß im Rücken, doch sie war so schlank, daß der Stoff überlappte, und unter einem breiten roten Krokodilledergürtel sah man den Riß nicht. Sie kaufte ein paar Stöckelsandalen – welche Wohltat nach den Blockabsätzen in Brookfield, die nichts Halbes und nichts Ganzes waren – und eine große, flache Handtasche, in die sie Geld, Schminktäschchen und Kamm tat.

»Mein Diener bezahlt«, sagte sie, schon auf dem Weg zur Tür. Man hielt sie auf.

Bert zahlte ritterlich für beide, woraufhin Miss Tiller ihr ganzes Geld, achtzig Dollar, in Berts Obhut gab.

»Könige tragen kein Geld mit sich herum«, sagte Miss Tiller.

Sie machten sich auf die Suche nach einem Gasthaus und fanden Gefallen an einer vergoldeten Imbißstube, aus der fröhliche Musik drang. Viele Köpfe drehten sich bei ihrem Eintreten herum, denn Miss Tiller trug jetzt ein Diadem mit Rheinkieseln.

»He, wer ist denn *die*?« fragte ein Mann.

»Guckt mal, da ist Charlie Chaplin!« krähte ein kleiner Junge.

»Kleopatra, Königin von ganz Ägypten«, antwortete Miss Tiller zwei Arbeitern in Overalls auf deren Frage, wer sie sei.

Inzwischen vollführte Bert ein paar Drehungen zur Musik, deren Rhythmus er durch die Schwingungen im Boden und an seinen Trommelfellen wahrnahm, tanzte um sein Stöckchen und lächelte den Leuten in den Nischen und auf Barhokkern zu. Miss Tiller hatte ihm auf seine Bitte etwas schwarze Wimperntusche geliehen, und er hatte sich damit ein Schnurrbärtchen und schwungvolle Augenbrauen gemalt.

Die Gäste machten große Augen und klatschten. Sogar die Kellnerinnen waren hingerissen.

»Könnt ihr tanzen? Tanzt uns was vor!« rief jemand.

Die Musikbox spielte einen Walzer. Bert streckte anmutig die Hand aus, und Miss Tiller legte ihren Hamburger hin.

Bert brauchte in diesem Lokal nicht zu bezahlen und hatte, bevor sie unter Applaus wieder gingen, sogar gut vierzehn Dollar in Scheinen und Münzen vom Boden aufgesammelt.

»Schaut mal wieder bei uns rein«, sagte eine Kellnerin.

Zwei Tage nach seiner Entlassung aus dem Gefängnis hatte der Mann, der Mädchen auf Fahrrädern mochte, fünf weitere vergewaltigt und befand sich jetzt in einem anderen Bundesstaat. Er hatte sich von seinem Handgeld eine Garnitur Kleidung zum Wechseln gekauft und einiges für Essen ausgegeben, bisher aber noch nichts für Transport und Unterkunft, denn das Wetter war mild. An den Highways fand er leicht Mitfahrgelegenheiten, und wohin die Reise ging, war ihm egal.

NEUNTES OPFER DES FAHRRADMÄDCHENSCHÄNDERS

lautete eine Schlagzeile um die Zeit, als Fred Wechsler nach Oklahoma kam. Nach den Beschreibungen durch die Opfer wußte die ganze Bevölkerung, wie er aussah: um die Fünfzig, einszweiundsiebzig bis einsfünfundsiebzig groß, angegrautes braunes Haar, glattrasiert, graue oder hellblaue Augen, mittelschwerer Körperbau. Das Dumme war, daß diese Beschreibung auf einige Millionen Männer paßte.

Schockierendes geschah auch an der Westküste, wo Gefängnisse und psychiatrische Anstalten sich aller Insassen entledigt hatten, die gute Führung aufwiesen. Das Klima war mild, und Parkplätze und Einkaufspassagen wurden von Schläfern oder Grüppchen von Leuten beehrt, die im Schein von Kerzen oder Taschenlampen Karten spielten und teilweise tranken und sangen. Junge Burschen machten sich einen Sport daraus, diese Leute zu schikanieren, und beseitigten mindestens drei, indem sie sie von einer Klippe in Richtung Pazifik beförderten. In manchen Gegenden blieb die Bevölkerung nach Anbruch der Dunkelheit lieber zu Hause, denn man wollte sich seinen Wagen nicht kaputtmachen oder selbst zu Schaden kommen, indem man einen auf der Straße Schlafenden überfuhr, und auch nicht von Bettlern belästigt oder, schlimmer noch, überfallen werden. Bars und Discos, Kinos und sogar Restaurants erlitten schon Einbußen und standen folglich hinter den »Dreschflegeln«, wie die jugendlichen Rollkommandos sich selbst nannten. Diese Jungs holten so einige mit Gewalt von der Straße, verfrachteten sie in Kleinlastern bis vor die Stadtgrenze und luden sie dort ab.

Schuld gab man der Regierung, den Gefängnissen, den Irrenhäusern. Es kam zum Krieg zwischen der Regierung und den Medien, wobei die Regierung den Ernst des Problems herunterzuspielen versuchte (»Es gibt viele Leute, die lieber draußen schlafen«, sagte der Präsident) und die Medien möglichst viele Fakten bringen und im Fernsehen interessante Bilder zeigen wollten. Typische Zeitungs- und Fernsehmeldungen lauteten:

Am Freitag abend stürmte während einer Tosca-*Aufführung ein Mann auf die Bühne, schubste Mario beiseite und übernahm im Duett mit der Primadonna, die verständlicherweise nicht recht wußte, wie sie sich verhalten sollte, recht gekonnt die Heldenrolle. Das allgemeine Gelächter wich Erstaunen über die Qualität seiner Darbietung. Der Störenfried wurde als der 26jährige George Jennings identifiziert, ehemaliger Insasse einer Nervenklinik in North Carolina.*

oder

Kauflustige wunderten sich in New York über einen dicklichen älteren Herrn, der nur mit einem weißen Tischtuch bekleidet, das er sich wie eine Windel umgewickelt hatte, vor einem Kaufhaus saß und in Babysprache erzählte, seine Mutter habe ihn ausgesetzt …

Dann war von Leuten die Rede, die sich auf allen vieren fortbewegten, und während Leserbriefschreiber auf der einen Seite den Journalisten vorwarfen, diese Geschichten seien erfunden, schickten Leser auf der andern Seite Fotos von Leuten ein, die tatsächlich so durch ihre Stadt krochen. Eine Frau aus Kansas schrieb einen offenen Brief an den Präsidenten, den ihre Lokalzeitung abdruckte:

Seit sechs Monaten werde ich von einem Mann belästigt, der mein Haus für sein Elternhaus und mich für eine Verwandte hält, die ihn um sein Haus gebracht hat. Ich bin es bis obenhin leid, diesen Klotz jeden Morgen, wenn ich die Zeitung hereinholen will, schlafend vor meiner Tür zu finden. Die Polizei hat ihn schon zweimal fortgeholt, aber immer ist er nach ein paar Tagen wieder da. Ich bitte Sie inständig, diesen Mann und seinesgleichen wieder dahin zu stecken, wohin sie gehören!

Der Fahrradmädchenschänder hatte sich selbst ein Fahrrad zugelegt und war bis nach Mississippi gekommen, dann Louisiana, wo das Wetter weiter freundlich war. Mit seiner Gesundheit ging es aufwärts, und er konnte sich da und dort ein paar Dollar mit Arbeiten wie Rasenmähen und Hofkehren verdienen, für die er so geringen Stundenlohn verlangte, daß kaum einer nein sagte. Er machte einen guten Eindruck. Kein Mensch hätte in ihm den von Küste zu Küste gesuchten Sittenstrolch vermutet. Wenn er in einer Familie ein hübsches Mädchen sah, erregte ihn das gar nicht. Nur Mädchen auf Fahrrädern hatten es ihm angetan, und es war reines Glück, daß er solchen bisher nur auf Straßen begegnet war, wo es weit und breit keine Häuser oder andere Menschen gab. Er hätte seine Eroberungen schon nicht mehr zählen können, und die Zahl interessierte ihn auch nicht, dafür aber die Polizei und die Zeitungen, die bisher auf achtundzwanzig kamen. Die Polizei folgte seiner Spur nach Süden und kam einmal bis auf dreißig Kilometer an ihn heran, suchte inzwischen auch nach einem Mann mit Fahrrad, doch Fred Wechsler, der keine Zeitungen las, legte sich etwa um diese Zeit einen Gebrauchtwagen zu. Vor langer Zeit, bevor er ins Gefängnis kam, war er Auto gefahren, und der Händler wollte seinen Führerschein gar nicht sehen.

»Eine schwere Tragödie für Staat und Gesellschaft«, kommentierte die Amerikanische Gesellschaft für Psychiatrie die Praxis, nach wie vor Geisteskranke aus staatlichen Anstalten zu entlassen. »Kaum eine Region unseres Landes ist bisher von der Allgegenwart dieser kranken, an Sinnestäuschungen leidenden Wesen verschont geblieben, die durch die Straßen unserer Städte ziehen, sich in Toreinfahrten zusammendrängen, auf Luftschächten schlafen. So etwas kommt leider bei der schändlichen Washingtoner Politik staatlicher Ausgabenkürzungen heraus ...«

Der Präsident erwiderte, die Mehrheit der Entlassenen

habe Angehörige, und Nächstenliebe beginne zu Hause, und es sei amerikanische Tradition, Kranken und Obdachlosen durch Privatinitiative zu helfen. »In Amerika kann jeder es schaffen, der es versucht. Gerade das macht Amerika aus.« Dies wurde als die »Wassersuppenrede« berühmt. Eine Frau schrieb einen Brief, der im *Time* erschien:

Die Gesetzemacher und Verteiler öffentlicher Gelder in ihren Washingtoner Luxusvierteln sehen nicht, was wir auf unseren Straßen und vor unseren Haustüren sehen. Ich schlage vor, daß wir Bürger uns einmal zusammentun und diese Kriminellen und Zombies zum Weißen Haus karren, damit die dort sehen, wovon wir reden.

Mary V. Benson, Tallahassee, Florida

Dieser Brief sollte ungeheuren Widerhall finden.

Miss Tiller und Bert waren seit dem ersten Tag ihrer Freiheit keine Nacht ohne Dach über dem Kopf gewesen. Am ersten Abend waren sie mit dem Gedanken, sich ein Steak zu gönnen, in ein Steakhaus an der Überlandstraße gegangen, wo ein Klavier neben der Bar stand. Die Gäste konnten bei dem Pianisten Musikstücke bestellen. Das fand Miss Tiller kultiviert. Bert pfiff dem Pianisten eine Melodie vor, und dieser begann sofort »Who Will Come and Buy My Violets?« zu spielen, einen Hintergrundsong aus einem der berühmtesten Charlie-Chaplin-Filme. Die Leute an ihren Tischen sahen Bert in seinem Chaplin-Aufzug und applaudierten begeistert, und es ertönten Rufe wie: »Tanzt uns was vor! ... Dreht einen Walzer!«

Miss Tiller gab die Aufforderung an Bert weiter, indem sie die Arme ausbreitete und für sich allein zu tanzen anfing, während Bert sich elegant auf einem Fuß drehte, den anderen hinter sich in die Luft gestreckt. Dann stand er nachdenklich auf sein Stöckchen gestützt, tanzte ein paar schüchterne Schritte mit Miss Tiller, die größer war als er, kreierte im Tanz seinen eigenen Stil, dieweil Miss Tiller – im doppelten Sinn – ihm unerreichbar schien.

»Weiter! ... Weiter!«

Der Pianist begann einen neuen Walzer aus der guten alten Zeit, »All Alone« von Irving Berlin, und Bert und Miss Tiller betraten die Tanzfläche, wo sich ein Punktstrahler auf sie richtete, und ihr Erscheinen löste Entzückensschreie aus. Miss Tiller tanzte und sang und tat, als halte sie dabei ein Telefon in der Hand.

Auf dem Klavier stand ein Geldteller, aber für Bert und Miss Tiller kamen die Gäste eigens her und stopften Scheine in Berts Jackentasche und Miss Tillers Handtasche, die sie über dem Arm hängen hatte und huldvoll öffnete. Andere falteten Geldscheine zu Papierfliegern und ließen sie auf die Tanzfläche segeln, und ab und zu ließ Bert sein Stöckchen darunter durchsausen oder bückte sich aus der Hüfte, um sie aufzuheben, wobei Miss Tiller einmal mit ihm zusammenstieß und ihn umwarf.

Der Geschäftsführer sprach mit ihnen, als sie an ihren Tisch zurückgingen, oder vielmehr sprach er mit Miss Tiller. Ob sie bereit seien, an den nächsten beiden Abenden wiederzukommen, Freitag und Samstag? Ob Miss Tiller wieder singen könne? Natürlich könne sie. Zwei halbstündige Auftritte um neun und halb zwölf, hundert Dollar pro Abend zuzüglich dem, was die Gäste spendierten, und Hotelkosten eingeschlossen? Dem Geschäftsführer gehörte ein Hotel fünfzig Meter weiter.

Miss Tiller antwortete, sie finde den Vorschlag hochinteressant. Bert schaute zu und nickte zustimmend. Der Geschäftsführer wunderte sich ein bißchen, als Miss Tiller eine vage Vereinbarung mit »Kleopatra« unterschrieb, sagte aber nichts. Er wunderte sich nicht mehr, als Bert mit »Charlie Chaplin« unterschrieb.

Miss Tillers Stimme war bei den hohen Tönen etwas piepsig, und einige traf sie überhaupt nicht, zum Beispiel bei

Strauss' »Arie der Zerbinetta«, aber das störte niemanden. Sie hatte jetzt auch ihr Hausboot, bestehend aus drei Polstersesseln ohne Lehnen, über die ein paar lange Vorhänge gebreitet waren, und ein Kellner schob sie darauf auf die Bühne, derweil Miss Tiller eine Zigarette in einer langen Spitze rauchte. Sie genoß ihre Auftritte sichtlich, genoß sogar das Lachen, wenn sie falsch sang. So etwas wie ein Zauber, wie Glück, strömte zwischen ihr und Bert sowie zwischen ihnen und dem Publikum. Als Amateure mußten sie zwischen ihren Nummern miteinander Rat halten, auch bevor sie dem Pianisten sagen konnten, was er spielen sollte. Nach den Auftritten kamen die Leute und wollten ihnen die Hand drücken. Und es regnete Geld.

Der Besitzer des Steakhauses, das am Samstag abend überfüllt war, konnte bei den Angeboten, die Miss Tiller und Bert von Agenturen aus San Francisco bekamen, nicht mithalten. Miss Tiller und Bert waren auf und davon.

Mrs. Mary V. Benson hatte mit ihrem Leserbrief im *Time* die allgemeine Stimmung getroffen. *Time* druckte weitere Briefe zu dem Thema ab, und es kamen auch Briefe zu Mrs. Benson nach Tallahassee. *Zeigen wir's denen in Washington!* hieß die Devise. Man organisierte sich. Das dauerte Wochen, aber an der vom Präsidenten geforderten Privatinitiative mangelte es für diese Sache nicht: Sammelt sie ein, die Zombies, die Klinkenputzer, die Spinner, die Exhibitionisten, und schafft sie vor das Weiße Haus! Busunternehmen ließen sich nicht lumpen und boten Freifahrten an. Washington bekam Wind davon und versprach unter dem Motto »Jedermann herzlich willkommen« ein Picknick auf dem Rasen vor dem Weißen Haus und eine Open-air-Diskussion, bei der die Leute ihre Meinungen austauschen sollten, sogar mit dem Präsidenten persönlich.

Der Termin wurde auf Mittwoch, den 17. April festgesetzt. Eisenbahnen und Busse, sogar Fluggesellschaften boten Freikarten, weil das gute Werbung für sie war, und viele Leute mit eigenen Autos brachten die Vagabunden aus ihren Dörfern zum nächsten Busbahnhof oder Flughafen. Das Weiße Haus hatte mit ein paar tausend gerechnet, fünf vielleicht, und wollte Zivilbeamte sowie die Nationalgarde und die Polizei aufbieten, um die Menge im Griff zu behalten. Aber Washington erfuhr mit lediglich rund zwölf Stunden Vorwarnzeit, daß wahrscheinlich fünfzig- bis sechzigtausend kommen würden.

Zu allem Unglück regnete es. Man errichtete Zeltdächer über den langen Tischen mit Sandwichs und Erfrischungsgetränken, die auf dem Rasen des Weißen Hauses aufgebaut worden waren, aber ein paar davon stürzten noch vor Mittag ein und versetzten die darunter gefangenen Männer und Frauen in Panik. Viele waren in der Meinung gekommen, man habe sie eingeladen, im Weißen Haus zu wohnen, und wurden nun wütend, als sie erfuhren, daß ihnen nach der weiten Reise hier nur Sandwichs und Eistee im Regen geboten wurden. Hunderte drängten zum Weißen Haus – wo war denn überhaupt der Präsident? –, und als Wachmannschaften sich ihnen entgegenstellten, kam es zu Handgreiflichkeiten, bei denen auch Kugeln flogen, aus Gummi und aus Blei. Nationalgardisten verloren die Nerven und schlugen mit Gewehrkolben ein paar Köpfe ein. Hubschrauber brachten Verstärkung und setzten bewaffnete Soldaten mittels Strickleitern unmittelbar vor dem Weißen Haus ab, wo sie auf den Köpfen der Leute landeten.

Unterdessen kamen immer mehr per Bus oder, da die Straßen von Autos und Einsatzwagen verstopft waren, zu Fuß.

»Laßt uns in unser Haus!« schrien ein paar, und das wurde zum Sprechchor.

Männer- und Frauenstimmen kreischten, als die ersten niedergetrampelt wurden.

Hubschrauberbesatzungen und Wachmannschaften zündeten ihre Tränengasgranaten, womit sie die wilde Horde vom Weißen Haus wegzutreiben hofften, aber der Wind stand so, daß sie selbst das Tränengas ebenso abbekamen wie alle anderen. Dann gaben die Türen des Weißen Hauses nach. Das alles sah man auf den Fernsehschirmen im ganzen Land, und die Zuschauer riefen: »Guck mal – *guuut*!« oder: »Wie entsetzlich!« oder lachten sich halbtot, je nach Einstellung.

Das Tränengas, das unsichtbar war, aber in den Augen brannte, schien die Massen auf dem nassen Rasen nur noch aufzuputschen. Aus dem Weißen Haus hörte man MG-Feuer. Der Hubschrauber eines Fernsehteams stieß mit einem Militärhubschrauber zusammen, und beide stürzten in die Menschenmenge, gingen aber nicht in Flammen auf.

»Willkommen – herzlich willkommen – und immer mit der Ruhe, bitte!« dröhnte die Präsidentenstimme mindestens schon zum viertenmal per Tonband vom Balkon des Weißen Hauses, wo nur ein paar bewaffnete Soldaten schußbereit standen. Der Präsident hielt sich derweil in einem stählernen Gewölbe im Keller des Weißen Hauses versteckt. Das Gewölbe war eigens für solche Notfälle gebaut, ließ sich nur von innen öffnen und enthielt einen Wochenvorrat an Lebensmitteln und Wasser für zwei bis drei Personen. Man hatte den Präsidenten wie eine Bienenkönigin in der Mitte des Stocks in Sicherheit gebracht, und wie in einem Bienenstock ging es auch zu, als die Verwahrlosten und Verstörten, vom Tränengas halb blind, jetzt die schönen Treppen hinauf und hinab wimmelten und die Türen zu allen Zimmern öffneten. Trotz der umherfliegenden Geschosse und niederstürzenden Gestalten drängten nur immer noch mehr zu den Eingangstüren herein.

Nationalgardisten und Ledernacken, die ihre gesamte Munition verschossen hatten, bekamen es aus gutem Grund mit der Angst zu tun, denn sie waren an Zahl unterlegen und kämpften offenbar gegen selbstmörderische Massen. Inzwischen setzten sie ihre Gewehre als Rammböcke gegen die Menge und als Knüppel zur Selbstverteidigung ein. Fernsehteams in Hubschraubern filmten von oben und berichteten:

»Hier sieht es aus wie auf einem Schlachtfeld! Die Gefallenen – die Gefallenen liegen überwiegend vor dem Haupteingang, aber – ja! Jetzt kommen von den *Straßen* her noch mehr Nationalgardisten und versuchen sich durchzukämpfen und die Leute vom Rasen zu drängen. Noch nie haben wir – so etwas haben wir noch nie gesehen, nicht einmal beim Hungermarsch unter der Regierung Hoover – wahrhaftig! . . .«

Als das Treiben vor dem Weißen Haus zwischen zwei und drei Uhr nachmittags in Krawall ausartete, unterbrach es eine Nachmittagsvorstellung, die Miss Tiller und Bert gerade in einem großen Bostoner Hotel gaben. Doch das Gelächter, für das die beiden gesorgt hatten, verging den Leuten an den Tischen auch angesichts der Szenen auf der eigens aufgestellten großen Projektionswand nicht.

»Das sind ja die – die –«, rief der Conférencier, dem die Worte fehlten.

»Die *Irrenhäusler*!« half jemand nach, und es wurde laut gelacht, denn der heutige Marsch auf Washington war ja allgemein durch die Presse gegangen.

»Bekloppte, Spinner, Straßendiebe –«

»Wollen wir mal *hoffen*!« rief eine Frau.

»Die machen heute abend wenigstens nicht unsere Gegend unsicher!«

»Jippiiieh!« Applaus.

»Und wo ist da der Präsident?«

»Jede Wette, der hält sich im Weinkeller versteckt!« brüllte einer zurück.

Auch Miss Tiller und Bert starrten wie gebannt auf den Bildschirm.

»Unerhört!« sagte Miss Tiller zu Bert, obwohl der sie doch gar nicht hören konnte! »Daß Menschen sich so aufführen! So ein Pack! – Wahrscheinlich nennen die sich arbeitslos. Was dieses Land braucht, sind Sklaven!« Ihre Stimme wurde lauter, denn sie verspürte den Wunsch, zu ihrem Publikum zu sprechen, das heute aus einer Tagung für Immobilienmakler bestand. Sie trat in die Saalmitte, und der Beleuchter richtete den Scheinwerfer auf sie. Laut und würdevoll sprach sie:

»Seht den Pöbel! Was dieses Land braucht, sind *Sklaven* – wie in meinem Land – Ägypten! So etwas könnte in Ägypten nie geschehen! – Ich würde sie zum *Pyramidenbauen* schikken!«

Es wurde laut geklatscht und gelacht. »Jippiiieh! Gib's ihnen, Kleo!«

Miss Tiller trug jetzt eine Viper halb unter, halb über dem Gewand an ihrem etwas flachen Busen. Die Viper war aus weichem Plastik, aber sehr lebensecht, und wiegte im Rhythmus von Miss Tillers Bewegungen den Kopf hin und her.

Die Gäste in dem Restaurant wußten nicht, wie ernst es Miss Tiller mit ihren Ausführungen über Sklaven war.

Sklaven, richtige Sklaven mochten vorerst nicht in Frage kommen, dachte Miss Tiller, dafür war Amerika wohl noch nicht reif, aber sie konnte sich über den Service, den sie bekam, auch so nicht beklagen. Sie und Bert hatten jetzt einen Manager, den Miss Tiller lieber ihren Pressereferenten nannte, einen jungen Mann von achtundzwanzig Jahren, den sie auf ihrer ersten Tournee in San Francisco kennengelernt hatten. Miss Tiller hatte ihm einmal den Kopf gewaschen, denn sie konnte ganz gut rechnen und hatte ein Auge auf die Bücher, und vielleicht hatte Harvey Knowles – so hieß er – sich ja wirklich nur versehentlich verrechnet, aber künftig würde er sich eben nicht mehr verrechnen, ob versehentlich oder nicht. Sie waren in Chicago, Dallas und New Orleans aufgetreten. Sie und Bert hatten in guten Hotels gewohnt, was die Journalisten sehr beeindruckte, und da Bert wegen seiner Verständigungsschwierigkeiten stets in ihrer Nähe sein wollte, mieteten sie immer eine Suite. Miss Tiller imitierte jetzt auch zum Beispiel Gloria Swanson und die Garbo. Sie gab sich gern als jemand anders aus, spielte gern die Selbstsichere, die sie eigentlich auch war, so ganz ohne Zukunftssorgen für sich und ihren getreuen Bert.

Miss Tiller und Bert hatten die brodelnde, wimmelnde Menge vor dem Weißen Haus nicht mit Leuten in Verbindung gebracht, die sie einmal gekannt hatten. Sie hatten in den letzten Monaten Eingang in eine neue, bessere Welt gefunden. Miss Tiller hatte ihr Repertoire erheblich erweitert, und Bert hatte sich pantomimische Sketche ausgedacht, die richtige kleine Geschichten erzählten und bei denen Miss Tiller mal mitwirkte, mal nicht. Berts Requisiten waren ein Blumenstrauß, manchmal ein Mülleimer und ein imaginäres Fenster, auf das er beim Tanzen und Spielen seine Aufmerksamkeit richtete. Demnächst gingen sie auf eine sechswöchige England-Tournee, die in Manchester beginnen und in London enden sollte.

An den folgenden Tagen bejammerte der Präsident die schlimmen Vorfälle vor dem Weißen Haus, die fast fünfhundert Todesopfer gefordert hatten. Feierlich verkündete er, seine Regierung werde alles in ihrer Macht Stehende tun, diesen heimatlosen und »geistig gefährdeten« Menschen ein Zuhause zu geben, aber es sei auch Sache ihrer Angehörigen und Gemeinden, das Ihrige dazu beizutragen. »Durch Gottes Gnade nur bin das nicht ich – und du – und du«, deklamierte er mit trauriger, gedankenschwerer Miene.

Die linke Presse munkelte, die rechte Regierung freue sich insgeheim, ein halbes Tausend dieser von ihr als unerwünscht angesehenen Personen eliminiert und noch ein paar tausend mehr in Angst und Schrecken versetzt zu haben. Die Geschichte vom Präsidenten, der sich im Keller des Weißen Hauses verkrochen habe, machte die Runde, und manche schworen Stein und Bein, sie sei wahr, aber anders als die auf allen vieren kriechenden Menschen hatte keiner den Präsidenten im Keller fotografiert, und so wurde ein Witz daraus, der vielleicht auch wahr sein konnte.

»Da sind garantiert ein paar tausend umgekommen«, sagte ein Bewohner Washingtons. »Ich hab das MG-Feuer gehört. Verlaßt euch darauf!«

Fred Wechsler, der Mädchenschänder, sah in seinem Motelzimmer in Florida die Bilder von den Krawallen in Washington im Fernsehen und schüttelte den Kopf. Diese Leute verstanden einfach nicht zu leben, hatten sich nicht in die Freiheit eingewöhnt. Fred hatte an diesem Tag ein etwa dreizehnjähriges Mädchen vergewaltigt. Jetzt saß er hier sicher und gemütlich und aß ein Sandwich, hatte ein Dach über dem Kopf und ein Auto. Er dachte an ein paar Freunde aus dem Gefängnis in Illinois, in dem er dreizehn Jahre zugebracht hatte, an einen gewissen Willy Armstrong, der wegen Einbruchdiebstahls gesessen hatte; ein netter Kerl, nur etwas einfältig und leicht zu verführen, und Fred fragte sich, ob Willy vielleicht dumm genug gewesen war, zu diesem getürkten Picknick vor dem Weißen Haus zu gehen und sich erschießen zu lassen.

Das Malheur in den Jade Towers

Luxuriös und sicher wohnen – in den Jade Towers«, verhießen in den siebziger Jahren die diskreten Annoncen für die feudale, achtundachtzigstöckige Wohnanlage an der Lexington Avenue. Der Fliesenboden der Eingangshalle, die Aufzüge und Korridore waren alle vom selben hellen, überaus beruhigenden Grün. Die Panzerglastüren an den Eingängen konnten nur von Türwächtern geöffnet werden, die zwischen den Außentüren und den Innentüren zur Eingangshalle standen. Im Parterre waren ein kleiner Schönheitssalon, ein Haarstudio, ein Blumenladen, eine Cafeteria, eine heimelige Bar mit Klaviermusik, ein kleines, aber feines Lebensmittelgeschäft und ein vollautomatisiertes Postamt, alles nur für Hausbewohner. Die Eingänge zu diesen kleinen nützlichen Einrichtungen lagen fast versteckt hinter Philodendren und Gummibäumen. Im siebenundachtzigsten Stock, unter den Penthäusern, befand sich ein beheizter, jadegrün gekachelter Swimmingpool. Zwei mattgrüne Kuppeltürmchen auf dem Dach erweckten den Eindruck von altem Kupfer, waren aber das unverkennbare Wahrzeichen der Jade Towers, die schnell zur besten Adresse in der Stadt wurden – für Leute, die sich das leisten konnten.

Und es kamen Leute, um Wohnungen zu mieten oder zu kaufen. Die Interessenten wurden gesiebt, und eine berühmte Popsängerin und der Besitzer eines Kasinos in Atlantic City bekamen Absagen, worüber dann auch im *People Magazine* und in den Klatschspalten einiger New Yorker Zeitungen berichtet wurde.

Noch ehe die ersten fünf Monate um waren, konnte die Direktion stolz verkünden, daß es im Haus noch zu keinem

Einbruch, Überfall oder sonstigen Gewalttaten gekommen und das Haus mittlerweile zu fünfundneunzig Prozent belegt war.

Sidney Clark, der Manager der Tagschicht, wunderte sich sehr, als ihn eines Morgens die Mieterin von Appartement 3 M an der Rezeption anrief und sich beschwerte, in ihrer Küche seien Kakerlaken. Zwei wollte sie gesehen haben.

»Wir sind erst gestern eingezogen, und ich habe bisher noch nicht einmal ein Brot gekauft«, sagte die Frau. »Ich habe mir nur heute früh etwas Mineralwasser und eine Packung Milch besorgt, aber die sind noch nicht einmal geöffnet.«

»Wir werden uns sofort darum kümmern«, sagte Mr. Clark. »Und entschuldigen Sie vielmals, Mrs. Fenton.«

»Finlay. Ich bin schockiert, wo in diesem Haus doch alles noch so neu und sauber ist.«

Der Manager lächelte. »Ganz recht, Mrs. Finlay, und so soll es auch bleiben. Ich sage unserem Kammerjäger Bescheid, und er wird noch heute oder spätestens morgen bei Ihnen hereinschauen. Wir rufen Sie aber vorher an und werden Ihre Wohnung nur betreten, wenn Sie da sind.«

Eine Stunde später bekam Sidney Clark von einem Ehepaar im zehnten Stock eine zweite Beschwerde über Kakerlaken. Er hatte schon bei Pest-Ex angerufen, einer Schädlingsbekämpfungsfirma, die bei Jade Towers unter Vertrag stand; Pest-Ex wollte am Nachmittag kommen, und Mr. Clark hinterließ eine Notiz wegen des zehnten Stocks. Dann machte er einen Besuch im ›Jade Cup‹, der Cafeteria in einem der beiden Seitengänge des Erdgeschosses. Der jadegrüne Fußboden und Tresen waren blitzblank, nirgends ein Krümel zu sehen. Er berichtete der Geschäftsführerin von den beiden Beschwerden über Kakerlaken und bat um einen Blick in die Küche. Die Küche war so sauber wie der Tresen und die Tische, abgesehen von dem, was in Küchen üblicherweise so herumsteht. Mr. Clark betrachtete das noch eingepackte und schon ausgepackte Brot und Gebäck.

»Komisch, gleich zwei Beschwerden an einem Tag«, sagte er zu der Geschäftsführerin, die ihm in die Küche gefolgt war.

»Tja, Kakerlaken«, sagte die Frau, die in mittlerem Alter war, und zog angewidert die Nase kraus. »Dagegen ist man ziemlich machtlos, auch im besten Haus. Wo es Menschen und Wasser gibt, geschweige Küchen, da gibt's auch Kakerlaken, egal wie reinlich man ist.«

Mr. Clark lächelte düster. »Aber nicht in den Jade Towers, Miss –«

»Mrs. Donleavy.«

»Mrs. Donleavy. Die Jade Towers haben vollkommen zu sein und zu bleiben, denn mit diesem Versprechen haben wir das Haus voll bekommen. Ich erwarte also, daß Sie Ihr Teil dazu beitragen, indem Sie den ›Jade Cup‹ makellos halten.«

»Ist hier vielleicht etwas nicht makellos, Sir? – Und ich habe hier unten noch keinen Kakerlak gesehen, keinen einzigen«, sagte Mrs. Donleavy.

»Wenn doch, geben Sie mir bitte sofort Bescheid«, sagte Mr. Clark im Gehen.

Gegen vier Uhr nachmittags kamen zwei Leute von Pest-Ex und besichtigten die beiden Wohnungen, aus denen die Klagen gekommen waren. Eine Stunde später meldeten sie Mr. Clark, sie hätten in den jeweiligen Küchen keine Kakerlaken gesehen, aber beide begast und die Bewohner angewiesen, die Küchentüren eine Stunde lang geschlossen zu halten.

»Wir arbeiten mit einem neuen Mittel, Pest-Ex Unique, so gut wie geruchlos. Im eigenen Labor entwickelt und auf uns patentiert. Hier, das lasse ich Ihnen mal da.« Mit einem Lächeln legte der rotblonde Pest-Ex-Mann, der eine dunkelgrüne Mütze und Arbeitsuniform trug, einen Prospekt auf den brusthohen Tresen und ließ seine Hand darauf klatschen.

»Danke«, sagte Mr. Clark, den es ärgerte, daß die Pest-Ex-Leute vom hinteren Gepäckaufzug in die Eingangshalle gekommen waren, jeder mit einem auf die linke Brusttasche des dunkelgrünen Hemds gestickten weißen PEST-EX.

»Könnten Sie das Haus bitte durch den Hinterausgang verlassen?«

»Klar«, sagte der Lächelnde und winkte fröhlich.

Ein recht ausgefallen gekleidetes Paar betrat in diesem Moment die Eingangshalle. Mr. Clark wußte, daß Hiram Zilling, ein reicher Texaner, am selben Abend ab sechs in seiner Penthauswohnung eine Cocktailparty gab. Mr. Clark führte das Paar zum Expreßaufzug für die Penthäuser.

An den nächsten Tagen durfte Mr. Clark einige Komplimente entgegennehmen, für die er sich höflich bedankte, und versprach, sie an »die Direktion« weiterzugeben. Der Swimmingpool war ein voller Erfolg und heimste ein paar mündliche und eine schriftliche Lobeshymne ein. In seiner Mitte wölbte sich der Boden aus dem Wasser, und die Badenden konnten dort liegen und sich zu jeder Tages- und Nachtzeit von unsichtbaren Höhensonnen bräunen lassen. Dies wurde in den Annoncen der Jade Towers als eine der vielen »zeitsparenden« Errungenschaften aufgeführt, ebenso wie das durchgehend geöffnete Postamt mit Fotokopiergeräten und Computern, über die man Flugverbindungen inklusive Preise abrufen und sein Ticket per Kreditkarte buchen konnte.

Mr. Clark glaubte nach zehn Tagen schon, die Kakerlaken gehörten der Vergangenheit an, da bekam er plötzlich gleich drei Beschwerden an einem Tag. Sie kamen aus Wohnungen im siebten, achten und vierzehnten Stock, der eigentlich der dreizehnte war, wie Mr. Clark sich stets ins Gedächtnis rief, und zwar zu seinem Verdruß, denn er mochte sich das Gehirn nicht mit unwichtigen Nebensächlichkeiten vollstopfen. Wieder rief er Pest-Ex an.

Bei diesem Besuch wurden die Pest-Ex-Leute gesehen, oder Mieter mit Kakerlaken hatten anderen ihr Leid geklagt; wie es zugegangen war, erfuhr Mr. Clark nie, aber es war ja auch nicht so wichtig. Jedenfalls riefen ein Mann und zwei Frauen bei Mr. Clark an und baten ihn, die Kammerjäger auch in ihre Wohnungen zu schicken.

Mr. Clark und der rotblonde Pest-Ex-Mann hatten noch eine Unterredung im Betriebskorridor hinten in der Halle, bevor der Mann wieder ging.

»Wenn Sie mich fragen, die Kakerlaken sind im ganzen Haus, und es ist nur eine Frage der Zeit –«

»Im ganzen Haus? Reden Sie doch keinen Unsinn! Das Haus ist kaum ein halbes Jahr alt! Die ersten Mieter sind vor weniger als sechs Monaten eingezogen.« Natürlich versuchte Pest-Ex einen Großauftrag zur Begasung des ganzen Hauses an Land zu ziehen, dachte Mr. Clark.

»Bitte, Sir, warten Sie nur ab. Sie werden schon sehen.«

»Was haben Sie vorzuschlagen?« fragte Mr. Clark. »Oder was wollten Sie eben vorschlagen?«

»Radikalkur«, sagte der Pest-Ex-Mann. »Einmalige Totalbegasung mit unserm neuen Pest-Ex Unique. Sagen wir, die Kakerlaken sind mit dem Baumaterial hier hereingekommen –«

»Mit *neuem* Baumaterial?«

»Gut, hier lag noch das alte Zeug herum, bevor die Jade Towers gebaut wurden, ja? Altes Holz und anderes von dem früheren Gebäude. Fragen Sie mich nicht wie, aber mit Kakerlaken kenn ich mich aus! Dann sind hier immer ein paar hundert Bauarbeiter mit ihren Lunchpaketen herumgelaufen.« Der Pest-Ex-Mann schüttelte den Kopf. »Wenn Sie es machen lassen wollen, rufen Sie uns, Sir. Wenn nicht, kriegen Sie Ärger. Diese vornehmen Leutchen wollen mit Kakerlaken nichts zu tun haben – sowenig wie unsereiner in seiner bescheidenen Hütte, wie?« Er hob breit grinsend die Hand und ging.

Mr. Clark war schockiert. Er kämpfte mit sich, ob er die Direktion der Jade Towers benachrichtigen solle, entschied sich aber vorerst dagegen. Die Bewohner der Jade Towers waren, wie der Pest-Ex-Mann gesagt hatte, ein vornehmes Völkchen, und vielleicht übertrieben sie ja nur. In den Jade Towers konnten sich keine Kakerlaken angesiedelt haben, so richtig mit Nestern, in denen seit Generationen ihre Eier schlüpften. Sidney Clark konnte sich Kakerlaken nur in alten Mietshäusern mit verdreckten Speiseaufzügen vorstellen, in deren Schächte die Leute ihre mit Abfall gefüllten Papiertüten warfen, in rissigen Häusern. Die Jade Towers waren nicht rissig.

»Da, sehen Sie sich das mal an, Sidney!« sagte Bernard Newman, Besitzer eines Theaters am Broadway und Mieter in den Jade Towers. Er hatte eine Boulevardzeitung vom Nachmittag auf den Tresen geknallt und zeigte auf eine fettgedruckte Meldung. »Ausgerechnet Kakerlaken!« Bernard Newman grinste.

Sidney Clark las in der Kolumne »Stadtgespräch«, deren Absätze immer abwechselnd normal und fett gedruckt waren. Die Meldung lautete:

Den ach so hochgejubelten Jade Towers an der Lex ist neuerdings ein Pudding ins Gesicht geflogen. Ein paar allseits bekannte Bewohner dieses Hauses, die hier auf eigenen Wunsch ungenannt bleiben sollen, verbreiten abends in ihren Clubs, daß ihre teuren Behausungen von Kakerlaken befallen sind, wie bei Hinz und Kunz. Eine wunderschön gekleidete junge Dame sagte, sie denke schon an Kündigung und Auszug.

Mr. Clark schüttelte den Kopf, als hätte er von Kakerlaken in den Jade Towers noch nie gehört. »Haben Sie in Ihrem Appartement schon Kakerlaken gesehen, Mr. Newman?«

»Nee, aber gestern hat mich eine Frau im Aufzug dasselbe gefragt. Sie hatte ein paar gesehen und war sehr verwundert. Wohnt ziemlich hoch oben, sagt sie, vielleicht in einem Penthaus, das weiß ich nicht mehr. Verrückt, wie?« Freundlich lächelnd nahm Mr. Newman seine Zeitung wieder an sich und spazierte gemächlich zu den Aufzügen.

In diesem Augenblick saß William C. Fordham, ein Wall-

Street-Makler, in Shorts auf seiner Penthaus-Terrasse in der Sonne und arbeitete, wie üblich, zwischen Computern und Telefon von zu Hause aus. Er und seine Freundin Phyllis hatten, wie die meisten Mieter der Jade Towers, noch keine Kakerlaken in ihrer Wohnung gesehen und auch nichts von Kakerlaken im Haus gehört.

Als Mr. Clark später seinen Posten räumte, weil Paul Vinson, der Manager der Spätschicht, gerade gekommen war, traten ein Mann und eine Frau in Begleitung eines Türwächters an die Rezeption.

»Die Herrschaften möchten sich nach einer Wohnung erkundigen, Sir«, sagte der Wächter.

»Guten Abend«, sagte Mr. Clark. »Für Sie beide? ... Zwei oder drei Zimmer?«

»Zwei«, sagte die Frau, »und möglichst mit Blick nach Osten. Stimmt es eigentlich, daß die Jade Towers sich zur Zeit mit Kakerlaken herumschlagen?«

Mr. Clark schüttelte bedächtig den Kopf. »Nein, Madam. Nein.«

»Wir haben das nämlich heute in der *Washington Post* gelesen, und gestern haben wir es von jemandem gehört – einem Freund, dem wir gesagt hatten, daß wir hier eine Wohnung nehmen wollen.«

»In so einem neuen Haus?« Mr. Clark lächelte. »Ich glaube, das ist ein Gerücht, das jemand ausgestreut hat – sollte wohl ein Jux sein.«

»Aber gehört haben Sie es auch schon«, sagte der Mann.

»Nein. O nein«, antwortete Mr. Clark, der langsam Verdacht schöpfte, bei den beiden könnte es sich um neugierige Journalisten handeln. »Möchten Sie unsere Zweizimmerwohnungen gern einmal sehen? Soviel ich weiß, sind nur noch zwei zu haben.«

In beiden Wohnungen, die Mr. Clark ihnen zeigte, waren keine Kakerlaken zu sehen, und Mr. und Mrs. Ellis nahmen die erste.

Neun Tage waren ohne weitere Beschwerden über Kakerlaken vergangen, als Bertrand Cushings, der Generaldirektor der Jade Towers, einen Überraschungsbesuch machte. Mr. Clark hatte ihn bisher erst zweimal gesehen und war von ihm bei seiner Einstellung als einer der drei Manager für die Rezeption mit einem herzlichen Händedruck begrüßt worden. Jetzt hatte Mr. Cushings einen griesgrämig dreinblickenden Mann mitgebracht, dessen Namen Mr. Clark nicht mitbekam. Mr. Cushings überbrachte Mr. Clark in seinem Büro hinter der Rezeption die Botschaft, daß einige Mieter, genauer gesagt mehr als zwanzig, sich gemeinsam einen Anwalt genommen hätten und ihre Verträge zu kündigen drohten, wenn nicht bald etwas gegen die Kakerlaken in den Jade Towers unternommen werde.

»Und Sie scheinen von alledem keine Ahnung zu haben«, sagte Mr. Cushings.

»Keineswegs, Sir. Pest-Ex war schon zweimal hier. Ich habe einen Bericht ans Direktorium geschickt. Seitdem habe ich keine Beschwerden mehr bekommen.« Mr. Clark fühlte, daß er ganz blaß im Gesicht geworden war.

»Ich weiß nicht, was hier vorgeht, aber ich kann Ihnen sagen, es ist eine Schande«, sagte Mr. Cushings. »Witze in den Zeitungen, Briefe von Anwälten – einen von unserem eigenen, der uns warnt. Sie sind hier derjenige, der das Ohr am Boden haben soll. Sie und – wie heißt er noch? – Vinson. Und Fred Miller.«

»Ja, Sir.« Mr. Clark schloß aus Mr. Cushings' verkniffener Miene, daß er seinen Posten vielleicht schon los war und Mr. Cushings im Moment nur Wichtigeres im Kopf hatte – Millionen Dollar nämlich –, als Sidney Clark mündlich die Kündigung auszusprechen.

Mr. Cushings begann jetzt den Arbeitsplan von Pest-Ex zu erläutern, aber so leise und abwesend, als werde Sidney Clark die Woche hier sowieso nicht überleben, wozu also noch ins einzelne gehen?

»Es wird von Stockwerk zu Stockwerk vorgegangen. Eins um das andere wird evakuiert, wobei Jade Towers sämtliche Kosten übernimmt, bis diese Kakerlakenplage erledigt ist. Aber das kommt alles noch schriftlich. An die Manager«, fügte Mr. Cushings in einem Ton hinzu, als könnten diese Manager schon bald ganz andere Leute sein.

Mr. Cushings und der andere gingen.

Dann kam, wie um Mr. Cushings' Worte zu unterstreichen, ein Anruf für Sidney Clark: Eine Frau in 49 L hatte vor zwei Minuten, als sie nach Hause kam und in ihrer Küche das Licht anknipste, mindestens sechs Kakerlaken davonhuschen sehen.

»War nicht das erstemal«, sagte sie. »Aber gleich sechs auf einmal! Da fand ich, das sollte ich wirklich mal melden...«

Sidney Clark versicherte ihr, das ganze Gebäude werde demnächst desinfiziert und das Problem sei in guten Händen.

Als Paul Vinson zum Dienst kam, erzählte Mr. Clark ihm von Mr. Cushings' Besuch.

»Evakuierung Stock um Stock«, sagte Vinson. »Das dürfte die Jade Towers ein hübsches Sümmchen kosten.«

Am nächsten Morgen gegen zehn bekam Sidney Clark per Kurier den Desinfektionsplan von Pest-Ex und quittierte den Empfang. Der Umschlag war an ihn und Mr. Vinson und Mr. Miller adressiert. Er enthielt einen detaillierten Plan für die etagenweise Desinfizierung mit Pest-Ex Unique, beginnend im Keller und Parterre, was die Schließung des ›Jade Cup‹ und der ›Jade Corner Bar‹ und natürlich aller anderen Einrichtungen im Parterre, des Blumenladens und so weiter, »für höchstens achtundvierzig Stunden« erforderlich mache. Zugleich sollten die Mieter des ersten Stocks ihre Wohnungen für achtundvierzig Stunden räumen, und die ganze Prozedur sollte sich dann Tag für Tag wiederholen. Aller Service wie Türdienst und Rezeption sollten wie immer weiterlaufen. Die Mieter sollten jeweils einzeln über das Datum ihrer Evakuierung informiert werden. Ab dem zehnten Tag sei mit einer

Beschleunigung der Arbeiten zu rechnen, so daß dann im Zeitraum von achtundvierzig Stunden jeweils drei Etagen auf einmal geräumt werden könnten, womit die Aktion in ungefähr einem Monat abgeschlossen sein werde.

Irgendwie sickerte diese Direktive durch und wurde anderntags in ein paar Zeitungen kommentiert.

»Einige unserer Mieter sind mit Recht verärgert, wenn es in unserem Gebäude Ungeziefer gibt«, sagte Cushings zur Presse, und das erschien in der *Times*. »Ein kleiner Makel wird hier gleich zu einem großen, und genauso wünscht sich Jade Towers die Reaktion seiner Mieter. Darum werden wir dieses momentane Problem auch so schnell und gründlich lösen, wie es eben menschenmöglich ist.«

»Kakerlak-Partys« wurden in den Jade Towers gefeiert, als die Vertilgungsaktion in Schwung kam. Die Leute sollten in ihren Wohnungen und am Swimmingpool auf Kakerlaken achten und sie zählen. Wer auf die höchste Zahl kam, war dann wohl Sieger. Ein Spaßvogel setzte ein paar große, jadegrüne Kakerlaken aus bemalten Luftballons im Swimmingpool aus, irgendwer fotografierte das, und das Bild erschien im *New York Magazine*.

Die besseren Hotels erfreuten sich dem Vernehmen nach zusätzlicher Nachfrage, denn die Mieter der Jade Towers mußten jeweils für mindestens zwei Tage untergebracht werden, standesgemäß. Es wurden wilde Geschichten erzählt von Super-Kakerlaken, die durch die Mast mit Kaviar und Butterhörnchen immer größer und dreister würden und auf die Arbeiter losgingen, wenn diese in die Wohnungen wollten, um sie auszuräuchern. Eine andere Geschichte handelte von Kakerlaken, die einen Aufzug gekapert hätten und darin nach Belieben auf- und abwärts führen, um sich auf anderen Etagen in Sicherheit zu bringen, wobei sie mit ihrer großen Zahl die Arbeiter abschreckten, die sie auszuräuchern versuchten.

Letztere Geschichte mochte sich mit der Wahrheit noch am ehesten decken. Manche der Insekten benutzten tatsächlich, und sei es nur per Zufall, die Aufzüge, aber alle, die noch am Leben waren, strebten nach oben. Das hatte Pest-Ex vorausgesehen, und darum wurde der Feind vom Parterre aus aufwärts angegriffen. Als Pest-Ex den vierzigsten Stock erreichte, traten Kakerlaken mehr und mehr auf den oberen Etagen in Erscheinung. In freundlichen Briefen an die Mieter bat die Direktion der Jade Towers jetzt, täglich jeweils vier Etagen zu räumen, »... um die Arbeiten zu beschleunigen und Sie so wenig wie möglich zu belästigen«.

Darüber konnten viele Mieter der oberen Stockwerke nur hohnlachen. Sie fühlten sich mehr als hinreichend belästigt durch umherflitzende Kakerlaken, aber zweierlei veranlaßte sie dann doch zum Bleiben: die von Jade Towers angebotene Ersatzunterbringung in guten Hotels sowie bei der Mehrheit der Bewohner auch der Wunsch, ihre Appartements zu behalten, denn sie waren sicher und (abgesehen von der momentanen Sache mit den Kakerlaken) komfortabel, und außerdem verhieß das sogar Prestige. Einer meinte, in späteren Jahren würden die Leute fragen: »Was, du hast während der großen Kakerlakenaktion wahrhaftig in den Jade Towers gewohnt?«

Putzkolonnen von Pest-Ex hatten inzwischen mit Besen und Staubsaugern die unteren Stockwerke gesäubert, stets, wie schon bei der Desinfektion, unter den Blicken des Wachpersonals, damit nichts stibitzt und keine Kleidung oder sonstiges beschädigt wurde. Danach wurden die Appartements gelüftet.

Mieter höherer Etagen erzählten Mr. Clark und Mr. Vinson, sie hätten in ihren Küchen und Bädern »ein paar unglaublich große Kakerlaken« gesehen und wollten, bis ihre Evakuierung an der Reihe sei, schon einmal eigene Insektensprays benutzen. Sidney Clark und Paul Vinson und auch Fred Miller waren immer noch auf ihren Posten und machten tapfere Miene, denn allmählich begannen sie zu hoffen, ihre Stellen vielleicht doch behalten zu können, wenn sie wie

Kapitäne im Sturm dieser Kakerlakenwelle trotzten, denn die hatte ja gewiß einmal ein Ende, nächsten Mittwoch, ab jetzt in sieben Tagen. Bis dahin hatten sie noch alle Hände voll zu tun und mußten Bewohnern der oberen Etagen, die es plötzlich doch drängte, sofort hier herauszukommen, vorzeitig Hotelzimmer besorgen. Zum Beispiel waren große Kakerlaken auf der Sonnenbank des Swimmingpools gesichtet worden, und nun wollte den Swimmingpool keiner mehr benutzen.

Eine elegante alte Dame, die im sechsundachtzigsten Stock gleich unter dem Swimmingpool wohnte und Oberhaupt einer der reichsten Familien Amerikas war, kam eines Nachmittags an die Rezeption, als Sidney Clark gerade Dienst hatte, und legte ihm einen dicken Umschlag auf den Tresen. »Das ist nicht mehr komisch, und wenn noch so viele Witze gemacht werden«, sagte die alte Dame verbittert. »Dies hier ist der Durchschlag. Das Original geht eingeschrieben an die Direktion.« Sie klopfte mit ihrem Stock auf den Boden, wandte sich zur Tür und ging, gefolgt von ihrer Sekretärin und ihrem Diener, die beide mit ihr in dem Appartement wohnten.

Mr. Clark öffnete den Umschlag mit zittrigen Fingern. Mrs. Mildred Pringle von 86 H teilte mit, sie habe unter etlichen Mühen und Unannehmlichkeiten für sie und ihren Haushalt ihre Küche von Kakerlaken gesäubert, dann aber entdecken müssen, daß »Riesenkakerlaken« sich an den Kleidern in ihren Schränken vergriffen hätten, darunter drei Pelzmänteln, für die sie die Rechnung noch schicken werde, sobald sie sich mit ihrer Versicherung beraten habe. Sie kündigte an, daß sie von ihrem Mietvertrag zurücktreten und binnen zwei Tagen, oder sowie der Umzug organisiert werden könne, ihr Appartement verlassen werde.

Die Halle wimmelte, wie seit Beginn der Pest-Ex-Offensive schon die ganze Zeit, von Hausbewohnern und livrierten Pagen, die Koffer herein- und hinausschleppten, und hin und her eilenden Türwächtern, die Leuten Bescheid sagten, daß ihr Taxi vorgefahren sei. Die drei Telefonistinnen hatten unablässig Mieter am Apparat, die wissen wollten, ob ihre Hotelreservierungen bestätigt worden seien, damit sie ausziehen könnten.

Sidney Clark hatte ein paar schlimme Träume von Kakerlaken; da knipste er in seiner eigenen, makellosen kleinen Küche das Licht an und sah an allen Wänden erschrockene Kakerlaken wimmeln, die auf der Flucht vor dem Licht übereinander krabbelten. Und als ob die Wirklichkeit seinem Traum folgte, erzählte ihm Paul Vinson, er sei morgens um drei von einem wütenden Mieter in den fünfziger Etagen (die doch inzwischen ungezieferfrei sein sollten) gerufen worden; der Mann habe in seiner Küche Licht gemacht, und Vinson habe mindestens hundert Kakerlaken hinter den Brotkasten, unter Schränke und in alle Ecken fliehen sehen. Sidney Clark betrachtete das Gewimmel in der großen Halle, die finsteren Mienen der einen, das wurstige Grinsen der anderen, und mehr und mehr kamen ihm seine Träume wie Wirklichkeit vor. Wurde Pest-Ex nun eigentlich der Sache Herr?

Sidney Clark mußte jetzt täglich mehrere Überstunden leisten, desgleichen Vinson, und keiner verlangte dafür einen Zuschlag, sie wollten nur beide, wenn eben möglich, ihre Arbeit behalten. Beide (und auch Fred Miller) glaubten, sie würden von der Direktion nur als Kugelfang während der Kakerlakenkrise benutzt, sowie aber die Desinfektion beendet sei, wolle Cushings sie unverzüglich feuern. Überstunden leisteten auch die Leute von Pest-Ex, obwohl sie schon in drei Schichten arbeiteten; sie kamen und gingen zu jeder Tages- und Nachtzeit durch den Lieferanteneingang der Jade Towers, und rund um die Uhr mußten wohl jederzeit an die dreißig von diesen dunkelgrün Uniformierten im Haus sein.

Und immer noch gingen bei der Rezeption Klagen ein. Ein Mann war in sein Appartement im fünfundsiebzigsten

Stock zurückgekommen und hatte »irreparable Schäden« an seinen Büchern und Papieren festgestellt, obwohl er sie mit Plastikplanen abgedeckt und diese am Boden festgeklebt habe. Er wolle von der Direktion der Jade Towers »Entschädigung verlangen«. Bei einer Frau seien Kakerlaken in drei ihrer Orientteppiche gelangt, die zusammengerollt und in dickes braunes Papier gepackt gewesen seien, und hätten sie so zugerichtet, daß sie »zumindest in diesem Land nicht mehr zu reparieren« seien, weswegen sie rechtliche Schritte unternehmen wolle.

Am selben Tag kam der rotblonde Pest-Ex-Mann an die Rezeption. Mr. Clark fand sein Erscheinen in der Halle jetzt nicht mehr so unpassend, und ein paar Leute, die hier mit ihrem Gepäck herumstanden, grüßten ihn sogar wie einen alten Bekannten. Das Gesicht des Pest-Ex-Mannes war rot und von seinen Anstrengungen ganz verschwitzt.

»Die frische Luft hier unten tut gut«, sagte er zu Sidney Clark. »Kann ich da hinten ein Glas Wasser kriegen? Ich habe immer noch Durst.« Er zeigte auf das offene Büro hinter der Rezeption, kam um den Tresen herum und nahm das Glas Wasser, das Mr. Clark ihm reichte. »Uff! Da *oben*! – Diese Kakerlaken legen ihre Eier schneller als normal, das schwöre ich!« Er wischte sich mit dem nackten Unterarm die Lippen ab.

»Auf w-welchem Stock sind Sie denn heute?«

»Fünfundachtzig, sechsundachtzig. Wir liegen gut in der Zeit und werden's schaffen, aber *Mannomann*! Mieter sind ja jetzt keine mehr da oben, nur noch die Kakerlaken und wir. Haha!«

Mr. Clark wußte, daß die Penthäuser für fast eine Woche evakuiert worden waren; den Swimmingpool hatte man halbvoll gelassen, aber das Wasser vergiftet, denn viele Kakerlaken kamen dorthin zum Trinken. Als hätten Sidney Clarks Gedanken ihm das Stichwort gegeben, sagte der Pest-Ex-Mann:

»Den Pool behalten wir im Auge, da schwimmen täglich ein paar tausend tote Viecher drauf, die wir dann absaugen, aber wir haben auch schon ein paar von diesen ganz großen Kakerlaken gesehen, die sind einfach da hinuntergekrochen, haben getrunken und sind wieder weggegangen. Waren Sie schon mal da oben?«

»Nein«, sagte Mr. Clark. War das ein Traum? Aber er sah deutlich den prallen Schenkel des Kammerjägers auf einer Schreibtischkante und wünschte, der Mann hätte sich dort nicht niedergelassen. »Aber Sie müssen doch mal irgendwo Erfolg haben. Sie sagen doch, daß Sie so viele tote Kakerlaken wegschaffen.« Mr. Clark ging zur Bürotür, um deutlich zu machen, daß er wieder an die Rezeption müsse.

»Klar, aber die da oben sind meist größer, und sie sterben nicht so schnell, das ist das Interessante. Und sie vermehren sich schneller. Das tun Ratten nämlich auch nach einer Bekämpfungsaktion, um ihre Bevölkerungslücken wieder aufzufüllen. Wußten Sie das? – Na ja, ich bin wieder weg. Danke für das Wasser.«

An der Rezeption standen ein paar Leute, und eine von den Telefonistinnen versuchte sie abzufertigen. Mr. Clark gab sich einen Ruck und ging hin.

»He!« rief ihm der Mann von Pest-Ex nach. »Wenn Sie mal raufkommen, fragen Sie nach Ricky!« Er tippte sich mit dem Daumen auf die Brust. »Da oben erkennen Sie mich nämlich nicht in meinem Aufzug.«

Sidney Clark dachte, es mache vielleicht einen guten Eindruck bei der Direktion, wenn er sagen könne, er sei oben gewesen, um zu sehen, wie die Arbeit vorangehe. Am frühen Nachmittag, als Paul Vinson kam, verließ Mr. Clark also die Rezeption. Er fuhr im selben Aufzug mit einem schweigsamen Paar, das irgendwo in den fünfziger Etagen ausstieg, und hatte beim Weiterfahren das sichere Gefühl, sich in eine Gefahrenzone zu begeben, eine Art Schlachtfeld, wo vielleicht die Kugeln pfiffen. Unsinn, sagte er sich. Da, wo er hinfuhr, arbeiteten an die dreißig Leute, und von Todesopfern oder auch nur Verletzten war bisher nichts bekannt geworden.

»Hier is'n Anzug für Sie«, sagte eine Gestalt, die Mr. Clark nicht erkennen konnte, aber an der Stimme hörte er, daß es Ricky war.

Ricky trug einen vom Kopf bis zu den Füßen reichenden dunkelgrünen Overall, nur vor den Augen war ein rechteckiges Plastikfenster zum Hinaussehen. »Ziehen Sie nur vorn den Reißverschluß hoch. Wegen der Luft brauchen Sie sich keine Gedanken zu machen – vorerst.«

Die Luft roch nach Zitrone, aber es war nicht der gesunde Geruch der Früchte, sondern mehr synthetisch. Wohnungstüren standen offen, und grün vermummte Gestalten kamen und gingen über den Korridor, dessen jadegrünen Boden elektrische Kabel, Schläuche, fahrbare Sprühtanks und Staubsauger bedeckten, deren Schläuche zu einem zentralen Container von der dreifachen Größe eines normalen Mülleimers führten. Die Zurufe der Männer untereinander klangen dumpf und waren nicht zu verstehen.

»Ich zeig Ihnen mal, womit wir's zu *tun* haben«, brüllte Ricky dicht an Sidney Clarks Ohr. »Hier lang!«

Ricky öffnete eine unverschlossene Wohnungstür, und dahinter wurde es lauter, denn vier oder fünf Männer spritzten hier Pest-Ex Unique aus Tanks, die sie sich auf den Rükken geschnallt hatten. Sie sprühten hinter Bücherregale, die mit Plastik abgedeckt waren, unter Sessel und Sofas. Mr. Clark schwitzte jetzt schon. Als er einmal zu Boden sah, machte er unwillkürlich einen kleinen Satz. Kakerlaken zuckten dort, wälzten sich übereinander – einer drehte sich auf den Rücken und blieb so liegen – andere flitzten ziellos umher, und sie reichten von normaler Größe – oder was Mr. Clark dafür hielt – bis zu sieben oder acht Zentimetern. Ein paar krochen schon an seinem grün umhüllten Unterschenkel hoch, und er stampfte mit dem Fuß auf, um sie abzuschütteln.

»Die sterben alle!« schrie Ricky. »Keine Bange, in Ihren Anzug können sie nicht rein! Die sind alle aus den unteren Stockwerken raufgekommen!«

Sidney Clark trat nach einem großen Kakerlaken, der sich unbedingt an ihm festklammern wollte. Herr Jesus! Er sah durch das Plastikfenster vor seinen Augen nach oben, und dort schillerte die hohe weiße Decke von den hellbraun glänzenden Insektenleibern, die alle zitterten, und ein paar fielen vor seinen Augen herunter.

Ricky klopfte ihm begütigend auf die Schulter. »Morgen sammelt das Staubsaugerteam die Leichen auf. Gehen wir.«

Sie gingen als nächstes in eine Wohnung, wo schon gesaugt wurde und jede Unterhaltung unmöglich war. Sidney Clark sah voll Ekel, wie mit den vielen hundert reglosen, krustigen Leibern auch noch lebende Kakerlaken aufgesaugt wurden. Waren denn sämtliche Kakerlaken New Yorks hierhergekommen?

»... verbrannt!« brüllte Ricky in Mr. Clarks Ohr. »Unten!« Er zeigte hinunter, vielleicht zu den Heizöfen im Keller.

Als sie wieder auf dem Flur waren, schrie Ricky: »Wollen Sie mal den Swimmingpool sehen?«

Mr. Clark schüttelte den Kopf, und mit einem höflichen Lächeln, das Ricky nicht sehen konnte, zeigte er nach unten und sagte, er müsse wieder an seine Arbeit. Als er zu den nahen Aufzugtüren schaute, sah Mr. Clark zwei dicke Kakerlaken, die sich mühsam, aber doch mit Erfolg, durch die Ritze zwischen Fußboden und Aufzugstür zwängten. Sie würden sich nicht etwa selbstmörderisch in den Schacht stürzen, das wußte er, sondern nach oben klettern, weg von den Dämpfen. Sidney Clark legte seinen Anzug ab und trat in den Aufzug, den Ricky für ihn gerufen hatte und festhielt.

»Sie dürfen uns ein gutes Zeugnis ausstellen!« brüllte Ricky. »Bis Mittwoch sind wir nämlich fertig, ein paar Tage vor der Zeit!«

In dieser Nacht hatte Sidney Clark keinen bösen Traum, denn er konnte gar nicht schlafen. Sowie er die Augen schloß, sah er zuckende Kakerlaken mit zitternden langen Antennen sich einen Fluchtweg suchen. Ihre Rücken schillerten wie eingeölt, und in Sidney Clarks Phantasie füllten sie jeden Winkel aus – Wände, Decken, Fußböden. Unsinn, schalt er sich und stieß einen lauten Seufzer aus, denn er hatte die Luft angehalten. Er hatte gesehen, wie die Staubsauger sie in Sekundenschnelle zu Hunderten aufsaugten, mausetot. Die Kakerlaken wanderten in der Tat nach oben, wo sie unweigerlich vernichtet wurden, und die Mieter der Jade Towers zogen wieder ein. Bis zum sechzigsten Stock waren schon fast alle wieder da, außer denen, die zufällig auf Reisen waren, und fast noch einmal hundert wurden in den nächsten beiden Tagen erwartet. Bis zum fünfundsiebzigsten Stock war das Gebäude für »desinfiziert und gasfrei« erklärt worden, aber die Direktion zeigte sich entgegenkommend und gewährte den Mietern auf Wunsch einen zusätzlichen Tag im Hotel, auch um zu vermeiden, daß einzelne, die vielleicht auf die Dämpfe von Pest-Ex Unique empfindlich reagierten, mit Klagen über Kopfweh kamen.

Auf der anderen Seite mußte Sidney Clark ehrlicherweise aber auch sehen, daß mindestens drei Mieter, die reiche Mrs. Pringle nicht einmal mitgezählt, heute – oder vielmehr gestern, denn es war jetzt vier Uhr morgens – ihre Möbel mit allem Drum und Dran aus ihren Wohnungen hatten holen lassen. Und kurz vor Mittag war auch wieder Bernard Newman dagewesen und hatte ihm einen neuen Zeitungsartikel gezeigt, in dem unter der fetten Überschrift *Super-Kakerlak* erzählt wurde, nach einem halben Jahr der Superlative an Wohnkomfort für die Oberen Zehntausend stellten die Jade Towers nun auch einen Größenrekord mit ihren Kakerlaken auf, und bei der laufenden Säuberungsaktion werde das Riesenungeziefer jetzt in die Penthäuser hinaufgetrieben.

Um neun Uhr morgens war Mr. Clark mit verquollenen

Augen, aber adrett wie immer in seinem dunklen Straßenanzug nebst weißem Hemd mit steifen Manschetten, wieder an der Rezeption und begrüßte zurückkehrende Mieter mit freundlichem Lächeln. Ricky rief an und sagte müde, aber gutgelaunt:

»Heute machen wir die Penthäuser, dann sind wir fertig, bis auf die Türme, und da hätten wir dann vielleicht eine Frage.«

»Die Türme? Da wohnt doch keiner!« Die Türme waren nur hohle Kuppeln, von innen mit ein paar metallenen Streben versteift. Mr. Clark war einmal oben gewesen und hatte sich die Türme angesehen.

»Schon, aber wir wollen gründliche Arbeit leisten, Sir. Wollen Sie mal raufkommen und sich den Swimmingpool ansehen? Noch kein Wasser drin, aber blitzblank, lauter schöne grüne Kacheln.«

Das höre er gern, sagte Mr. Clark, aber er sei hier unten zu sehr beschäftigt.

Gegen drei Uhr nachmittags rief Ricky wieder an und fragte, ob Mr. Clark und Mr. Vinson mal raufkommen könnten, denn er habe »eine dringende Frage«. Rickys Stimme klang so beschwörend, daß Mr. Clark sagte, er komme gleich. Mr. Clark unterbrach Paul Vinson bei der Arbeit, setzte ihn ins Bild und bat dann Madeleine, eine der Telefonistinnen, für ein paar Minuten die Rezeption zu übernehmen.

Sie fuhren nach oben, wo Ricky sie mit grünen Schutzanzügen empfing. »Nur zur Sicherheit!« schrie Ricky. Sie waren auf Höhe der Penthäuser, und wieder sah Sidney Clark ringsum lauter Schläuche, Kabel und fahrbare Tanks. Er sah auch ein paar Kakerlaken auf dem Fußboden, aber zu seiner Erleichterung schienen sie alle tot zu sein.

»Das Problem ist da *oben*!« sagte Ricky gestikulierend.

Sie kamen in einen technischen Bereich, wo eine der Feuertreppen nach oben und unten führte, und hier schien Pest-Ex noch gar nicht mit der Arbeit angefangen zu haben. Mr. Clark sah Hunderte von ziemlich großen Kakerlaken aufgeregt auf der Eisentreppe hin und her laufen, als wüßten sie von einem Augenblick auf den anderen nicht mehr, ob sie nun hinauf oder hinunter wollten, aber die meisten kletterten eindeutig die Treppe hinauf.

»Nur die größten schaffen es noch nach dieser Begasung«, sagte Ricky. »Und hier ist nun das Problem –«

Sie waren auf dem Flachdach, unter freiem Himmel. Zahlreiche Kakerlaken krabbelten in allen Richtungen, aber offenbar ziellos, auf der grauen Fläche umher, und Sidney Clark dachte kurz, sie würden schon in den Tod springen müssen, um zu entkommen, aber wie sollten andererseits die Gase sie hier im Freien töten? Und ob sie nicht einfach an den Fassaden hinunterklettern konnten? Hätte man überhaupt zulassen dürfen, daß diese Kakerlaken alle hier herauskamen? Er wollte das gerade fragen, als Ricky sagte:

»Sehen Sie, die sind alle hier oben.« Ricky zeigte nicht auf den näheren Turm, sondern zu dem anderen, etwa fünf Meter weiter, wo fünf oder sechs Arbeiter in grüner Schutzkleidung, manche auf Leitern, ihre Spritzdüsen nach oben in die Kuppel richteten. »So kriegen wir sie nicht alle, und jetzt wollen wir sie *verbrennen*!«

Der Gedanke an Feuer erschreckte Sidney Clark. Das konnte er auf keinen Fall von sich aus genehmigen. Er wandte sich Paul Vinson zu, der ihm nervös auf den Arm tippte und etwas sagte, was er aber nicht hören konnte.

»Mit Gas kriegen wir sie nicht weg!« schrie Ricky beiden zu. »Das ist kein geschlossener Raum hier, und die Kuppeln sind bis oben voll von ihnen. Sehen sie mal!« Ricky zog eine starke Taschenlampe aus dem Anzug und hielt sie mit seiner behandschuhten Faust ins Innere der Kuppel.

Sidney Clark fuhr entsetzt zurück. In einem wabernden Kreis von etwa sechs Meter Durchmesser hingen verzweifelt zappelnde Kakerlaken aneinander, die nicht mehr höher hinauf und auch nicht fort konnten.

»Sehen Sie, was ich meine?« schrie Ricky. »Verbrennen ist das einzige!«

Paul Vinson stieß einen erstickten Schrei aus und taumelte, als müsse er gleich in Ohnmacht fallen.

Lachend packte Ricky ihn am Arm und zog den Reißverschluß von Vinsons Kopfschutz auf, damit er Luft bekam. »Gehen Sie runter, gehen Sie gleich runter!« Ricky zeigte auf die offene Tür zur Treppe.

»Wegen des *Feuers* muß ich wirklich erst die Direktion fragen!« sagte Mr. Clark, ebenfalls auf dem Weg zu der Tür, und versprach, sich gleich zu melden, wenn er wisse, wie die Direktion entschieden habe.

Mr. Clark und Mr. Vinson fuhren mit einem Expreßaufzug hinunter.

»Sehen Sie mal, da!« rief Paul Vinson und zeigte in eine vordere Ecke des Kabinenbodens, wo ein Kakerlak saß, der an die fünfzehn Zentimeter lang zu sein schien.

Er legte gerade ein Eipaket ab! Die beiden Männer wichen in die entgegengesetzte Ecke der Kabine aus, obwohl der Kakerlak sie gar nicht zu beachten schien, jedenfalls schaute er nicht in ihre Richtung. Das Eipaket war braun und rechteckig und etwa so groß wie die kleinen Seifenschächtelchen, die Jade Towers den Bewohnern, die ihre Appartements vom Hauspersonal reinigen ließen, immer auf die Waschbeckenränder legte. *Tritt auf den Kakerlaken und die Eier*, sagte sich Sidney Clark, doch er brachte es nicht fertig. Er hatte nicht den Mumm.

»Jesses!« sagte er müde zu Paul Vinson. Der Aufzug kam im Parterre an, beide stiegen aus, und Sidney Clark drückte sofort auf den obersten Knopf und schickte das fruchtbare Insekt wieder zu den Penthäusern.

Mr. Clark rief die Direktion an. Er konnte Cushings nicht erreichen, sprach aber mit einem Mann, der über den Vorschlag, die Türme von innen auszubrennen, hörbar entsetzt war, obwohl Mr. Clark ihm sagte, es befinde sich anscheinend nichts Brennbares darin, nur ein paar Eisenstreben. Der Mann versprach, sofort zu kommen, und legte auf.

Paul Vinson war nach Hause gegangen, krank oder angeblich krank, und Sidney Clark hatte alle Hände voll zu tun. Viele Mieter kamen an diesem Tag zurück und fragten nach Post oder hinterlassenen Nachrichten.

»Sie feiern ja heute, wie ich sehe«, sagte eine junge Frau, die Mr. Clark als Susan Dulcey erkannte, eine Schauspielerin, die auf einer der höheren Etagen wohnte. »Feuerwerk auf dem Dach. Sehr hübsch. Haben Sie es schon gesehen?«

Mr. Clark schüttelte lächelnd den Kopf. »Nein, noch nicht. Willkommen daheim, Miss Dulcey!« Feuerwerk? Mr. Clark nahm die erste Gelegenheit wahr, nach draußen zu gehen und einen Blick nach oben zu werfen. Es war kurz vor sechs Uhr abends, und die Dämmerung fiel.

Auf der andern Straßenseite standen Leute auf den Gehsteigen und zeigten nach oben und schauten und lachten. Selbst über die verkehrsreiche Lexington Avenue hinweg glaubte Sidney Clark das Wort »... *Kakerlaken* ...« herauszuhören. Oder litt er bereits unter Verfolgungswahn? Er lief bei Rot über die Straße. Er sah rötlich-gelbe Funken von den Unterkanten der Zwillingstürme wegspritzen – jeder Funke ein Kakerlak, das wußte er – und hörte oder bildete sich ein zu hören, wie es knisterte, wenn die Insekten verbrutzelten. Die Türme glühten in einem gelblichen Rosa, als wollten sie von der Hitze der Lötlampe jeden Augenblick schmelzen, und noch beängstigender war der rote Rand um die Gebäudeoberkante herum. Oder war das nur der Widerschein der Flammen in den Kuppeln?

»Wer hat Appetit auf geröstete Kakerlaken?« fragte eine Männerstimme in der Menge.

»Haha! Nee, das ist doch nur 'n Feuerwerk!«

»Nein!« sagte eine andere Stimme. »Da oben seh ich Arbeiter! Mit Lötlampen!« Der Sprecher hielt sich ein Fernglas vor die Augen.

»Kann ich da mal schnell durchgucken?« fragte eine Frau.

Sidney Clark eilte an seine Rezeption zurück. Als nächstes jetzt ein Feuer? dachte er. Würde als nächstes das schauerliche Heulen der Feuerwehr sich einen Weg durch den Verkehr der Lexington Avenue bahnen?

»Hallo, Mr. Clark«, sagte eine Hausbewohnerin, die soeben hereinkam. »Haben Sie Post für Simpson in 59 H? – Danke! Das Feuerwerk auf dem Dach sieht ja hübsch aus. Heute ist wohl ein besonderer Tag, wie?«

Mr. Clark erwiderte Mrs. Simpsons Lächeln. »Ganz gewiß. Wir haben das Haus wieder sauber.«

»Mr. Clark – für Sie«, sagte eine Telefonistin.

»Kellerman in 7 J«, sagte eine Männerstimme. »In den letzten zehn Minuten, seit ich von der Arbeit gekommen bin, habe ich *vier* Kakerlaken gesehen, und alle King-size! Wenn Sie mir nicht glauben, kommen Sie rauf. Ich höre, daß diese Kammerjäger noch im Haus sind, dann schicken Sie mir die auch gleich rauf, ja?«

»Das tut mir aber leid, Mr. Kellerman. Ich komme sofort selbst. Vielen Dank für Ihren Anruf.« Mr. Clark bat eine Telefonistin, Pest-Ex auf der Penthausetage anzurufen und zu sagen, es solle sofort jemand nach 7 J kommen. Dann eilte er zu den Aufzügen.

Falls in diesem Aufzug Kakerlaken waren, sah Mr. Clark sie nicht, weil er nicht hinschaute, und es war nur eine kurze Fahrt bis in den siebten Stock, wo es auf dem Korridor hoch herging.

Kellermans Tür stand offen, aber auch mindestens noch drei weitere Türen, und zwei Frauen unterhielten sich erregt auf dem Gang.

»Ah, Mr. Clark!« sagte die eine. »Die Kakerlaken sind *nicht* weg! In meiner Küche sitzen zwei auf der Spüle und lassen sich nicht mal wegjagen!«

»In meinem Bad«, sagte die andere Frau mit gequälter

Miene. »Könnten Sie mal hereinkommen und sich das ansehen?«

Mr. Clark zeigte auf Mr. Kellermans Tür. »Sowie ich dort fertig bin, Mrs....« Er ging rasch in 7 J.

»Hier lang«, sagte Kellerman, ein großer Mann in Hemdsärmeln, und zeigte auf sein Bad.

Ein riesenhafter Kakerlak, wahrhaftig gute zwölf Zentimeter lang, schwamm in Mr. Kellermans Badewanne, in der ein paar Zentimeter Wasser standen.

»Meine Güte!« sagte Mr. Clark. Der Kopf des Kakerlaken zeigte in Mr. Clarks Richtung, und wiewohl er sich nicht regte, war er doch nicht tot, das sah Clark, denn die langen biegsamen Antennen bewegten sich langsam hin und her. Jetzt bewegte er ein paar seiner sechs Beine und drehte sich ein wenig, wobei Mr. Clark unwillkürlich an einen dicken Menschen denken mußte, der sich im Swimmingpool auf dem Wasser treiben ließ.

»Was sagen Sie *dazu*?« fragte Mr. Kellerman. »Ich wollte gerade ein Bad nehmen. Diese Halunken von Pest-Ex!« Er packte eine Toilettenbürste und schlug mit der Rückseite nach dem Kakerlaken.

Wasser spritzte, und Mr. Clark wich einen Schritt zurück.

Der Schlag machte das braune Insekt munter; es schwamm ans Kopfende der Wanne und kletterte mit Riesenschritten die emaillierte Schräge hinauf, hielt oben auf dem Rand inne und drehte sich den beiden Männern zu.

»Bitte, den dürfen *Sie* umbringen«, sagte Mr. Kellerman. »Ich sage Ihnen, ich habe genug und bleibe hier keine Nacht mehr.«

»Das sage ich auch.« Eine der beiden Frauen auf dem Korridor war in Mr. Kellermans Wohnung gekommen und stand vor der Badezimmertür. »Entschuldigen Sie mein Eindringen. Mein Mann ist gerade nach Hause gekommen, Mr. Clark, und wir werden...«

Sidney Clark nickte nervös und strebte zur Wohnung hinaus. Auf dem Korridor waren inzwischen noch mehr Stimmen, mehr Menschen, und ein paar versuchten ihn anzusprechen.

»Soll das ein Witz sein?« fragte ein junger Mann mit einem Gesicht, als wollte er Mr. Clark gleich einen Fausthieb versetzen.

Sidney Clark dachte schon, der Aufzug käme überhaupt nicht mehr. »Ich rede mit Pest-Ex – mit der Direktion –«

»Allerhand von denen!« rief eine Frau. »Erst uns rausschmeißen, dann in *so* was wieder zurückholen!«

Mr. Clark sprang in den Aufzug und drückte auf den Knopf fürs Parterre, dann merkte er erst, daß noch ein Mann und eine Frau mit Koffern im Aufzug standen, und gleich darauf sah er auf dem Boden zwei Rechtecke, die er jetzt sofort als Kakerlakeneier erkannte.

»Mr. Clark, was *geht* hier eigentlich vor?« fragte die Frau. »Solch riesige Kakerlaken im ganzen Haus! Mein Mann und ich werden heute nacht bei Freunden schlafen.«

»Und wahrhaftig nett von denen, daß sie uns aufnehmen«, ergänzte der Mann. Beide waren nicht mehr ganz jung. »Werden uns voraussichtlich zuerst desinfizieren wollen.«

Mr. Clark konnte sich an den Namen der Leute nicht erinnern. »Wir reden gleich mit den Kammerjägern, Sir.«

Erdgeschoß. Mr. Clark nahm der Frau wohlerzogen den Koffer ab und ließ die beiden vorgehen. Die Halle wimmelte von Leuten mit Koffern und sogar ein paar Kisten, und alle schienen auf einmal zu reden.

»... erledigt!« sagte eine wütende Frauenstimme.

»Keine Chance! Hahaha! ... Nehmen Sie ein Taxi mit mir zusammen?«

»... wie die in *meiner* Wohnung! Mein Dobermann hat sogar Angst vor ihnen!«

Mr. Clark bahnte sich einen Weg zur Rezeption, wo Ricky mit dem Rücken zum Tresen stand, von Fragern belagert.

»... alles unter Kontrolle, ehrlich«, sagte Ricky soeben.

»Natürlich haben ein paar überlebt – aber nur die allergrößten.« Ricky wurde ausgebuht und wischte sich mit dem Arm über die verschwitzte Stirn. Er hatte seinen Kopfschutz zurückgeschoben und sah aus wie ein Astronaut, nur in Grün statt in Weiß.

Es entging Sidney Clark nicht, daß die Leute in der Halle über Rickys eindrucksvolle Uniform und seine Erklärungsbemühungen lachten, das Auftreten der Riesenkakerlaken sei eine »normale Entwicklung«.

»Die schwächeren Stämme *sind* ausgerottet – durch uns«, sagte Ricky zu den Umstehenden. »Jetzt brauchen wir nur noch ein anderes Mittel, um auch die restlichen zu erledigen.«

Mr. Clark sah, daß Ricky um seinen Job kämpfte, aber auch sein Bestes tat, um die Jade Towers zu retten.

»Diese Kakerlaken gehören in den *Zoo*!« brüllte ein Mann. »Hinter Gitter!«

Etliche lachten.

»Ich glaube, das *Haus* brennt!« Eine Frau kam gerade von draußen in die Halle gerannt. »Das Dach! Geht mal raus und guckt!«

»Jetzt ist es passiert!« sagte ein Mann.

Sidney Clark hörte das gefürchtete Heulen einer Feuerwehrsirene, die ganz nah sein mußte, sonst würde er sie bei dem Lärm nicht hören, überlegte er. *»Ricky!«* schrie er. »Was ist da oben auf dem Dach los?«

»Nichts«, sagte Ricky mit einer müden Handbewegung, wie um dieses Problem von vornherein abzutun. »Wir haben Wasser da oben. Natürlich verbrennen wir sie, wie sie kommen.«

»Was heißt, ›wie sie kommen‹?« fragte ein Mann.

»Sie klettern nach oben, klar. Legen ihre Eier schneller als normal, und die Eipakete müssen wir natürlich auch verbrennen, klar.« Ricky stützte mit selbstsicherer Gebärde einen Ellbogen auf den Tresen, aber seine Worte ernteten bei den Zuhörern nur lautes Gelächter.

Während Leute durch die Glastüren hinausgingen, kamen andere mit Gepäck und Mänteln über den Armen von den Aufzügen. Sidney Clark sah jetzt zu seinem Schrecken Fremde von der Straße hereinkommen. Fremde, das hieß für Sidney Clark Diebstahl.

»Michael!« rief Mr. Clark schneidend einem Türwächter zu. »Was sind das für Leute, die da hereinkommen?«

»Die sagen, sie sind bestellt. Sie sagen auch von wem«, antwortete Michael.

»Schmeißen Sie sie raus!« sagte Mr. Clark. »*Raus*, verstanden?«

Die Telefonistinnen waren mit den vielen Taxibestellungen ebenso überfordert wie die Türwächter, vielleicht auch noch mit Beschwerden. Aber das Beschwerdestadium war wohl vorbei, sagte sich Mr. Clark. Was er hier sah, war ein Massenauszug.

»Madeleine!« rief Sidney Clark. »Haben Sie schon Mr. Cushings zu erreichen versucht?«

»Ja, Sir, vor zwei Stunden. Mr. Cushings kommt nicht.«

Es war, als hätte der Kapitän das Schiff aufgegeben. Sollte jetzt er den Kapitän spielen? »Ist Paul wieder da?«

»Nein, Sir«, sagte Madeleine hastig und wandte sich wieder ihrem summenden Schaltpult zu.

Draußen schrillte eine Klingel, und Mr. Clark sah ein Löschfahrzeug vor der Tür. Stand das Haus wirklich in Flammen?

»Oh! – Vorsicht!« Die Worte schufen um die Frau, die sie ausgestoßen hatte, augenblicklich Platz. »Igittigitt! *Großer* Gott!«

»Tretet doch mal drauf, ihr Helden! Hahaha!«

Aus der Gasse, die sich zwischen den nach unten schauenden Leuten bildete, schloß Mr. Clark, daß da ein Riesenkakerlak auf dem Weg zur Tür sein mußte. Die Türwächter sahen ebenfalls zu Boden, doch von den vier kräftigen Männern machte keiner Anstalten, das Insekt zu töten.

Die Feuerwehrleute, die hereingerannt kamen und zu den Aufzügen stürzten, ernteten von der ständig wechselnden, aber meist fröhlichen Menschenmenge in der Halle Hohngelächter. Das Fernsehen war da! Auf einer Rolleiter wurde ein Mann hereingeschoben, der von oben filmte.

»Da sitzt einer!« Eine Frau zeigte neben sich auf die Wand. »Filmen Sie den mal!«

Jetzt sah Mr. Clark auch, daß die Fremden, die er vorhin hatte hereinkommen sehen – oder wenigstens einige davon –, zu einem Fernsehteam gehörten, denn sie schlossen soeben ihre Lampen an den Steckdosen in der Halle an, ohne auch nur um Erlaubnis zu fragen. Er stürzte zur Tür, um nach dem Feuer auf dem Dach zu sehen. Draußen versuchten Polizei und Feuerwehr die auf dem Gehsteig versammelte Menschenmenge vom Eingang wegzudrängen.

»Brennt es?« fragte Mr. Clark einen Polizisten.

»Nein, blinder Alarm«, antwortete dieser. »Da oben war Rauch zu sehen, da hat jemand die Feuerwehr gerufen. Rauchende Kakerlaken!« Der Polizist grinste.

Die Leute begafften den Löschwagen, gafften in die Höhe und gestikulierten. Auf dem Gehsteig lagen dicke schwarze Krümel, tote Kakerlaken, und ein paar Leute äugten mißtrauisch nach oben und bürsteten sich die Schultern ab, blieben aber nach wie vor fasziniert stehen.

»Ekelhaft!« sagte eine Frau im Weitergehen.

»Guckt mal!« schrie ein kleiner Junge mit ausgestrecktem Finger. »Iiih!«

Ein großer Kakerlak krabbelte über den Gehsteig in Richtung Straße, recht langsam, und Mr. Clark sah, daß er gerade dabei war, ein Eipaket abzulegen, wodurch er fast doppelt so lang wirkte wie alle, die er bisher gesehen hatte. Frauen kreischten. Männer sagten dergleichen wie: »Nicht zu fassen! – Aber es ist tatsächlich ein Kakerlak, das sehe ich!«

Der Löschwagen fuhr wieder weg, und Taxis nahmen sogleich seinen Platz vor dem Haus ein. Fernsehkameras surrten und filmten Bekannte und weniger Bekannte, die mit ihrem Gepäck aus den Jade Towers strömten.

»Wollen Sie klagen, Miss Dulcey?« fragte ein Mann.

»Das weiß ich noch nicht«, antwortete Miss Dulcey lächelnd und folgte Michael, der ihren Koffer trug, zu einem Taxi.

Es schien, als wollte heute nacht überhaupt niemand mehr in den Jade Towers bleiben. Sidney Clark stellte überrascht fest, daß es schon neun Uhr vorbei war. Die Fernsehleute sammelten ihre langen Kabel ein. Ein paar total erschöpfte Pest-Ex-Leute kamen in die Halle gewankt und fragten nach Ricky.

Ricky stand unweit der Rezeption und sprach mit einem Fernsehmann. »Wir kriegen das schon hin. Vielleicht nicht mehr heute abend ...«

Die Telefonistinnen der neuen Schicht waren gekommen, und alle drei waren schon beschäftigt. Soviel Mr. Clark mitbekam, wollten die Leute wissen, wie es um die Sicherheit ihrer Möbel und sonstigen Sachen bestellt war.

»Unsere Türwächter haben Dienst wie immer«, sagte eine Telefonistin zu irgendwem.

»Paul, besorg uns doch mal was zu essen«, sagte Ricky zu einem seiner Leute. »Ich kann hier nicht weg.«

»Da lang geht's zum ›Jade Cup‹«, sagte Mr. Clark. »Da gibt's Eier und Hamburger –«

»Der ›Jade-Cup‹ ist seit heute früh geschlossen«, unterbrach ihn ein Pest-Ex-Mann. »Sie hätten mal die Kakerlaken da drinnen sehen sollen! Die großen sind nämlich runtergekommen und nichts wie rein in diese Küche. Die Geschäftsführerin – na ja, jedenfalls haben die Kellnerinnen heute morgen alle gekündigt.«

»Nur weil die Biester gegen Pest-Ex Unique immun geworden sind«, sagte Ricky zu Sidney Clark. »Wenn wir jetzt –«

»Ich hab die Nase *voll*! Sie haben versagt und mich um

meine Stelle gebracht!« sagte Mr. Clark, denn der Fernsehmann war gegangen.

»Wollen Sie mal sehen, womit wir's zu tun haben?« fragte Ricky. »Zeig's ihm mal, Joey! Egal auf welcher Etage. Nimm gleich die zweite.«

Joey und ein widerstrebender Sidney Clark gingen über die Nottreppe einen Stock höher. Auf dieser Treppe sah Mr. Clark vielleicht dreißig Kakerlaken in allen Größen hinauf und hinunter krabbeln. Ricky war mitgekommen und brachte sogar noch die Energie auf, fluchend ein paar von ihnen totzutreten, aber wie Mr. Clark feststellte, suchte er sich die kleineren oder jüngeren Insekten aus.

Ricky zog einen steinernen Standascher neben den Aufzügen weg. »Sehen Sie das?« Zum Vorschein kamen ein Eipaket und zwei Kakerlaken in Paarungsstellung, wie Mr. Clark zu erkennen glaubte. »Die verdammten *Eier* sind's, die sie überall verstecken. Unter den Teppichen – wer soll die denn jemals alle finden?« fragte Ricky, ohne eine Antwort zu erwarten. »In Kleiderschränken und Bücherregalen, in allen Ecken und Ritzen – es ist hoffnungslos.«

»Was ist denn da zu tun?« fragte Sidney Clark, noch immer in der Meinung, es müsse doch etwas zu machen sein, auch wenn es Zeit kostete. »Ein neues Insektizid entwickeln?«

»Bis wir das entwickelt haben, ist der Kasten...« Er machte eine wegwerfende Gebärde. »Abbrennen, wenn Sie mich fragen.«

Das Gebäude abbrennen? Sidney Clark war entsetzt. »Ich gehe jetzt etwas essen. Ich hatte keinen Lunch und bin total erledigt.«

Sie gingen alle wieder hinunter. Paul und noch ein anderer waren inzwischen mit Kaffee und Tüten voll Sandwichs zurückgekommen. Mr. Clark wurde eingeladen, mit ihnen zu essen, und sie setzten sich an die niedrigen Tischchen in der Halle, an denen die etwa dreißig Mann gerade Platz fanden.

Ricky sah nach ein paar Sandwichs und einem großen

Becher Kaffee wieder besser aus, aber immer noch sagte er ruhig zu Sidney Clark: »Abbrennen, Sie werden schon sehen. Ein großer Schaden, klar, aber dafür gibt's ja Versicherungen, nicht? So was fällt doch unter höhere Gewalt, oder? Diese Kakerlaken?«

Die Worte verfolgten Sidney Clark diese Nacht in seinem unruhigen Schlaf. *Höhere Gewalt.* Kakerlaken! Cushings' Schweigen konnte nichts Gutes bedeuten. Hatte er schon vor, die Jade Towers abzubrennen? Wann würde Sidney Clark erfahren, daß er seine Stelle los war?

Ein müder Sidney Clark erschien andern Morgens um neun zum Dienst, und wieder herrschte in den Jade Towers Hochbetrieb, nur standen diesmal keine Taxis vor dem Haus, sondern Möbelwagen. Hemdsärmelige Möbelpacker standen in der Halle herum und warteten darauf, daß ihr Wagen an einer der beiden großen Türen vorn und hinten vorfahren konnte. Für Sidney Clark veranschaulichte das Durcheinander, das sie vorführten, den allgemeinen Zusammenbruch. Die drei Telefonistinnen sahen aus, als hätten auch sie nicht viel geschlafen, und die Höflichkeit, mit der sie jedem Anrufer antworteten, hatte etwas Gepreßtes. Ein paar an der Rezeption ausliegende Zeitungen, die *Times* und die *Daily News*, zeigten auf der ersten Seite Bilder von einem angeblich fünfzehn Zentimeter großen Kakerlaken, der in den Jade Towers fotografiert worden war.

Transportkarren mit Kisten und Kartons voller Hausrat, mit Stühlen, Sofas, Stehlampen, Tischen, Teppichen und Schreibtischen, wurden den ganzen Tag zu den Ausgängen vorn und hinten gerollt, Männer riefen Kommandos, ließen warten oder weiterschieben. Einer sagte zu Sidney Clark, sie würden die ganze Nacht durcharbeiten, denn die Mieter hätten es eilig, ihre Sachen aus dem Haus und ins Möbellager zu bekommen.

Bis mittags war Madeleine, die Telefonistin, in Tränen aufgelöst. »Alle wollen klagen, Mr. Clark! Heute morgen hatten wir schon mindestens fünfzehn solche Anrufe – ein paar wollten Sie sprechen, aber wir haben nicht weiterverbunden. Wir haben gesagt – der Empfangschef ist gerade woanders.«

Sidney Clark war gerührt. »Das war lieb von Ihnen, Madeleine. Jetzt gehen Sie mal irgendwo was essen.«

Eine weitere Woche wurden die Jade Towers mit Schimpf und Schande überschüttet, die Zeitungen rissen Witze, und ehemalige Bewohner gaben ihre Kommentare ab, einige verbittert, andere eher sportlich wie: »Ich kapituliere ehrenvoll vor dem Super-Kakerlaken.«

Die Jade Towers wurden nicht von gedungenen Brandstiftern angezündet, wie manche prophezeit hatten. Die von Wohnungseigentümern und Mietern angestrengten Prozesse machten Jade Towers bankrott, obwohl die Direktion wiederum ihren Prozeß gegen Pest-Ex gewann, an dem Pest-Ex bankrott ging. Groß war die Zahl der Schadensersatzklagen wegen zerfressener Teppiche, Polstermöbel, Bücher und, in geringerem Umfang, Bekleidung.

Schon wenige Tage, nachdem Pest-Ex stillschweigend den Sieg der großen Kakerlaken anerkannt und das Feld geräumt hatte, standen die Jade Towers leer, nur bewaffnete Wächter taten noch Tag und Nacht hinter den vorderen und hinteren Eingangstüren Dienst. Immer noch schauten New Yorker und Touristen an dem hohen Gebäude empor, doch ihr Staunen war jetzt anderer Art: Ein Geisterhaus war das, in dem Insekten hausten, so groß, daß Menschen dort nicht mehr zu wohnen wagten.

Immer noch kamen Vorschläge: das ganze Gebäude versiegeln und die Insekten ausräuchern; die Jade Towers durch Einrichtung einer ›Zellophan-Bar‹ im Erdgeschoß wieder rentabel machen. Ein Architekt entwarf die Bar, deren Zellophanwände an Boden und Decke abgedichtet würden, während Ventilatoren für Be- und Entlüftung sorgten und keine Speisen serviert werden durften, damit sie keine Kakerlaken anlockten. Daraus wurde jedoch nichts, denn es war mit zuviel Negativem behaftet: Immer noch würden ein paar Kakerlaken durchs Erdgeschoß geistern, nicht wahr? Und die Gäste der ›Zellophan-Bar‹ würden das auf die Dauer nicht mehr lustig finden.

Sidney Clark verlor, wie auch das übrige Personal, seine Stelle und bekam von der Direktion ein gar nicht so schlechtes Zeugnis, beinahe sogar ein sehr gutes. Er konnte also immer noch hoffen, wieder eine ähnliche Stelle zu finden. Ganz New York wußte, was das Personal der Jade Towers im Kampf gegen die Kakerlaken alles durchgestanden hatte.

Natürlich stand das Gebäude zum Verkauf, auch ohne daß ein Schild darauf hinwies. Die Zeitungen schrieben von »Gerüchten« (die natürlich stimmten), wonach mehrere Kammerjägerfirmen sich mit dem Kakerlakenproblem der Jade Towers befaßt, den Auftrag jedoch abgelehnt hätten. Was fraßen die Kakerlaken? Den Putz von den Wänden? Die Teppichböden in mehreren Appartements? Das Wasser war abgestellt. Aber in den Leitungen stand immer noch welches, außerdem regnete es, und die Kakerlaken konnten aufs Dach. Sie lebten. Verschiedene Leute wollten große Kakerlaken nachts aus den Jade Towers kommen gesehen haben, wohl auf der Suche nach einem anderen Gebäude, wo es Nahrung geben mochte. Das wurde aber nie bewiesen.

Die Bewacher der Jade Towers hatten für die Arbeit in unmittelbarer Nachbarschaft der Insekten, die nach ihren Beteuerungen immer größer wurden, »Ekelzulage« verlangt und bekommen. Sie langweilten sich natürlich während ihrer achtstündigen Schicht, denn die Leute machten einen Bogen um die Jade Towers, und bisher hatte noch niemand sich einzuschleichen oder einzubrechen versucht. Die Wachen erfanden ein Spiel, dem sie sich auf dem langen Betriebskorridor im Parterre widmeten. Sie legten an der Rückwand Brotkrumen als Köder aus und schossen »aus waidmännischer Entfernung« mit Luftgewehren auf die Kakerlaken.

»Mit der Zeit töten wir vielleicht noch mehr als die Kammerjäger«, sagte einer auf Anfrage zu einem Reporter.

Er und seine Kollegen, fügte er hinzu, brächten in vierundzwanzig Stunden vielleicht tausend zur Strecke, dann fegten sie die Leichen zusammen und täten sie in die Mülleimer hinter den Jade Towers, die von der städtischen Müllabfuhr nach wie vor geleert würden.

Sidney Clark wollte es unglaublich scheinen, daß die Jade Towers zur Schießbude verkommen sein sollten, in der auf Kakerlaken geschossen wurde. Oder war das vielleicht nur eine dieser wilden Geschichten, an denen sich die Zeitungen so ergötzten? Als er sich eines Tages wieder um eine neue Stelle bewerben ging und an den Jade Towers vorbeikam, ging Sidney hinter das Gebäude und hielt das Ohr an die graue Stahltür, die den Betriebskorridor zur Straße abschloß. Und da hörte er es: ein dezentes, fast freundliches *plop ... plop-plop*, auf das Gelächter folgte.

Es stimmte.

Täglich vielleicht tausend zur Strecke gebracht. Sidney mochte nicht darüber nachdenken. Die Kakerlaken waren zu einer unfaßbaren statistischen Größe geworden, wie die Staatsschulden oder die Erdbevölkerung im Jahr 2000. Sollen sie nur schießen, dachte er. Sie würden das Kakerlakenvolk der Jade Towers gewiß nicht spürbar dezimieren.

Mietbauch Inc.
contra Machtvolle Rechte

Alicia Newton hatte über das Leihmütterproblem nie viel nachgedacht, bis ihre Eltern ihr eines Sonntags berichteten, Reverend Townsend habe seine Predigt diesem Thema gewidmet. Das war beim Mittagessen, nach dem Kirchgang ihrer Eltern.

»Er hat die Frick-Klinik sogar namentlich erwähnt«, sagte Alicias Mutter. »Hast du mir nicht erzählt, Geoff habe schon einige solcher Operationen vorgenommen, Alicia?«

Dr. Geoffrey Robinson, Alicias Verlobter, war Gynäkologe in der Frick-Klinik.

»Geoff hat sicher schon welche gemacht«, antwortete Alicia. »Aber seine Hauptbeschäftigung sind Entbindungen und Vorsorge –«

»Townsend sagt, das mit den Leihmüttern wird zu einer neuen Masche. Pure Geschäftemacherei«, sagte ihr Vater und schnitt sich noch ein Stück Schweinebraten.

Alicia vermutete, daß Townsend aus dem Alten Testament zitiert hatte, etwas über die Verwerflichkeit des Herumpfuschens in der Natur. »Für die Frick-Klinik ist das nicht besonders profitabel, soviel ich weiß. Nur ein kleiner Eingriff unter Lokalanästhesie, bei dem ein Ei entnommen wird.«

»Profitabel für die *Leihmütter*«, sagte Alicias Mutter. »Wie werden sie eigentlich angeworben, Schatz?«

Alicia stutzte. »Angeworben? Gar nicht, Mama. Die melden sich dafür. Viele jungen Frauen brauchen das Geld, gewiß, aber soviel ich weiß, bekommen sie nur ein normales Honorar und ein bißchen Unterhalt.«

»Normales Honorar? Zehntausend Dollar und mehr?« meinte ihr Vater.

»Es gibt da keine festen Sätze, glaube ich. Das wird privat vereinbart«, sagte Alicia. »Aber so eine Leihmutter ist ja schließlich für Ehepaare da, die keine Kinder bekommen können. Wenn zum Beispiel die Frau unfruchtbar ist oder eine Fehlgeburt nach der anderen hat.«

Nach ein paar halblauten Kommentaren ihrer Eltern wurde das Thema fallengelassen, aber für Alicias Gefühl blieb die Atmosphäre ein bißchen gespannt. Ihre Eltern waren schon immer konservativ gewesen, aber in Alicias Augen hatte sich das in den letzten Jahren verstärkt, vielleicht durch den neuen Konservatismus in den Kirchen von Meadsville (die Stadt hatte mehr Kirchen als Schulen) und die Verkündigungen der Machtvollen Rechten in Rundfunk und Fernsehen. Die Machtvolle Rechte, angeführt von Reverend Jimmy Rumford, besaß eigene Rundfunk- und Fernsehsender und Verlage für fundamentalistische Zeitschriften. Die Sender riefen öffentlich um Spenden auf und bekamen sie auch, und mit dem Geld konnte Rumford rechtsgerichtete Kandidaten für Ämter aller Art, vom Kongreßabgeordneten bis zu Wahlbeamten wie dem Generalstaatsanwalt, kräftig unterstützen. Das kam dem konservativen Präsidenten zugute und hatte auch schon die Berufung Konservativer ins Oberste Bundesgericht bewirkt. Rumford – von seinen Gegnern Rumfurz genannt – konnte dank des Geldes seine fundamentalistischen Ideen in ganz Amerika verbreiten.

David Newton, Alicias Vater, mußte sich als Immobilienmakler mit allen Leuten gut stellen, weshalb er und Alicias Mutter, wie jedermann im Städtchen, alle Sonntage in die Kirche gingen. Ihre Mutter betätigte sich in den örtlichen Wohltätigkeits- und Frauenvereinen, die sich guten Zwecken widmeten, und Alicia hatten sie ebenfalls dazu angehalten, sich »für das öffentliche Wohl zu engagieren«, und so hatte sie mitten im Studium auf Krankenschwester umgesattelt und arbeitete nach anstrengender Ausbildung nun mit ihren zweiundzwanzig Jahren in der Frick-Klinik am Stadtrand. Dort hatte sie auch Geoff kennengelernt, den sie über alles liebte, und in ein paar Monaten wollten sie heiraten. Wenigstens waren ihre Eltern ja mit Geoff einverstanden, der mit achtundzwanzig schon hohes Ansehen als Gynäkologe genoß. Auf Alicias Bitte zügelte Geoff in Gegenwart ihrer Eltern seinen etwas rauhen Humor und galt daher für sie als wohlerzogener junger Mann von fröhlichem Naturell, der es in seinem Beruf zu etwas bringen würde.

Als Ledige wurde Alicia bei Notfällen eher in die Frick-Klinik gerufen als die verheirateten Kolleginnen. Ähnlich erging es Geoff, denn Babys kamen zu jeder Tag- und Nachtzeit, und Geoff sagte, wenn er je eine biologische Uhr besessen habe, sei sie ihm wohl abhanden gekommen. Sie schafften es trotzdem, pro Woche einen oder zwei Abende zusammen zu verbringen, und Geoff hatte eine kleine Wohnung in der Stadt. Als sie sich auf einen Kaffee in der Kantine der Frick-Klinik trafen, erzählte Alicia ihm, was Reverend Townsend über den Geschäftssinn der Leihmütter gesagt hatte.

»Geschäftssinn – bei zehntausend plus Arztkosten?« Geoff lachte schallend. »Dafür würde ich es nicht machen. Vielleicht denken diese Rumfurzer, wir machen hier Genmanipulationen, um eine Superrasse zu erzeugen. Haha! – Dabei fällt mir übrigens ein, daß eine Schwester mir erzählt hat, Sarah Morley – oder Morgan, den Nachnamen vergesse ich immer – hätte deswegen in Cleveland ihre Stelle verloren.«

»Weswegen?«

»Weil sie mal Leihmutter war. Hier. Sie stammt ja aus Meadsville. Sie hat es einer Kollegin erzählt, die es zum Chef weitergetragen hat, und der ist wahrscheinlich ein Rumfurzer. Jedenfalls ist sie knapp bei Kasse und braucht einen neuen Vertrag – von uns.« Geoff nahm seinen Kaffeebecher und trank. »Ich habe der Schwester gesagt, klar, sie soll ihr schreiben, daß sie sich zur üblichen Untersuchung hier melden soll, dann versuchen wir einen Termin zu vereinbaren.«

Alicia konnte sich an Sarah nicht erinnern, aber das spielte ja keine Rolle. Die Leihmütter waren alle so Anfang Zwanzig und kerngesund. Das *in vitro* befruchtete Ei, aus dem einmal das Kind werden sollte, wurde ihnen in einer einfachen Operation eingepflanzt, die keine Narkose erforderte. Im Parterre der Klinik standen in einem langgestreckten Labor, in dem Geoff oft arbeitete und wo Alicia immer die Ergebnisse von Blutuntersuchungen abholen mußte, die Kühlschränke mit den namentlich gekennzeichneten Eizellen und Samen und die Inkubatoren für befruchtete Eier. Daneben befand sich ein Zimmer mit Tisch, Couch und Fernseher, wo Laboranten und Ärzte sich zwischendurch ausruhen oder ein Nickerchen machen konnten. Dieser Raum sei von innen abschließbar, hatte Geoff erzählt, und die Ehemänner gingen da zum »Produzieren« hinein; die Klinik habe ein paar Herrenmagazine ausgelegt, um sie zu animieren, aber einige schafften es auch beim dritten oder vierten Besuch nicht, was Geoff zwar belustigend, aber auch wieder ganz normal fand. »Ich weiß nicht, ob ich selbst das könnte, unter solchen Umständen!« hatte Geoff unter brüllendem Lachen gemeint. »Aber die Atmosphäre dürfte immer noch angenehmer sein als in diesen Kabinen, von denen ich auch schon gehört habe, wo die andern draußen Schlange stehen, bis sie an der Reihe sind!« Geoff richtete sich auf: »Ich sollte mal wieder gehen. Bist du noch immer frei für Dienstag abend?«

Alicia lächelte. »Das nenne ich Gedächtnis! Ja!«

»Bis dann!« Geoff eilte mit wehendem weißem Kittel zum Ausgang und entschwand.

Am Dienstag abend bereitete Alicia ihnen in Geoffs Wohnung ein Abendessen, und nach dem Essen fuhren sie zu einer Tanzbar vor der Stadt. Anschließend ging es wieder zurück zu Geoff, und Alicia blieb über Nacht. Sie sprachen über das Haus, das sie kaufen wollten. Geoff hatte ein Kaufrecht darauf erworben und hoffte mit dem Besitzer handelseinig zu werden. Es war ein zweigeschossiges Haus, alt genug für eine eigene Atmosphäre, und lag auf der gleichen Seite der Stadt wie die Frick-Klinik.

Alicia hatte das Thema Leihmütter fast schon wieder vergessen, als sie einen Brief von Stephanie Adams bekam, einer alten Schulfreundin, die jetzt hundert Kilometer entfernt in einer anderen Stadt wohnte und, wie Alicia wußte, inzwischen verheiratet war und ein Kind erwartete. Die Firma Jebson Parts, in der sie arbeite, wolle ihr nun doch nach dem zweimonatigen Mutterschaftsurlaub ihre Arbeit nicht wiedergeben, wie man es ihr vor fast einem Jahr versprochen habe, schrieb Stephanie, und das nur, weil bei Jebson herausgekommen sei, daß sie früher einmal Leihmutter gewesen war.

... sie kamen darauf zu sprechen, und ich sagte, ja, das stimmt, ich war nämlich pleite. Man sollte meinen, es wäre Prostitution! Und wer steckt dahinter? Die liebe Machtvolle Rechte, die in den Kirchen gegen Abtreibung und die Pille für Minderjährige wettert und so weiter. Warum geht denn die Machtvolle Rechte nicht mal gegen die Prostitution vor, die zum Beispiel AIDS *verbreiten kann, statt auf die gesündesten Frauen im Land einzudreschen?*

Ich habe mit etwa zehn anderen jungen Frauen Verbindung aufgenommen, die gleichfalls schon Leihmütter waren, und alle kennen anscheinend wieder andere Leihmütter, die jetzt vielleicht verheiratet sind und woanders wohnen. Von einer in Florida habe ich so erfahren, daß einflußreiche Kreise dort schon versuchen, unsere Honorare von durchschnittlich 10 000 Dollar plus Unkosten zu drücken. Und wie machen sie das? Indem sie uns als geldgierige Schlampen anprangern oder als bezahlte Sklaven »reicher Leute, die Gottes Willen nicht annehmen wollen oder zu faul sind, ihre Kinder selbst auszutragen«. Dreh dein Radio oder Fernsehgerät mal auf einen dieser religiösen Sender, Alicia, da kriegst du was zu hören ...

Darum überlegen jetzt ein paar andere und ich, ob wir einen gewerkschaftsähnlichen Verein gründen sollen, Mietbauch Inc. soll er heißen. Lach nicht, wir brauchen einen auffälligen Namen, damit man auf uns aufmerksam wird. Dann *sollen sie uns gern geschäftstüchtig nennen, wenn sie wollen, aber wir werden sicher gewinnen, wenn wir uns an die Öffentlichkeit wenden! Die derzeitige Regierung kümmert sich ja einen Dreck um »die immer größer werdende Klasse der Jungen und Armen«, wie in der Zeitung einer schreibt ...*

Wann steuerst Du mit Geoff in den Hafen? Grüß ihn schön von mir! George hat seinen Roman an seinen New Yorker Agenten geschickt und drückt die Daumen. Und bei mir ist es heute in genau drei Wochen soweit.

Sei herzlich gegrüßt von Deiner alten Freundin

Steph

Alicia erinnerte sich, daß George Fuller, Stephanies Mann, Schriftsteller war und schon ein paar Kurzgeschichten veröffentlicht hatte, aber noch keinen Roman. Steph war Leihmutter gewesen, während Alicia auf die Krankenpflegeschule ging. Geoff habe die Entbindung vorgenommen, hatte Steph erzählt, aber Alicia kannte Geoff da noch gar nicht. Ohne das Honorar, das Steph dafür bekam, hätten sie und George nicht heiraten können, jedenfalls nicht so bald. Die Eltern waren von ihrem Söhnchen so entzückt gewesen, daß sie Steph noch fünfhundert Dollar extra gegeben hatten. George Fuller, damals noch Student, hatte sich seinerzeit in Meadsville mit Tischlern und Anstreichen etwas verdient, und das mache er auch heute noch, schrieb Steph in ihrem Brief. Wovon sollten Steph und George überhaupt leben, fragte Alicia sich jetzt, wenn das Kind bald kam und Steph ihre Arbeit los war?

Alicia erzählte Geoff bei nächster Gelegenheit, und das war eines Nachmittags gegen drei in der Kantine, von Stephanies Brief. »Ist das nicht hundsgemein?« fragte Alicia. »Wo Steph und George sowieso schon von der Hand in den Mund leben!

Erinnerst du dich an Steph? Hellbraunes Haar, und ein richtiges Energiebündel?«

»Natürlich!« Geoff hatte sich die grüne Haube vom Kopf geschoben und um den Hals gehängt. An einem Ärmel seines Kittels waren ein paar Blutflecken. Er habe in der letzten Stunde zwei Babys geholt, hatte er Alicia erzählt. »Ich weiß sogar noch, wie sie sich gewundert hat, daß es so leicht ging – das Kinderkriegen. Dabei war es ihr erstes.« Geoff grinste übers ganze Gesicht. Er hatte glattes schwarzes Haar und ein schmales, gepflegtes Schnurrbärtchen; er finde, das mache ihn älter, hatte er Alica einmal erklärt. »Dann will sie also jetzt eine Gewerkschaft gründen. Gute Idee – dabei fällt mir etwas ein. Du kennst doch Mrs. Wilkes – rötliches Haar, redet sehr viel?«

»Mhm, ja. Warum?«

»Sie wurde heute früh in die Notaufnahme eingeliefert. Zweite Fehlgeburt, und völlig außer sich. Wenn sie morgen wieder auf den Beinen ist, werde ich ihr eine Leihmutter empfehlen. Landesweite Gewerkschaft, das ist eine gute Idee, da kriegen wir endlich mal eine Namensliste.«

»Achtung, Dr. Geoffrey Robinson. Dr. Robinson. Bitte kommen Sie in Zimmer fünfhundertund- . . .«

Geoff schob seinen Stuhl zurück. »Wir sind nach wie vor heute abend verabredet? Um sieben? . . . Sechs?«

»Wenn ich Glück habe, geht's um sechs.«

»Ich werd's auch versuchen. Wahrscheinlich findest du mich in der Vorsorge.« Er eilte weg.

Alicia und Geoff schafften ihre Verabredung an diesem Abend und fuhren in zwei Wagen zu Geoffs Wohnung.

Geoff mixte ihnen eine Bloody Mary. »In der Vorsorge hat übrigens irgend jemand ein Flugblatt ausgelegt – worüber du heute gesprochen hast. Ich zeig's dir mal.« Er ging zu seinem Regenmantel und nahm ein gelbes Blatt aus der Tasche. »Hier. Ist das die Kirche, in die deine Eltern gehen?«

Alicia warf einen Blick auf den Namen der Kirche, der in

dicken schwarzen Lettern unten auf dem Blatt stand. »Nein, zum Glück nicht.«

KINDER ALS HANDELSPRODUKTE

lautete die Überschrift, gefolgt von einem Bibelvers, der für Alicias Geschmack nichts mit dem Thema zu tun hatte, und einem Artikel über »gedungene Mütter«, die sich organisieren wollten, »um die Honorare für ihren widernatürlichen Beruf« in die Höhe zu treiben, wovon auch »gewisse Kliniken«profitierten. Sie las weiter:

... Frauenkörper sind keine Fabriken, und Kinder sind keine Ware, die man herstellt wie Autos und Flugzeuge. Die Vereinigung von Mann und Frau ist heilig. Eingriffe in das Wirken Gottes und der Natur, in Empfangen und Gebären der Frucht Gottes und der Natur, führen nur zu jener Not und Verzweiflung, die aus dem Bewußtsein kommen, Gottes Vertrauen in uns, seine Kinder, mißbraucht zu haben.

Unsere Kirche ist eine von vielen, die gegen die Ausbeutung von Empfängnis und Geburt ihren Protest erheben. Sprechen Sie mit Ihrem Seelsorger in unserer oder der Kirche an Ihrem Ort. Ihre Stimme soll gehört werden!

»Heiliger Bimbam!« sagte Alicia. »Und gleich noch ein Seitenhieb gegen die Geburtenkontrolle.«

»Ja, und das mit der Organisation –«

»Steph schreibt, ein paar der Frauen sind Journalistinnen und haben schon Artikel über Mietbauch Inc. geschrieben.«

»Immer schnell am Ball, diese Kirchen«, meinte Geoff und ließ sich mit seinem Glas in einen Sessel fallen. Alicia hatte es sich schon auf dem Sofa bequem gemacht und die Füße hochgelegt. »Die Machtvolle Rechte hat wahrscheinlich mehr Computer in ihrer Zentrale stehen als alle Finanzämter zusammen.«

Am Tag darauf hatte Alicia ihren freien Nachmittag, und als sie gegen eins nach Hause kam, zeigte ihre Mutter ihr einen Artikel in der *Meadsville Sun* und fragte, ob Alicia den schon gelesen habe. Alicia hatte den Artikel nicht gesehen. Er lautete:

LEIHMÜTTER BILDEN GEWERKSCHAFT

Als Antwort auf vermeintliche Schikanen und Versuche, ihre inoffiziellen Honorare zu drücken, haben mehrere ehemalige und derzeitige Leihmütter eine Gewerkschaft gegründet, der sie den Namen Mietbauch Inc. gaben. Nach Angaben der Initiatorinnen, Mrs. George Fuller und Frances Chalmers aus Brookvale, hat die Organisation schon über 300 Mitglieder in allen Landesteilen, und täglich stoßen mehr dazu. Bisher bekamen solche Frauen ein Honorar von rund 10 000 Dollar nebst Arztkostenersatz und hin und wieder Zuschüsse zur Umstandskleidung.

Mietbauch Inc. zufolge versuchen gewisse »falsch informierte« Kreise zu verhindern, daß Leute auf Leihmütter zurückgreifen, wenn die eigentlichen Mütter nicht empfangen oder das Kind austragen können oder unfruchtbar sind, ohne daß eine Unfruchtbarkeit des Mannes vorliegt, in welchem Falle die Leihmutter künstlich befruchtet wird. »Indem sie uns mit Callgirls in einen Topf werfen oder bestenfalls als geldgierig und unmenschlich verunglimpfen, hoffen gewisse Gruppen uns kleinzukriegen«, sagte die Sprecherin und fuhr fort: »Es stimmt natürlich, daß die meisten von uns das Geld brauchten beziehungsweise brauchen, aber wir lieben auch Kinder, und angesehene Ärzte würden uns solche Verträge nicht vermitteln, wenn wir nicht gesund und normal wären. Hunderte glücklicher Eltern wären ohne uns keine Eltern.« Diese »neuen Eltern«, fügte sie hinzu, könnten ihnen helfen, indem sie gegen die Widersacher von Mietbauch Inc. Stellung bezögen.

»Also –«, begann Alicia, denn ihre Mutter wartete.

»Nicht kommerziell? Was denn sonst? Demnächst werden sie die Honorare hochtreiben wollen. Was tun Gewerkschaften denn anderes?«

»Ich *habe* aber schon glückliche Eltern gesehen, Mama. Genau wie es hier steht. Und wem schadet es denn?«

Ihre Mutter lächelte kalt. »Aber sich auch noch zu *organisieren* – so unverhüllt! ... Diese Gewerkschaftstypen sind doch ohne Zweifel die gleichen, die auch für Abtreibung auf Verlangen sind. Unangenehme Typen, stelle ich mir vor. Ich habe den Eindruck, du sympathisierst mit ihnen.«

Alicia zögerte, wohl bedenkend, daß sie noch mit ihren Eltern unter einem Dach lebte. »Betrachte mich als neutral, Mama. Die Sache hat zwei Seiten. Es sind immerhin Ehepaare, die solche jungen Frauen *bitten*, ein Kind für sie auszutragen.«

»Aber was sind das für Frauen, die so etwas *tun*?«

»Meist arme Mädchen, Mama. Du denkst, wir hätten in Amerika keine Armen? Unzählige –« Alicia stockte kurz, dann sprach sie beherzt weiter. »So manche junge Frau geht in irgendeiner Form der Prostitution nach, weil sie schlicht pleite ist. Und nicht nur junge Schwarze, die keine Arbeit finden, auch junge Weiße.«

Ihre Mutter verzog schmerzhaft das Gesicht: »Ob Leute Kinder bekommen können oder nicht, liebe Alicia, ist Sache Gottes und der Natur allein, und es gibt im Leben Schwereres zu tragen. O ja, die Wissenschaft kann wohl inzwischen schon Schimpansen mit Ziegen kreuzen. Aber wozu?«

Alicia schwieg. Ihre Mutter war heute früh auf dem Golfplatz gewesen. Sie war schlank und sportlich und um die Mitte Vierzig, aber sie redete wie eine Greisin. Oder wie Rumford. Leute wie ihre Eltern pflegten über Rumford zu sagen, er sei »ja nun wirklich *zu* konservativ«, aber sie kritisierten nie ein einziges Wort, das Rumford von sich gab. »Ich würde Rumfurz so gern ein Fossil nennen«, hatte Geoff einmal gesagt, »aber er glaubt ja nicht an Fossilien. Er glaubt, die Welt sei vor rund zehntausend Jahren erschaffen worden, oder vor viertausend, wenn er in Stimmung ist.«

»Rosemary«, sagte ihre Mutter, »hat mir heute morgen beim Golf erzählt, das Amerikanische Komitee für Liebe zu den Ungewollten plane demnächst in Los Angeles ein Massenbegräbnis für abgetriebene Embryos. Man hat sie sackweise an den Hintertüren von Krankenhäusern eingesammelt und will –«

»Ein Begräbnis? Das ist nicht dein Ernst, Mama!« unterbrach Alicia sie. Es kam ihr wie eine Satire vor, wie etwas aus dem *Mad Magazine*.

»Und ob das mein Ernst ist. Diese Embryos werden, scheint's, von den Krankenhäusern weggeworfen wie Müll.«

»Nein, Mama, man arbeitet damit. Sie sind der Forschung in der Präventivmedizin sehr nützlich. Man wirft sie nicht weg.«

»Noch abscheulicher«, sagte ihre Mutter.

Das Neueste von Stephanie erfuhr Alicia aus einem Brief, den sie am Tag nach diesem Gespräch mit ihrer Mutter bekam. Der Brief klang sehr aufgeregt und war voller Abkürzungen. Steph schrieb, Mietbauch Inc. wachse wie verrückt, aber die Opposition in Gestalt von Rumfords täglichem Gezeter überschlage sich ebenso.

... Dieser selbsternannte Papst wettert tgl. in Rundf., TV u. Lokalzeitungen gegen uns... Wir müssen darauf immer schnell u. entschieden reagieren, darum kommt meine Mietb.-Sektion mit 22 Leuten am Fr. zu einer Demo am Sa. nach Meadsville, denn So. tönt Rumford landesweit. Die meisten von uns wohnen im ›Hotel Crown‹, Res. best., und drei haben in Wohnw. Platz für je zwei. Ich bin völlig pleite durch Unmengen Porto, Druckkosten und Telefon, also könntest Du mich für zwei Nächte, Fr. u. Sa., unterbringen? Außer zum Schlafen bin ich immer weg. Ich glaube, es nützt, wenn

ich in meinem aufgeblähten Zustand (ein Mädchen, Termin demnächst) persönlich auftrete: einstige Leihmutter, nun verheiratet mit eigenem Kind vom eigenen Mann! ... Könntest Du eine Liste ehemaliger Leihmütter der Frick-Klinik besorgen, vielleicht über deinen Galan Geoff. Auch wenn ich vor der Demo nicht mehr dazu komme, mit allen Kontakt aufzunehmen, wäre die Liste nützlich für die Zukunft. ... Frances Chalmers ist prima: 22 J., Journalistin, zweimal Leihmutter, jetzt mit eigenem kleinen Kind. Sie hat von einer in San Antonio gehört, daß sie sich schon mit $ 8000 ohne Arztkosten usw. zufriedengeben mußte, und F. meint, dagegen muß man was tun. Frances' neuester Artikel erscheint Sa. hier im Lokalblatt, außerdem New York Times *u. San Franciscoer Zeitung. Wie findest Du das?*

Alicia erzählte Geoff von Stephanies Brief. Geoff versprach, die von Steph erbetene Liste von einer Stationssekretärin erstellen zu lassen.

»Das kann ja heiter werden am Samstag«, meinte Geoff. »Eine Mietbauch-Demo in Meadsville! Womöglich hier auf dem Klinikgelände! Haha! Auf dem Rasen ist ja jede Menge Platz. Vielleicht kommen ja auch ein paar Machtvolle Rechte. Haben deine Eltern schon was gesagt?«

»Noch nicht«, antwortete Alicia und schämte sich wie immer ein wenig für die konservative Einstellung ihrer Eltern. »Ich bin noch nicht mal sicher, ob sie's schon wissen.«

Am Abend wußten sie es jedenfalls. Als Alicia um sieben nach Hause kam, war die Mietbauch-Demo am Samstag das erste, worüber ihre Mutter sie unterrichtete. Sie und Alicias Vater hatten es in den Sechs-Uhr-Nachrichten gehört.

»In den Nachrichten sagen sie sogar, an der Frick-Klinik seien schon mindestens dreißig Leihmütter- ... -geschäfte oder wie man das nennt, gemacht worden«, ergänzte Alicias Vater.

Alicia hatte Stephanie von der Klinik aus angerufen und

gesagt, sie könne natürlich Freitag und Samstag nacht im Gästezimmer schlafen. Alicia hätte es nicht über sich gebracht, einer alten Freundin abzusagen, und falls ihre Eltern sich querlegten, wußte sie ja, daß sie etwas in Geoffs Wohnung organisieren konnte. Aber vielleicht sahen ihre Eltern ja gar keine Verbindung zwischen Stephanie Adams und Mrs. George Fuller. Freitag, das war morgen.

Durch Abtausch mit einer befreundeten Kollegin, der sie bei Gelegenheit einen ähnlichen Dienst erweisen würde, konnte Alicia sich am Freitag nachmittag ein paar Stunden frei nehmen und Stephanie vom Busbahnhof abholen. Steph hatte einen kleinen Koffer und einen großen verschnürten Karton mit Flugblättern und Informationsschriften bei sich, wie sie Alicia sagte, und Alicia nahm ihn ihr sofort ab.

»Wie schön, dich wiederzusehen!« sagte Stephanie und strahlte übers ganze rosige Gesicht. »Und was ich alles zu erzählen habe!«

Bevor sie zu Alicias Eltern fuhren, gingen sie erst mal einen Kaffee trinken. Steph redete wie ein Wasserfall.

»Mietbauch Inc. soll am Sonntag das Thema von Rumfords landesweiter Fernsehpredigt sein. Eine bessere Werbung könnten wir uns nicht wünschen, nicht mal eine Minute könnten wir bezahlen, und er schenkt uns eine ganze Stunde! Eigentlich ist das ja noch geheim, aber wir haben's herausgekriegt. Du würdest staunen, wo wir überall Freunde haben, Alicia... Und was macht Geoff?... Du siehst übrigens gut aus, besser als ich im Moment von mir behaupten könnte, aber meine Stimmung ist bestens! ... Hör mal, was haben deine Eltern eigentlich für eine Einstellung?«

Alicia sagte es ihr. »Diesen Karton behalte ich am besten in meinem Zimmer, das du natürlich auch benutzen kannst. Ich bin viel weg, und in meinem Zimmer ist ein Telefon, weil ich manchmal nachts in die Klinik gerufen werde. Weißt du, meine Eltern wissen gar nicht, daß du Mrs. George Fuller von Mietbauch Inc. bist. Ich habe nur gesagt, daß Steph kommt.«

»Aha. Danke, Alicia. Du bist ein Schatz.« Steph plapperte weiter. Die Mietbauch-Frauen seien schon in Meadsville, in der ›Crown‹ oder im Wohnwagen, und würden für morgen die Werbetrommel rühren. Sie wollten vor der Frick-Klinik ein paar Fotos von Steph machen, und sie hofften, daß am Samstag ein paar Fernsehteams kämen.

Als sie zu den Newtons kamen, war Alicias Mutter zu Hause und begrüßte Stephanie, die Alicia ihr nur als »Stephanie« vorstellte.

»Ob ich mich erinnere? Aber natürlich!« sagte Mrs. Newton, die in Arbeitshosen war, weil sie im Garten gearbeitet hatte. »So lange ist das ja noch nicht her. Zwei Jahre?«

»So ungefähr. Inzwischen hat sich viel getan, wie Sie sehen. Ich bin verheiratet und erwarte ein Kind.«

»Da wünsche ich Ihnen alles Gute!« sagte Mrs. Newton. »Zwei Anrufe sind gekommen, Alicia, einer für dich und einer für Stephanie. Ich habe die Zettel unten neben das Telefon gelegt.«

»Danke, Mama.«

Alicia nahm die beiden Zettel und ging mit Stephanie nach oben, wobei sie den an die zehn Kilo schweren Karton trug. Alicias Mutter wollte das Köfferchen nehmen, doch Stephanie lehnte dankend ab. Es tue ihr gut, den Koffer selbst zu tragen, sagte sie.

Der Anruf für Alicia war von Geoff, der sie bat, ihn um fünf vor sechs anzurufen, wenn sie es einrichten könne; auf dem Zettel für Steph stand ein Name, den Steph kannte, und die Bitte, Steph solle unverzüglich in der ›Crown‹ anrufen.

»Damit dies von vornherein klar ist«, sagte Stephanie und kramte in ihrer Handtasche. »Ich will für die Telefongespräche, die ich von hier aus führe, zwanzig Dollar hinterlegen – doch, doch, das ist doch selbstverständlich, Alicia! Ich käme mir sonst scheußlich vor. Es werden lauter Ortsgespräche sein, das verspreche ich. Und wenn du das

Geld nicht nimmst, bist du schuld, wenn ich eine Fehlgeburt habe!« rief Stephanie lachend.

Alicia nahm widerstrebend den Schein.

Stephanie telefonierte von Alicias Zimmer aus und verabredete sich in einer knappen halben Stunde mit irgendwem in der ›Crown‹. Dann war es fünf vor sechs, und Alicia rief Geoff unter der Nummer des Labors im Erdgeschoß an, denn dort erwartete er ihren Anruf, wie sie wußte.

Geoff war gleich selbst am Apparat. »Wie geht's Steph? ... Sag ihr, die Gewerkschaftsmädchen waren schon hier und haben das Gelände für den morgigen Zirkus besichtigt. Und wußtest du schon, daß auch die Machtvolle Rechte morgen aufkreuzt? Hier! ... Was ist mit deiner Mutter?«

»Bisher alles klar. Steph hat gesagt, sie ist viel weg.«

»Hast du heute abend keinen Dienst? Wie's aussieht, bin ich noch bis Mitternacht hier.«

»Privatdienst von neun bis Mitternacht«, sagte Alicia. »Dritter Stock, du weißt ja.« Das sollte heißen, Geoff könne im Stationszimmer auf dem dritten Stock eine Nachricht hinterlassen.

Alicia ging ins Gästezimmer, wo Stephanie schon ihren Koffer geöffnet und ein Kleid in den Schrank gehängt hatte. Stephanie wusch sich im oberen Bad gerade die Hände und wollte mit einem Packen Flugblätter aus dem Karton weggehen, als Alicias Mutter von unten rief:

»Alicia? Kannst du mal kurz herunterkommen?«

Alicia ging nach unten. Ihre Mutter zog sie ins Wohnzimmer und sagte, sie habe eben einen Anruf von Rosemary bekommen, die ihr erzählt hatte, Stephanie Fuller sei die Anführerin der Mietbauch-Frauen.

»Ist das *diese* Stephanie?« fragte ihre Mutter. »Rosemary sagt, sie hätte früher mal in Meadsville gewohnt.«

Alicia seufzte. »Ja, Mama – und wir gehen auch wieder. Ich meine – ich werde dafür sorgen, daß Steph heute nacht woanders unterkommt.«

»Das geht nämlich wirklich nicht, Alicia. Ich kann solche Leute nicht in meinem eigenen Haus beherbergen – auch wenn es ehemalige Freundinnen von dir sind.«

Alicia sagte nichts. Sie schmollte nicht, ihr fiel nur nichts zu sagen ein.

Als sie Stephanie half, ihr Gepäck hinunterzutragen, war ihre Mutter nirgends zu sehen. Alicia fuhr Stephanie zur ›Crown‹ und sagte, Geoff werde ihr bestimmt seine Wohnung überlassen oder sie wenigstens auf einer Pritsche unterbringen, die er sich ohne weiteres von der Klinik ausleihen könne.

»Oder ich ziehe zu einer der Kolleginnen im Hotel«, antwortete Stephanie unbekümmert. »Zwei Nächte bekomme ich ja von den Mädchen bezahlt. Ich hätte mich euch ja nie aufgedrängt –«

»Nun aber Schluß, Steph! Du, meine beste Freundin aus der Schule und davor auch schon! Ich entschuldige mich für meine Eltern.«

»Als ob *das* schon was wäre! Man hat uns auf der Straße nachgebrüllt, und ein paar Frauen – ein paar Männer auch – haben uns sogar geschlagen. Sag deiner Mutter trotzdem vielen Dank, ja?«

Alicia gab Stephanie noch ihre zwanzig Dollar zurück. Dann wurde sie in der Hotelhalle ein paar Frauen von Mietbauch Inc. vorgestellt. Alle waren freundlich und lächelten sie an. Eine war schwanger. Alicia fiel auf, daß sie allesamt sauberer und gesünder aussahen als durchschnittliche junge Frauen, aber sie waren ja auch gesünder als der Durchschnitt, sonst wären sie nie als Leihmütter genommen worden.

Steph hatte Alicia vier, fünf einseitig bedruckte Flugblätter gegeben, ihr »Paket«, wie sie es nannte, und wie die Mietbauch-Mitglieder es an den Straßenecken verteilten. Einige Blätter waren fotokopiert, andere gedruckt. Alicia las sie in der Kantine der Klinik, wo sie heute abend lieber aß, als heim zu ihren Eltern zu gehen. Auf einem orangefarbenen Blatt stand:

Nachdem seit nunmehr fast zwanzig Jahren Leihmütter in vertraglichem Einvernehmen mit den späteren Eltern gesunde Kinder zur Welt bringen, sehen gewisse Kreise in Amerika sich jetzt dazu aufgerufen, die Leihmutterschaft unterbinden zu müssen.

Dazu haben sie eine Propagandakampagne gestartet, in der sie behaupten, unsere Arbeit sei käuflich (richtig, die meisten von uns brauchen oder brauchten das Geld), unmoralisch (inwiefern eigentlich?), schade dem Familienleben (dabei kommen mit unserer Hilfe die Familien erst zustande) und schade den Kindern, die ihren Leihmüttern gleich nach der Geburt weggenommen würden (wer kann sich an die Sekunden nach seiner Geburt erinnern?).

Das unverbindliche Honorar für Leihmütter betrug zuletzt landesweit bis zu $ 10 000 plus Arztkosten und manchmal, wenn die Leihmutter im fortgeschrittenen Stadium der Schwangerschaft ihrem Beruf nicht mehr nachgehen konnte, Teilunterhalt für die letzten Wochen.

Nun versuchen gewisse Kirchen sowie Frauenvereine und sogar Männervereine, die Leihmutterschaft zu unterbinden, aber nicht durch eine konkrete Klage vor Gericht, sondern durch Druck auf Krankenhäuser (denen sie vielleicht Spenden zugesagt haben und jetzt drohen, ihre Zusagen zurückzuziehen, wenn das Krankenhaus weiter künstliche [in vitro] *Befruchtungen vornimmt). Dies ist in Wahrheit ein Versuch, Leihmütter in die Illegalität zu drängen und zu zwingen, immer niedrigere Honorare zu akzeptieren, während es für Ehepaare, die sich ein Kind wünschen,* teurer *würde, wenn sie auch noch Mittelsmänner bezahlen müßten. Wenn die Gegner der Leihmutterschaft ihren Willen bekämen, müßten Krankenhäuser den Eingriff künftig heimlich vornehmen …*

Alicia überflog das nächste Flugblatt.

WORUM GEHT ES?

Es geht darum, gesunde Kinder zur Welt zu bringen. Versuche, dies zu unterbinden oder unsere Honorare zu drücken, führen dazu, daß

1. wir in die Hinterhöfe abgedrängt werden und

2. die Leihmutterschaft zu einem Luxus wird, wie es Schwangerschaftsabbrüche in Ländern, in denen die Abtreibung verboten ist, heute schon sind.

Seltsamerweise schreien ausgerechnet die Abtreibungsgegner am lautesten gegen uns. Ob sie schon einmal darüber nachgedacht haben, daß Leihmütter Kinder gebären, *nicht töten?*

Ob sie schon einmal auf die Idee gekommen sind, die vielen hundert glücklichen Eltern um ihre Meinung zu fragen?

Einige von uns können Sie morgen vormittag ab zehn auf dem Gelände der Frick-Klinik (Ostseite) kennenlernen.

Jedermann ist herzlich willkommen!

Alicia warf einen Blick zur Kantinentür. Geoff hatte versprochen, vor neun einmal kurz herunterzukommen, wenn er könne. Er war im Kreißsaal, ob er kam, war also zu hundert Prozent ungewiß. Alicia nahm ein gelbes Flugblatt zur Hand, das unter der Überschrift DIE LICHTE SEITE eine Liste von acht bis zehn Ehepaaren enthielt, deren Erstgeborene von Leihmüttern ausgetragen worden waren. Für Alicia klang das, was sie da las, vertraut und echt.

Charles und Edwina Nagel, 212 Chestnut Street, Pittsfield, Massachusetts. Sohn Charles jr., jetzt 2½ Jahre. »Wir waren kinderlos. Jetzt sind wir es nicht mehr.«

Felipe und Dora Ortega, 10 Cedar Heights Road, Leacock, Michigan. Tochter Josephine, 3 Jahre. »Wir sind dankbar und hoffen noch ein Kind von einer Leihmutter zu bekommen, sobald wir es uns leisten können.«

»Hallo!«

»Geoff! Hallo! Sieh dir mal dieses ganze Zeug von Steph an! Soll ich dir einen Kaffee holen?«

Geoff sah müde aus und war unrasiert, aber er lächelte und nickte, nahm die Flugblätter und begann zu lesen.

Alicia kam mit seinem schwarzen Kaffee wieder. »Meine Mutter lehnt es ab, Steph bei uns im Haus wohnen zu lassen.«

»Wie? – Du machst Witze!«

Alicia versicherte ihm, daß es ernst sei, und Steph sei nicht einmal traurig oder auch nur überrascht gewesen.

»Eine meiner Patientinnen, heute nachmittag in der Vorsorge –« Geoff sprach leise und warf einen Blick zu einer Schwester und einem Assistenzarzt am Nebentisch, aber diese schienen ganz in ihre eigene Unterhaltung vertieft zu sein – »hat mir erzählt, die Frauen in der Stadt seien ›über die Mietbauch-Mädchen regelrecht schockiert‹«, sagte Geoff in prüdem Ton. »Und soweit ich verstanden habe, gedenken sie morgen ebenfalls zu erscheinen.«

»Schade, daß ich um zehn Dienst habe«, sagte Alicia. »Da muß ich eben aus dem Fenster sehen – wenn ich kann.«

»Komisch, zu mir kommen morgen vormittag drei Männer zum Produzieren. Genau der richtige Moment! Während die Machtvolle Rechte draußen ›Abnormal!‹ und ›Wider die Natur!‹ brüllt! Haha!« Geoff bog sich vor Lachen und wischte sich die Tränen aus den Augen, dann kippte er den Rest seines Kaffees hinunter. »Ade, mein Schatz. Ich muß mal wieder zu den freudigen Ereignissen!«

Am nächsten Morgen fand Alicia nur schwer einen Parkplatz für ihren Wagen, weil andere Autofahrer die Parkreihe für die Krankenschwestern in Beschlag genommen hatten, die nicht so geheiligt war wie die der Ärzte. Drei Busse standen schon da, und mindestens noch zwei kamen gerade angefahren. Sinnlos, in dem ganzen Menschengewirr nach Steph zu suchen. Der Rasen auf der Ostseite der Klinik war voll von Frauen und Männern, zum Teil mit Transparenten, und alle tobend und brüllend; Polizei war auch da und versuchte der Menge Herr zu werden. Alicia eilte in die Klinik und meldete sich wenige Minuten vor zehn zum Dienst.

»Schmeißt sie *raus*! Schmeißt sie *raus*!« skandierte der erste Sprechchor, den Alicia durch die geschlossenen Fenster eines Zimmers hörte, in dem sie einem Patienten gerade eine Kanüle in die rechte Armvene einführte. Es war ein älterer Mann, der eine Bluttransfusion bekommen sollte.

»Hat's weh getan?« fragte sie.

»Kein bißchen, danke. Was ist denn das für ein Tumult da draußen?«

Als nächstes mußte Alicia bei vier Patienten den Blutdruck messen. Als sie sich gegen halb elf die Hände wusch, öffnete sie ein Fenster zur Ostseite, wo eine helle Oktobersonne strahlte, und sah auf den Rasen hinaus.

Frauenstimmen drangen an ihr Ohr, dann dröhnte eine Männerstimme über Lautsprecher: *»Haltet unser Land sauber!«*

Das war die Machtvolle Rechte mit ihrer eigenen Verstärkeranlage.

»Hört euch doch an, *wofür* wir kämpfen!... Seht euch die... (einige Worte gingen im Lärm unter) und laßt sie reden!« Das war eine von Mietbauch Inc., und die Stimme kam von irgendwo in der Nähe des roten Transparents mit goldener Aufschrift, das zwei junge Frauen an beiden Seiten hielten. MIETBAUCH INC. stand auf dem Transparent, das sich im Wind vorwärts und rückwärts blähte. In Bussen und etlichen geparkten Personenwagen wurde gehupt. Alicia verstand, daß jede Seite die andere zu übertönen versuchte. Die Frauen von Mietbauch Inc. hatten eine Art Podest aufgestellt, wie Alicia zu ihrer Freude sah, denn die Gegner hatten eine kleine Tribüne errichtet, wie in einem Stadion, und unmittelbar davor ein großes Podium. Von diesem Podium herunter wetterte der Mann mit dem Mikrophon.

»...amerikanische Tradition... Kinder ein Geschenk

Gottes ... wird in ein häßliches Geschäft verwandelt, das Sie hier sehen können ...«

Alicia riß sich los und schloß das Fenster. Zurück an die Arbeit.

Da müssen gut sechshundert Menschen auf dem Rasen sein, dachte sie. Ob ihre Mutter auch gekommen war, vielleicht mit ihrer Freundin Rosemary?

Als Alicia das nächstemal einen Blick aus dem Fenster werfen konnte, ging es schon heißer her. Links schienen ein paar Frauen mittlerer Jahrgänge sich mit einer Gruppe jüngerer Mietbauch-Vertreterinnen in den Haaren zu liegen. Eine Schwester trat aufgeregt lächelnd zu Alicia. Ihr Name war, wie Alicia sich erinnerte, Mary Jane.

»Hoch das Kirchenvolk! Ich meine *so* hoch!« Mary Jane begleitete dies mit einer unfeinen Gebärde, die sie beide plötzlich höchst komisch fanden. »*Die* haben soviel Zeit, wie sie nur wollen, um hier aufzukreuzen. Und betucht sind sie auch!«

Alicia mußte daran denken, daß Mary Jane irischer Abstammung war. Trotzdem war sie pro Mietbauch und wahrscheinlich auch pro Abtreibung auf Verlangen. In ihrem plötzlichen Verbundenheitsgefühl lachten sie wie die Irren und klatschten einander auf die Schultern.

»Hast du schon die Fernsehübertragung gesehen?« Mary Jane zog Alicia ins Schwesternzimmer, wo NUR FÜR PERSONAL auf der Tür stand. Der Fernseher lief, und mehrere Schwestern standen oder saßen davor und schauten wie gebannt, wobei die einen lachten, andere höhnisch applaudierten. Auf dem Bildschirm schrien sich gerade zwei Frauen an, fast Nase an Nase, und schienen drauf und dran zu sein, sich zu prügeln.

»Wo ist das?« fragte Alicia.

»In *Dallas*!« antworteten ein paar Schwestern im Chor. Eine ergänzte: »Eben haben wir Los Angeles gesehen. Auweia! Das läuft im ganzen Land!«

»Am liebsten wäre ich mit da unten auf dem Rasen«, sagte Alicia zu Mary Jane. »Meine beste Freundin ist die Chefin von Mietbauch Inc. – gewissermaßen. Stephanie Fuller.«

»Ach ja?« Mary Jane sah Alicia plötzlich fast bewundernd an. »Du, ich hab gehört, die Madige Rechte will – weißt du von dem Embryobegräbnis vor ein paar Wochen in Los Angeles? Also, die Madige Rechte –«

Mary Jane kam nicht zu Ende, denn alle hörten den Summer in der Halle und mußten weg. Alicia hatte geglaubt, »Madige Rechte« sei ausschließlich Geoffs Ausdruck.

»... möchte ich vorstellen ...«, hörte Alicia, als sie den Korridor entlanglief. Das war sicher Stephs Stimme gewesen – hoffentlich – wohl bei der Vorstellung der glücklichen Eltern.

Alicia hatte eine halbe Stunde Pause und hätte ein Sandwich zu sich nehmen können, aber es interessierte sie zu sehr, was auf dem Rasen vorging, wo jetzt anscheinend noch mehr Leute versammelt waren als bei ihrem letzten Blick aus dem Fenster. Sie sah die »glücklichen Eltern«, drei junge Paare, die aufgereiht auf dem Podest standen, umringt von Mietbauch-Anhängerinnen und alle lachend oder lächelnd – vielleicht nur, weil sie kaum etwas verstanden, denn auf beiden Seiten dröhnten mindestens zwei Lautsprecher. Die Machtvolle Rechte hatte ihr rot-weiß-blaues Transparent entfaltet und spielte auf irgendeinem Koffergerät »Vorwärts, Krieger Gottes«, während Alicia auf der Mietbauch-Seite »Alexander's Ragtime Band« zu hören glaubte.

»... Ihnen von Abraham und Sarah vorlesen!« schrie eine entschlossene Frauenstimme. »Als Abraham *glaubte*, daß Sarah unfruchtbar sei, legte er sich zu Hagar ...«

»Legte ein Ei!«

»... *Ruhe*, bitte! Der Präsident wird sprechen ... an die *sechzehntausend* abgetriebene Embryos ... sind *nicht* vergessen!«

Auf der Seite der Machtvollen Rechten quäkte Beifall aus

ältlichen Kehlen; von Mietbauch Inc. hagelte es Schmährufe. Applaus und Lachen.

»... Embryos, eingesammelt vor Krankenhäusern, wo man die Kinder fortgeworfen hätte wie *Abfall*«, tönte eine Männerstimme aus einer Ecke, in die Alicia nicht sehen konnte. »... nun die Stimme unseres Präsidenten ... verpflichtet auf die Liebe zu den Ungewollten ...«

»*Wir* wollen sie doch!« schrien die Mietbauch-Anhängerinnen und klatschten. »Geburtenkontrolle! – das kommt von *keiner* Geburtenkontrolle!«

Das erntete Gelächter auf beiden Seiten.

»... bei der Beerdigung von ...« Der voll aufgedrehte Lautsprecher spuckte und fauchte, als die wohlbekannte Stimme des Präsidenten sich weiter vernehmen ließ: »Wie der schreckliche Blutzoll von *Gettysburg* auf eine tragische Entscheidung zurückgeführt werden kann ... so können diese Toten, die wir betrauern ...«

Alicia eilte nach unten. Sie mußte näher daran sein, dabeisein! Fast wäre sie mit Mary Jane und einer anderen Schwester zusammengestoßen, die gerade die Treppe heraufkamen. »Kommt mit!« rief sie. »Könnt ihr euch nicht ein paar Minuten losreißen?« Schon rannte sie in den Sonnenschein hinaus, zur Mietbauch-Seite, wo sie Steph suchte.

»... menschliche Wesen ... dem Schutz des Gesetzes entzogen durch einen Gerichtsentscheid, der unseren tiefsten moralischen Überzeugungen zuwiderläuft ...« Das war der Präsident, und es schien ihm todernst zu sein. »... wollen wir von diesen unschuldigen Toten die Kraft beziehen, *noch* hingebungsvoller für die Wiederherstellung der Rechte der Ungeborenen ...« Frenetischer Jubel über Lautsprecher.

Etwas Applaus auch von der Machtvollen Rechten, aber nicht viel, denn man wartete gierig auf die weiteren Worte des Präsidenten.

»Was hat eigentlich Abtreibung mit Gettysburg zu tun?« hörte Alicia eine Frau den neben ihr stehenden Mann fragen.

»Äh – hm – also, das ist ein bißchen kompliziert, aber ich werde es dir zu erklären versuchen, wenn wir wieder zu Hause sind«, antwortete der Mann.

»Alicia! Hier bin ich!« Das war Steph. Sie stand auf irgend etwas und winkte, sonst hätte Alicia sie in dem Gedränge nicht sehen können.

Alicia bahnte sich den Weg zu ihr, wobei ihre Schwesterntracht ihr sehr zugute kam. »Hallo, Steph!«

»Hallo – Sylvia! Das ist meine Freundin Alicia Newton. Und Jed, Sylvias Mann.«

Alicia sagte guten Tag. Sylvia und Jed gehörten zu den glücklichen Elternpaaren, erklärte Steph.

»Weißt du, wir hatten schon so viele Leute hier, die uns Fragen gestellt haben«, sprach Steph weiter zu Alicia. »Frauen, die einfach nicht schwanger werden, obwohl ihnen oder ihren Männern überhaupt nichts fehlt. Verstehst du? Und alle, alle wollen wissen, wie sie an eine Leihmutter kommen.«

». . . Beharrlichkeit«, übertönte der Lautsprecher den Lärm der Menge, »hat uns erlaubt, heute eine Ruhestätte zu finden . . . für diese kleinen Jungen und Mädchen . . .«

»Immer noch Embryos?« rief von irgendwoher ein Mann unter Lachen.

»Das ist nicht fair!« rief eine Frau auf der Seite der Machtvollen Rechten. »Geschmacklos! Stellt das *ab*!«

»Nein, das gehört noch zu dem Embryobegräbnis von Los Angeles!« brüllte eine junge Frau.

»Tage und Nächte, Machtvolle Rechte!
Tage und Nächte, Machtvolle Rechte!«

Der bekannte Sprechchor klang entschlossen, obwohl nur ein paar Dutzend Stimmen einfielen.

»Das war gar nicht der Präsident, der da geredet hat!« krächzte eine Frau.

»*Nein*, der letzte war ein anderer auf diesem Mistbegräbnis, und *das* habt ihr verdient!« schrie ein Mann auf der Mietbauch-Seite und gab zwei Jugendlichen, die den weißen Pullover der Machtvollen Rechten trugen und sich offenbar an ihm vergreifen wollten, einen Tritt. Dann griffen ein Mädchen und zwei junge Männer zugunsten des Mannes ein, der von den zwei weißen Pullovern bedroht wurde.

»Machtvolle Rechte, Popenknechte!« konterte die Mietbauch-Seite. Nun schwoll der neue Sprechchor: »Machtvolle Rechte, Popenknechte!«

»Alicia!«

Alicia erkannte die Stimme ihrer Mutter, sah sie dann auch ein paar Schritte weiter, eine Hand erhoben, wie um Alicia zu ermahnen oder vielleicht vor einer Gefahr zu warnen, und genau in dem Moment stürzten von der Krankenhausseite her mindestens zwanzig Leute zwischen ihnen hindurch zur Straßenseite hin. Die Menge stand so dicht gedrängt, daß es ein paar von den Füßen riß. Mehrere Frauen kreischten auf. Und dann ging es drunter und drüber, ohne daß auf einer Seite die Alten geschont worden wären.

»Ruhe bewahren! Keine Gewalt!« schrie Steph zur Mietbauch-Seite hinüber und riß gebieterisch die Arme hoch, sprang sogar in die Luft, und Alicia verzog schmerzhaft das Gesicht, denn Steph sah aus, als trage sie unter ihrem himbeerroten Wollkleid ein kleines Faß mit sich herum.

In der Stadt ertönten die Mittagssirenen, Polizeisirenen heulten in der Nähe, und dazwischen schrie Stephanie, alles auf einmal.

»Oh, Geoff!« brüllte Alicia. *»Hier!«* Sie hatte ihn zögernd die Treppe herunterkommen sehen.

Geoff kam mit wehendem weißen Kittel zu ihr gerannt. »Nur gut, daß hier ein Krankenhaus in der Nähe ist! Haha!« Geoff wich geschickt einem baumlangen jungen Mann aus, den irgend jemand so gestoßen hatte, daß er rücklings auf den Rasen flog.

»Eben habe ich Steph noch gesehen«, sagte Alicia, »und jetzt finde ich sie nirgends mehr. Sie sollte raus aus diesem Krawall!«

Sie und Geoff mußten unter fuchtelnden Armen wegdukken und Leuten ausweichen, die sonst rückwärts in sie hineingerannt wären. Polizisten pfiffen und schrien nach Ordnung. Ein paar Leute lagen bewußtlos oder benommen am Boden.

»Tragbahren!« schrie jemand.

Tragbahren waren unterwegs. Ein halbes Dutzend Assistenzärzte kam mit Tragbahren und Erste-Hilfe-Kästen die Krankenhaustreppe herabgeeilt.

»Hallo, Alicia! Ich bin Frances, erinnerst du dich?« Frances blutete aus der Nase. »Wir müssen Steph abschirmen. Komm mit!«

Steph lag nicht am Boden, schien aber Schmerzen zu haben. Ein paar Frauen von Mietbauch Inc. stützten sie und versuchten sie allem Anschein nach ins Krankenhaus zu bringen, was in dem Gedränge aber kaum möglich war. Geoff erfaßte die Situation und rief einen Assistenzarzt, den er beim Namen kannte, zu sich. »Ich glaube, das ist mein Fachgebiet«, meinte er zu Alicia.

Sekunden später lag Steph auf einer Tragbahre und wurde, flankiert von Frances und noch ein paar anderen Mietbauch-Frauen, in Richtung Krankenhaus getragen. Alicia hörte von der Seite der Machtvollen Rechten noch ein paar Schmährufe wie: »Noch so ein Fabrikbaby«, aber sie konnte die Ohren davor verschließen. Sie war nicht einmal wütend darüber. Ihres Wissens hatte Steph an diesem Tag öffentlich erklärt, daß sie »ihr eigenes Kind« bekomme, und wenn gewisse Leute das nicht gehört hatten – ihr Pech.

»Wir haben gesiegt! ... Wir haben gesiegt!«

»Wir haben *gesiegt*!«

Welche Seite rief das? Beide. Welche Seite hatte denn gesiegt? Welche würde denn jemals siegen, fragte sich Alicia, während sie mit einer anderen Schwester auf dem Rasen kniete und einer Frau einen schlimmen Kratzer am Arm desinfizierte und den Verband vorbereitete. Zur Zeit verließen viele den Schauplatz, so daß man das runde Dutzend Leute, die am Boden lagen, besser überblicken konnte. Ein paar Unentwegte beider Seiten brüllten einander noch Beleidigungen zu. Einmal schaute Alicia auf, während sie das nächste Opfer versorgte, und sah die Frauen von Mietbauch Inc., die sie zum Teil jetzt schon vom Sehen kannte, ihre Transparente einrollen und Flugblätter vom Rasen aufsammeln.

Alicia begleitete einen verängstigten jungen Mann mit einer noch blutenden Platzwunde an der Stirn ins Krankenhaus und machte sich unterwegs klar, daß sie nicht einmal wußte, wieviel Zeit seit dem Beginn des Chaos am Mittag vergangen war. Sie setzte den jungen Mann auf einen Stuhl, versorgte die Wunde und versicherte ihm, daß sie nicht genäht werden müsse. Dann trieb sie eine Kollegin auf, die sie ablöste und den Jungen überredete, sich ein paar Minuten hinzulegen. Als sie auf die Uhr sah, war es schon fast halb zwei! Sie war mit den Gedanken bei Steph gewesen.

Sie ging in den fünften Stock, wo der Kreißsaal und die Zimmer für die Vorsorgeuntersuchungen waren, und bat die Stationsschwester, sich nach Steph zu erkundigen, denn sie selbst durfte da nicht einfach hineinplatzen.

In dem Moment ging die Tür des Kreißsaals auf, und Geoff kam auf den Flur. Lachend breitete er die Arme aus, als er Alicia sah.

»Ein Mädchen! Und die leichteste Geburt, die ich mein Lebtag gesehen habe!«

»Daß es ein Mädchen würde, wußte ich«, sagte Alicia.

»Ach ja?«

»Steph hat es mir gesagt. Geht es ihr wirklich gut?«

»Wir können sie kaum im Bett halten. Wie sieht's auf dem Schlachtfeld aus?«

Alicia hatte von dem Schlachtfeld plötzlich die Nase voll. Steph war wohlauf und hatte ein Baby, ein Töchterchen! Um

Babys war es bei dem ganzen Krach gegangen, *gewollte* Babys. Gewonnen habe keine Seite, bemerkte sie zu Geoff, der ihr recht gab, denn keine Seite habe der anderen zugehört.

»Aber beide Seiten sind glücklich, wohlgemerkt«, sagte Geoff. »Die Machtvolle Rechte bildet sich immer ein, sie hätte gewonnen. Und Steph sagt, sie hätten massenhaft Namen und Adressen von Leuten bekommen, die sich ein Kind wünschten, also meint sie, Mietbauch hätte gewonnen.«

Alicias Mutter hatte ein blaues Auge. Das war von allen unpassenden Kränkungen wohl die schlimmste, fand Alicia, und es sah im Gesicht ihrer Mutter richtig komisch aus. Die Atmosphäre im Haus wurde dicker, regelrecht unerträglich, und so machte Alicia sich aus dem Staub. Es bedeutete ja nur, daß sie und Geoff ein bißchen früher heirateten als geplant, und sie kauften das Haus früher und zogen ein.

Kein Ende abzusehen

Da liegt sie nun, bestimmt hundertneunzig, manche behaupten auch zweihundertzehn Jahre alt, und kein Ende abzusehen. Sie weiß zwischen Sonn- und Werktag nicht zu unterscheiden und fragt erst recht nicht danach; seit neunzig Jahren oder noch länger weigert sie sich, ihr Hörgerät zu tragen, hat vor mindestens hundert Jahren ihr Gebiß durch die Toilette gespült und muß seitdem ihr Essen von den Pflegerinnen durchpassiert bekommen. Dreimal täglich oder viermal, den »Tee« mitgezählt, wird sie mit dem Löffel gefüttert, und liegend macht sie in die Windeln. Naomis Windeln müssen in vierundzwanzig Stunden zehnmal oder öfter gewechselt werden, Tag und Nacht. Für Gäste, die Windeln brauchen, berechnet das ›Alten- und Pflegeheim Alte Heimstatt‹ einen Zuschlag.

Den griffbereit über ihrem Nachttisch hängenden, rot glimmenden Knopf kann oder mag Naomi nicht drücken, sie läßt es einfach laufen. Wenn ihre Bettwäsche gewechselt werden muß, was zweimal wöchentlich geschieht, setzen zwei Pflegerinnen sie auf einen Stuhl, der ein Loch im Sitz hat und Nachtstuhl heißt. Dabei schlagen sie ihr Nachthemd nach hinten, falls es Naomi einfällt, sich zu erleichtern, während sie ihr Bett machen. Zwei Pflegerinnen heben Naomi mit Leichtigkeit, denn sie wiegt nicht mehr viel, und einmal im Monat wird sie in einen Rollstuhl gesetzt und in den »Schönheitssalon« am Ende des Korridors gefahren, wo sie die Haare gewaschen und gelegt und Finger- und Fußnägel geschnitten bekommt. Das kostet vierundsiebzig Dollar. Ihr dünnes weißes Haar sieht aus wie ein Rauchwölkchen, aber ihr Kopf muß gewaschen und ihr Haar aufgekämmt werden, damit es wieder ein bißchen nach Haar aussieht, obwohl Naomi seit Jahrzehnten nicht mehr nach einem Spiegel verlangt hat und im übrigen auch nichts darin sehen könnte: Vor vielen Jahren hat sie in einem Wutanfall mit voller Absicht ihre Brille zerbrochen, und da es schon die fünfte war, die das Heim hatte anfertigen lassen (natürlich auf Naomis Kosten), ließ es nun keine neue mehr machen. Vielleicht wollte aber auch nur der Optiker nicht mehr, weil Naomi so eklig zu ihm gewesen war, als er ihr das letztemal eine Brille anzupassen versuchte.

Und selbst wenn eine Brille neben ihrer Nachttischlampe läge, würde Naomi sie aufsetzen? Nein. Was »sah« sie mit diesen Augen, die Tag und Nacht meist halb geschlossen waren? Was sah sie in den seltenen Momenten, wenn die Augen etwas weiter offen waren? Woran erinnerte sie sich? Waren Kindheitserinnerungen für sie lebendiger als ihr Erwachsenendasein, wie alle meinten? Vielleicht. Naomi brabbelte, sprach manchmal mit imaginären Personen, aber die Pflegerinnen verstanden selten, was sie sagte, und wen kümmerte es? Naomi sagte nichts Lustiges mehr über ihre Mitmenschen, wie noch vor hundert Jahren, als sie zum Essen, meist auf den Arm einer Pflegerin gestützt, in den Speisesaal zu gehen pflegte. Seit damals waren Generationen von Pflegerinnen gekommen und gegangen, und Naomis wunderliche und lästerliche Bemerkungen, dahingesagt und nicht aufgeschrieben, waren dem derzeitigen Pflegepersonal nicht überliefert worden.

Naomis einziger Nachkomme, ihr Sohn Stevey, war nicht als reicher Mann gestorben, doch alles, was er besaß – rund siebzehntausend Dollar –, hatte er seiner Mutter hinterlassen. Stevey war nie verheiratet gewesen. Natürlich war sein kleines Vermögen, das er so gut wie möglich in langfristigen Anlagen investiert hatte, längst aufgezehrt. Doch solchermaßen ist das Glück von Leuten wie Naomi, daß ihr noch ein kleines Vermögen zufiel, und zwar von Steveys Onkel väterlicherseits, und dieses hatte unglaublich lange vorgehalten, nur nicht so lange wie Naomi. Doch zu den sonderbaren finanziellen Verhältnissen später mehr. Stevey ist schon an die hundertzehn Jahre tot. Nach einer normalen Lebensspanne starb er, bevor er achtzig war.

In Naomis Zimmer steht ein Fernsehgerät, und früher hat sie ab und an mal einen kurzen Blick auf seine leere, weißlichgraue Mattscheibe geworfen, als gäbe es dort etwas zu sehen, hat nichtvorhandenen Leuten in Wohnschlafzimmern geantwortet, doch jetzt nicht mehr. Stevey hatte ihr den Apparat gekauft, als sie achtzig war (Naomi war mit achtundsiebzig in die ›Alte Heimstatt‹ gekommen), doch dann wurde sie immer vertrottelter, und die Pfleger stellten den Fernseher in anderer Leute Zimmer (natürlich wurde ihnen die Benutzung auf die Rechnung gesetzt), und als er schließlich den Geist aufgab, kümmerte sich niemand um eine Reparatur, und man brachte ihn, kaputt wie er war, wieder in Naomis Zimmer. Falls jemand aus ihrer Verwandtschaft aufkreuzte und einmal etwas von einem Fernseher gehört haben wollte und nach dem Verbleib fragte, bitte, da stand er. Aber Naomis Angehörige – richtige, lebende Angehörige – hatten schon immer durch Abwesenheit geglänzt.

Das Verwaltungs- und Pflegepersonal der ›Alten Heimstatt‹ lacht manchmal über Naomi Barton Markham. Schon fast zweihundert, sagen sie, aber mindestens! Und lebt noch immer! Sie hat gar keinen *Grund*, zu sterben!

Seit hundert Jahren hat kein Angehöriger sie mehr besucht, heißt es. Steveys Onkel war kinderlos gestorben und hatte in bewunderndem Andenken an seinen Bruder Eugene sein ganzes Hab und Gut der Witwe Eugenes vermacht, die er nie gesehen hatte. Nett von dem Onkel, denn Naomi hatte in zweiter Ehe einen Doug Villars geheiratet, der kein Großverdiener gewesen war. Es war erstaunlich, aber diese Erbschaft hatte an die sechzig Jahre lang den Plünderungen durch die ›Alte Heimstatt‹ standgehalten, den abgerechneten »Sonderleistungen« und unnötigen Verschreibungen, deren widersinnigste die Magentabletten waren, die Naomi keineswegs brauchte, die Apotheke aber stets sehr gern den Sachen beilegte, die Naomi wirklich brauchte. Ein tolles Geschäft!

Naomis Zimmer liegt im Parterre des ›Alten- und Pflegeheims Alte Heimstatt‹ in Süd-Oklahoma, ist klein und hat ein Fenster und ein eigenes Bad, das Naomi nicht mehr betreten hat, seit sie etwa hundertzwanzig war. Im Zimmer steht außer Naomis Bett noch ein Besucherstuhl, ein Nachttisch mit lauter Fläschchen und einem Trinkglas voll Wasser, und neben dem Bett steht auf dem Boden eine Bettpfanne, die ihr die Pflegerinnen selten noch rechtzeitig unterschieben können, wenn sie diese beim Windelnwechseln einmal brauchen.

Einmal hatte eine Pflegerin bemerkt: »Babys sind schon eine Last mit ihren nassen Windeln und so, nur dauert es nicht lange, vielleicht zwei Jahre. Aber mit Naomi geht das jetzt schon *fünfzig* Jahre so.« Und später: »Jetzt geht das doch schon achtzig – *hundert* Jahre so, nicht wahr?« Und in der Cafeteria, die im Souterrain der ›Alten Heimstatt‹ lag und Tag und Nacht geöffnet hatte, stimmten die Pflegerinnen und Pfleger und der eine oder andere hauseigene Arzt in das allgemeine Lachen ein.

Einige Anekdoten wurden wie Legenden überliefert.

»Als Naomi so achtzig oder neunzig und noch ganz munter war, ist sie immer nachts von Zimmer zu Zimmer geschlichen und hat den Leuten die dritten Zähne in ihren Gläsern vertauscht oder sie gleich durch die Toilette gespült. Das hat man mir erzählt, als ich hier zu arbeiten anfing.«

Dutzende von jungen Pflegern und Ärzten hatten darüber schon Tränen gelacht. Es war eine wahre Geschichte! Das fühlten sie ganz genau!

Und dann gab es die Geschichten von Naomi, die in der kurzen Zeit gegen drei Uhr früh, wenn die Köche gerade nichts zu tun hatten, in die Küche ging und das Salz in die Zuckerdosen umfüllte und umgekehrt oder die Stecker der Tiefkühltruhen herauszog, eine Nichtsnutzigkeit nach der anderen. Daß Naomi kurz nach ihrem Einzug in die ›Alte Heimstatt‹ Beruhigungsmittel bekommen und mehrere Wochen in einem großen Sessel zugebracht hatte, war eine Tatsache, die jeder vom Pflegepersonal bestätigen konnte, denn sie stand in der Krankengeschichte. Ein paar Pflegerinnen hatten sich dort informiert und daraufhin kürzere Arbeitszeiten oder mehr Geld für die Pflege Naomis verlangt, denn die ›Alte Heimstatt‹ war schließlich kein Irrenhaus.

Es stimmte, Naomi Barton Markham war verrückt, nicht nur senil, aber verrückt auf eine Weise, die keiner näher bezeichnen oder definieren konnte. Multiple Gehirninfarkte? Warum nicht? Die Erklärung war so gut wie jede andere und bedeutete unzureichende Versorgung des Gehirns mit Blut, und daran leide seine Mutter, sagten ein paar Ärzte zu Stevey, als ob damit die vielfältigen Wunderlichkeiten, die Naomi im Lauf der Jahre an den Tag legte, erklärt und erledigt seien. Jedenfalls hatte sie nicht die Alzheimersche Krankheit.

Es stimmte auch, daß Naomi schon seit ungefähr ihrem siebzehnten Lebensjahr nahezu alle ihre Mitmenschen gequält und auf die eine oder andere Weise mißhandelt hatte. Zuerst ihre Verehrer, von denen ihr natürlich keiner gut genug war; dann ihren ersten Ehemann Eugene Markham, von dem es hieß, er habe die Geduld eines Hiob gehabt; dann ihren zweiten Mann Doug Villars, der noch geduldiger war als Eugene (Naomi verstand sie sich auszusuchen), und schließlich Stevey, der zunächst den Boden küßte, auf den seine Mutter trat, sich aber dann in einem emotionalen und Freudschen Sinne gegen sie stellte (mit vierzehn war er nicht mehr in sie verliebt), nicht jedoch im familiären oder rechtlichen Sinne, denn seit er nicht mehr bei ihr lebte, hatte er ihr doch immer geschrieben und, solange sein einsames Leben währte, auch stets ihre Rechnungen beglichen.

Und nun schreiben wir – obwohl das Wort für Naomi

nichts bedeutet – das Jahr 2071. Naomis Fernsehgerät steht da und wirkt so antik wie ein Atwater-Kent-Radio etwa um 1980. Die ›Alte Heimstatt‹ heißt immer noch so, obwohl das Gebäude schon mehrmals renoviert und auch erweitert wurde, denn es gibt immer mehr alte Leute. Naomi darf sich noch in anderer Hinsicht glücklich schätzen: Sie hat keine Schmerzen und braucht kein Morphium oder auch nur Aspirin. Unglaublich! Ärzte von nah und fern sind schon gekommen, um ihr Innenleben zu studieren, und haben gegrübelt und gerätselt:

»Hat diese legendäre Naomi Barton Markham vielleicht den langsamen Stoffwechsel der Reptilien?«

Nein. Ihr Stoffwechsel ist zwar langsam, gewiß, aber sie liegt nicht direkt im Winterschlaf. Sie bleibt bloß kühl und braucht sommers und winters nur eine dünne Decke. Aber nach und nach ist eine Veränderung eingetreten. Sie redet jetzt mehr, spricht mit nichtvorhandenen Menschen in ihrem Zimmer, als ob sie Besuch hätte. Oft redet sie mit Babystimme und einem südlich klingenden Akzent. Es beunruhigt schon das Personal.

»Wo kommt ihr denn alle *her*?« fragt Naomi. Und dann erkennt sie vielleicht einen alten Verehrer namens Ned, den sie aufzieht.

Oder sie spricht zu ihrer eigenen Mutter und belügt sie, wobei sie sich furchtbar aufregt oder so tut als ob – dann keucht und stöhnt sie wie in Verzweiflung darüber, daß sie sich ihrer Mutter, die sie Mama nennt, nicht verständlich machen kann.

Dann tritt auch ihr Mann auf, Eugene, dem Naomi aus dem Weg gehen und mit dem sie sichtlich nichts zu tun haben möchte, denn sie schlägt mit ihrer knochigen weißen Faust aufs Bett und brüllt, er solle ihr Zimmer verlassen.

Das klingt alles sehr komisch, weil Naomi ohne Zähne spricht. Das heißt, komisch klingt es nur in den ersten paar Wochen für die Pflegerinnen und Pfleger, die kommen und gehen und Tabletts zu ihr bringen und schmutzige Windeln abholen. Nach einer Weile aber suchen sie sich um den Dienst in Naomis Zimmer zu drücken.

»Ich halte das nicht aus, ich kann einfach nicht mehr«, sagte eine vierundzwanzigjährige Pflegerin aus Wisconsin, derb und pummelig und kurz vor der Heirat. »Ich nehme ihr Gerede zwar nicht ernst, aber es geht mir doch unter die Haut.«

Eben, es ging den Leuten unter die Haut. Sie konnten Naomi Barton Markham nichts glauben, aber da lag sie, vor ihren Augen, brabbelte immer wieder vor sich hin, bei Tag und Nacht, und sprach so wortreich mit Menschen aus ihrer Vergangenheit, daß man das Gefühl hatte, sie stünden im Zimmer!

»Das hab ich nie gesagt, das weißt du *genau*«, stieß sie zwischen zahnlosen Kiefern verbittert hervor, und die soeben hereinkommende Pflegerin ließ beinahe ihr Tablett fallen.

Obwohl sie solche und ähnliche Sätze öfter sagte, schauten Pflegerinnen und Ärzte unwillkürlich in die Zimmerecken, ob da wohl *doch* jemand war, und dann kamen sie sich lächerlich vor und ärgerten sich folglich ein bißchen.

Alle versuchten deshalb, das Zimmer den neuen Kolleginnen und Kollegen anzudrehen, oder begannen Naomi ein bißchen zu vernachlässigen, so daß es mit den Windeln für die jeweils nächste Pflegerin noch schlimmer wurde und zwangsläufig wieder eine neue dieses Zimmer zugeteilt bekam, denn die ›Alte Heimstatt‹ war weder kirchlich noch staatlich, und man versuchte ein gewisses Niveau zu wahren.

Manchmal bekam Naomi Besuch von Zeitungsreportern, die einen Fotografen mitbrachten. Den Fotografen gelang immer eine gespenstische Aufnahme von ihrem blassen, zerknitterten kleinen Gesicht vor aufgetürmten weißen Kissen, aber Naomi sagte meist nicht einmal guten Tag, als ahnte sie, daß sie die Journalisten kränken und ihre Macht fühlen lassen konnte, wenn sie ihnen einen Korb gab. Naomi war im tiefsten Herzen ein Ekel.

Naomi besaß keine richtige Geburtsurkunde. Man erzählte sich, sie habe bei ihrem Einzug in das ›Alten- und Pflegeheim Alte Heimstatt‹ noch eine gehabt, aber die habe sie irgendwie in die Finger bekommen und vernichtet, weil sie immer vorgab, jünger zu sein, als sie wirklich war. Demnach war sie vielleicht noch älter als zweihundertzehn?

Merkwürdig, aber das Kommen und Gehen der Journalisten und Fotografen und neugierigen Ärzte, die sie röntgen und ihren Stoffwechsel untersuchen wollten, ließ Naomi dem Personal der ›Alten Heimstatt‹ eher unwirklicher als wirklicher erscheinen.

»Sie ist schon eine Art Denkmal. Verstehst du, wie ich meine?« fragte eine Pflegerin einen Kollegen beim Kaffeetrinken. »Irgendwie ist das – wie wenn man eine Statue fotografiert.«

»Washington-Monument, liegend«, meinte ein Pfleger lächelnd. »Blaß und leuchtend – haha! Nur daß es auch pinkelt und scheißt!«

»Manchmal leuchtet sie wirklich, wenn man im Dunkeln in ihr Zimmer kommt«, sagte eine schon ältere Pflegerin mit ruhiger Stimme.

»Das ist mir auch aufgefallen!« meldete sich eine jüngere Kollegin. »Blaß und ein bißchen grünlich, dieses Leuchten – nicht wahr?«

Keiner liebte Naomi. Sie zeigte jetzt nicht mehr viel Liebenswertes oder Unliebenswertes von sich, aber das wenige, das sie zeigte, liebte keiner. Und so war es immer gewesen – für Naomi.

Angefangen hatte sie als Kleinstadtmädchen, das etwas hübscher als der Durchschnitt war und ein Talent zum Tanzen hatte. Es fehlte ihr nicht an Verehrern, und mit zweiundzwanzig Jahren heiratete sie. Damals tanzte sie in einer

Revuetruppe, die in Chicago, St. Louis, New Orleans und Philadelphia auftrat.

Naomi Barton war blond, schlank, keß und nicht sonderlich intellektuell, denn nach Absolvierung einer mittelmäßigen Oberschule in Iowa war sie nicht weiter zur Schule gegangen. Doch der Mann, den sie heiratete, war ein ehrgeiziger und vielversprechender Ingenieur, Eugene Markham, dreißig Jahre alt und über beide Ohren in sie verliebt, regelrecht vernarrt. Beider Berufe ergänzten sich eine Zeitlang ganz gut, denn wenn Naomi in irgendeiner Stadt für eine Woche engagiert war, konnte er dort Beratertätigkeiten nachgehen. Naomis Karriere blühte. Eugene meinte, sie könne zum Ballett gehen, etwas Anspruchsvolleres tun als in der Revue die Beine schwingen und ein paar Sketche aufführen wie jetzt.

»Da kriege ich Lampenfieber«, sagte Naomi, damit er sie ermutige.

»Ach was! Und wir können uns den Ballettunterricht leisten. Wann fängst du an?«

Sie nahm in Philadelphia Ballettstunden, doch gerade da mußte sie entdecken, daß sie schwanger war, und das freute sie gar nicht. Es brachte sie aus der Fassung.

Es brachte auch Eugene ein bißchen aus der Fassung. »Wenn es erst vier oder sechs Wochen sind, wie du sagst – vielleicht kannst du es dann noch loswerden? Mit einem heißen Bad oder so? Ich weiß ja nicht.« Eugene wußte es wirklich nicht. Es war Anfang des zwanzigsten Jahrhunderts, und die Absaugmethode war da noch nicht so bekannt wie jetzt, obwohl es bei primitiven Menschen an fernen Gestaden wahrscheinlich schon seit Jahrhunderten, wenn nicht Jahrtausenden vor Naomis und Eugenes Zeit üblich war, kleine ungewollte Embryos abzusaugen.

Naomi versuchte es mit heißen Bädern und Gin, wovon sie ein rotes Gesicht und Schweißausbrüche bekam, aber keine Periode. Sie versuchte es mit einer langen Wanderung durch

Philadelphia, bei der sie ans verkehrte Ende der Stadt geriet und im Laufschritt nach Hause mußte, aber auch dabei verlor sie das Baby nicht. Mittlerweile wußte Naomi nicht mehr aus noch ein. Sie konnte mit ihrem Manager keinen neuen Vertrag über die nächsten sechs Monate schließen, denn bis dahin würde sie einen dicken Bauch haben. Seltsam, aber weder sie noch Eugene kam auf die Idee, sich nach einem Arzt zu erkundigen, der die Abtreibung hätte vornehmen können.

»Gut, dann kriegen wir das Kind eben, Darling«, meinte Eugene lächelnd. »Das ist ja kein Weltuntergang! Nur eine Unterbrechung deiner Karriere. Und nicht einmal für lange. Kopf hoch! Ich liebe dich, Darling.« Eugene wollte sie küssen, aber sie wandte sich ab.

»Du liebst mich *nicht*! Du wolltest, daß ich unser Baby abtreibe!« Naomi weinte nicht, sie wurde nicht laut oder hysterisch. Sie war nur entschlossen.

Eugene konnte ihr nicht beibringen, daß er sich den Umständen nicht nur fügte, sondern sich darüber freute.

Naomi wollte die Scheidung.

Eugene war fassungslos. »Aber *warum* denn nur?«

»Weil du unser *Kind* nicht willst und mich nicht *liebst*!«

Naomi packte ihre Sachen und stieg in den Zug nach Memphis, wo ihre Mutter damals lebte.

Eugene Markham folgte seiner Frau mit dem nächsten Zug nach Memphis, konnte sie auch in ihrem Elternhaus sprechen und versuchte sie von einer Scheidung abzubringen. Es gelang ihm nicht, und er sprach mit ihren Eltern über die Sache. Eugene sprach sehr eindrucksvoll und beredt, aber Naomis Eltern (er hatte sie allein sprechen können) vertraten den Standpunkt, den sie für »modern und richtig« hielten: Eltern sollten sich in die Angelegenheiten ihrer Sprößlinge nicht einmischen.

Naomi bekam ihr Scheidungsurteil wegen »Unverträglichkeit«, denn Ehebruch oder böswilliges Verlassen lag ja nicht vor. Das Kind, ein Junge, kam in Naomis Elternhaus zur

Welt, und Eugenes Angebot, Arztkosten und andere Ausgaben in Verbindung mit der Geburt zu übernehmen, wurde von Naomi zurückgewiesen. Ein paar Wochen nach der Entbindung tanzte Naomi wieder in der Revue (diesmal in Chicago) und ließ den kleinen Stevey in der Obhut ihrer Mutter, Mrs. Sarah Barton.

Als Stevey nahezu vier war, heiratete Naomi den etwa ein Jahr jüngeren Doug Villars. Er war ein einfacher, aber anständiger Mann und konnte als ausgebildeter Buchhalter so ziemlich überall Arbeit finden. Auch Naomi hatte bisher so ziemlich überall Arbeit gefunden, mit oder ohne Truppe, doch das änderte sich. Die Revue erlebte einen Niedergang, Naomi näherte sich den Dreißig, ging aber nicht mit der Zeit. Während es mit ihrem Können ebenso bergab ging wie mit ihrem Ruhm und sie infolgedessen weniger Engagements bekam, sah sie selbst ihren Ruhm sogar wachsen.

»Nur das gewöhnliche Volk weiß mich nicht zu würdigen«, sagte sie zu Doug. »Ich hätte beim Ballettunterricht bleiben sollen – wie Eugene immer gesagt hat. Eugene hatte *Ideen*! Er war nicht so ein Langweiler wie *du*!«

Doug Villars trafen solche Bemerkungen bis ins Mark, aber das glich Naomi dann im Bett wieder aus. Sie ließ sich nicht die Butter vom Brot nehmen, und woher die Butter kam, das wußte sie: von Dougs bescheidenem, aber regelmäßigem Gehalt. Außerdem machte es ihr Spaß im Bett. Am meisten aber genoß sie im Bett ihre Macht, das heißt, daß sie zum Sex ja oder nein sagen konnte.

Der kleine Stevey stand seiner Großmutter Sarah sehr nah, denn sie hatte ihn bis zu seinem vierten Lebensjahr versorgt, und die beiden blieben getreulich in Verbindung, als Naomi Doug Villars heiratete und bei Sarah auszog. Mit neun bis zehn Jahren war Stevey, wie viele Jungen in diesem Alter, in seine Mutter verliebt, doch Stevey war verliebter als die meisten Jungen, einfach weil seine Mutter so selten zu Hause war. Sie ging manchmal mit einer Revue auf Tournee, und dann blieben er und sein Stiefvater allein zu Hause und versorgten sich selbst und träumten von der hübschen Frau, die nicht da war.

Es blieb nicht aus, daß Stevey sich mit vierzehn, fünfzehn Jahren nur schwer an Mädchen gewöhnen konnte, die im Alter zu ihm paßten. Er hätte an vierzehn-, später an sechzehnjährigen Mädchen und so weiter »interessiert« sein müssen, das war ihm selbst klar, aber sie waren für ihn nur alberne Gören. Er mochte »ältere« Frauen von zwanzig, zweiundzwanzig Jahren, von denen er ein paar kennenlernte, aber er wußte auch, daß er mit seinen sechzehn Jahren für sie Luft war. Es verlangte ihn nicht einmal so sehr, mit ihnen ins Bett zu hüpfen, er verehrte sie einfach, betete sie von weitem an, sogar noch Dreißigjährige. Er las sehr viel und wußte als Fünfzehnjähriger schon bestens über sein »Syndrom« Bescheid: Er liebte ältere Frauen und brauchte eine Mutter, laut Freud einen mütterlichen Typus.

Stevey wurde Elektriker und hielt sich an seinen privaten Macken nicht lange auf. Mit gelindem Entsetzen erkannte er, daß seine Mutter allmählich den Verstand verlor – er merkte es, als er um die Zwanzig war. Stevey hatte seit Abschluß seiner Ausbildung eine eigene Wohnung und war schon in Kalifornien, Florida und Alabama gewesen, doch er blieb mit Mutter und Stiefvater in Verbindung und besuchte sie manchmal zu Weihnachten. Stevey hatte auch ein gutes Verhältnis zu seinem Vater, Eugene Markham, mit dem er brieflich Kontakt hielt, obwohl Eugene seit Naomis Wiederverheiratung höflich auf Distanz geblieben war, was Stevey unter den gegebenen Umständen nur normal fand. Dann bekam Doug Villars Leukämie. Doug hatte etwas Geld von seiner Versicherung, aber die lange, tödliche Krankheit zehrte viel von den Ersparnissen des Paares auf. Nach Dougs Tod kam Naomi »mit dem Leben nicht zurecht«, wie die Lehrbücher es ausdrücken. Sie ließ Essen auf dem Herd anbrennen, vernachlässigte Hund und Katze, bis sie ganz abgemagert und verfloht waren, und in ihrer Wohnung sah es sehr schlimm aus. Nachbarn beschwerten sich (Naomi bewohnte damals einen kleinen Bungalow im Norden von Oklahoma), und die Behörden schritten ein.

Stevey, der davon unterrichtet wurde und sofort nach Oklahoma fuhr, erschrak über den Zustand, in dem sich das Haus seiner Mutter befand, ebenso über ihren geistigen Verfall. Sie wolle nicht »in ein Heim«, sagte sie, doch Stevey war klar, daß er seine Mutter nicht zu sich nehmen konnte. Anscheinend blieb sie immer die halbe Nacht auf, lief im Haus umher wie ein durchgedrehter Wolf und brütete über ungeordneten alten Zeitungen, die sie von niemandem anrühren ließ. Ein klassischer Fall. Stevey brachte seine Mutter mit einiger Mühe im ›Alten- und Pflegeheim Alte Heimstatt‹ unter (dort mußte sie ein paar Tage in eine Gummizelle; auch war kein anderes Heim in der Gegend willens gewesen, sie auch nur probeweise aufzunehmen), bezahlte für die Instandsetzung des Hauses und verkaufte es zum höchsten Preis, den er bekommen konnte. Den Erlös legte er zinsbringend an, denn er sah seine Mutter noch sehr lange in der ›Alten Heimstatt‹, und wie recht er damit hatte!

Stevey Markham schrieb seiner Mutter ein paarmal, bekam aber nur einmal Antwort von ihr. Sie habe es gar nicht schön von ihm gefunden, schrieb sie, daß er sie in »so ein dämliches Heim für alte Leute« gesteckt habe. Warum habe er sie nicht zu Hause wohnen lassen, wo sie es gemütlich hatte und unabhängig war? Stevey kannte seine Mutter gut genug, um zu wissen, daß sie einen brieflichen Streit mit ihm anfangen wollte, hin und her. Also schrieb er ihr nicht mehr, und da gab auch sie es auf. Er besuchte sie ein paarmal, vielleicht fünfmal insgesamt, zuerst natürlich zu Weihnachten. Aber Naomi geruhte meist die Beleidigte zu spielen und ihm Vorwürfe zu machen, daß er sie nicht schon öfter besucht habe. Und beim vierten oder fünften Besuch hatte sie sich gleichgültig gestellt und an die Decke gestarrt, als ob sie ihn und seine mitgebrachten Geschenke nicht mehr sehen könnte. Sie redete einfach nicht mit ihm, und Stevey erkannte darin ihre alte Sucht wieder, ihn zu verletzen oder es wenigstens zu versuchen. Daraufhin besuchte er sie auch nicht mehr.

Naomis Unterhalt kostete Stevey in den letzten zehn Jahren seines Lebens mehr als sein eigener, denn ihr Geld (oder eigentlich Dougs Geld nebst dem Erlös für das Haus) war aufgebraucht. Wie um Stevey zu »retten«, war dann ein Onkel, der Bruder seines Vaters, gestorben und hatte Naomi ein paar Tausender vermacht, nur weil sie die Frau seines Bruders Eugene gewesen war. Für Stevey war das ein kleines Wunder: Davon konnte seine Mutter mindestens noch zwanzig Jahre leben (er verstand sich inzwischen darauf, Spareinlagen und ihre Zinsen zu berechnen, sogar ohne Papier und Bleistift), was Stevey von sich selbst nicht hätte behaupten können. Er war jetzt vierundsiebzig, völlig pleite und lief ab wie eine alte Uhr. Er starb im Schlaf an einem Herzinfarkt, obwohl er nicht übergewichtig war und nie geraucht hatte. Stevey Markham hatte sein Lebtag niemals richtig Urlaub gemacht. Kurz vor seinem Tod war ihm noch ein sonderbarer Gedanke gekommen: Naomi, seine Mutter, hatte es fertiggebracht, allen eine Plage zu sein, eine Folter, sogar schon vor Steveys Geburt, als sie auf einer Scheidung bestand, die sein Vater nicht gewollt, in die er nur eingewilligt hatte, so daß Stevey in ein vaterloses Haus geboren wurde; und während seiner ganzen Kindheit hatte Naomi mit seinem Stiefvater, Doug Villars, stets Streit gesucht und für ein mehr als turbulentes Familienleben gesorgt; und nach Steveys Tod würde Naomi weiter eine Plage sein und Geld kosten – *irgendwen.* Den Staat Oklahoma? Die Regierung in Washington? Die ›Alte Heimstatt‹ würde sie irgendwohin abschieben, wo es billiger war, sobald das Geld seines Onkels zur Neige ging. Es gab viele staatliche Pflegeheime, die billiger waren.

Vorher, während und nachher, dachte Stevey, als er sich zur letzten Nacht seines Lebens zu Bett begab, war seine

Mutter allen ihren Mitmenschen eine Heimsuchung gewesen, hatte gute Männer weinen gemacht, ihren Sohn weinen gemacht. Und sie lebte weiter.

Ehe das Geld des Onkels zu Ende ging, war Naomi zur Kuriosität geworden. Und die Leute bezahlen für Kuriositäten. Manchmal.

O ja, Naomi lebt weiter. Und bei Nacht, sagt man, leuchtet sie.

Sie knurrt: »Ich bringe dich *um*!« und lacht dann, leise und zahnlos. Wie um zu sagen: »Ich mein's ja nicht so.« Denn Naomi läßt sich noch immer nicht die Butter vom Brot nehmen, und sie weiß, daß sie ohne diese verschwommenen Figuren, Pflegerinnen, die Naomi kaum sehen kann, verrecken würde, verhungern und verdursten. Sie vergißt darum auch nie, ihnen Honig um den Mund zu schmieren. Aber nicht mehr als nötig. Eigentlich ist sie nur so eklig wie möglich zu ihnen und verschüttet oft mit Absicht ihre Suppe. Irgendwie weiß sie, daß die Pfleger und Pflegerinnen bezahlte Sklaven sind und die Pflicht haben, für sie dazusein.

Den Pflegerinnen graut vor ihr.

Die Pfleger und Pflegerinnen lachen, amüsieren sich. Aber ihr Lachen klingt abwehrend. Im stillen fragen sie sich: »Ist diese verrückte Naomi womöglich stärker als wir alle zusammen, als jeder einzelne von uns? Wird sie wirklich ewig leben? – Denn auf alle Fälle ist sie schon an die zweihundert!« Solche Fragen und Gedanken aber wagen sie nicht laut zu äußern, nicht einmal unter vier Augen. Etwas an Naomi macht sie im Innersten schaudern, alle und jeden. Fast als könnte Naomi ihnen zeigen, was es mit Tod und Leben auf sich hat. Und das ist kein schönes Bild, weshalb ein jeder, weshalb sie alle miteinander sich fürchten, es anzusehen.

Alle gruseln sich, die ganze Belegschaft, denn alle wissen, daß überall in Amerika – überall in der »zivilisierten Welt«, wo man alte Leute nicht mehr von der Klippe stößt – die Alten die Jungen an Zahl überflügeln. Ist es nicht schon das

Kennzeichen der Ersten Welt, des Staates erster Klasse, daß er sein Bevölkerungswachstum auf Null gesenkt hat und seine Alten pflegt? Sei's drum. Und vielleicht ist das ja auch richtig so. Aber Menschen wie Naomi sind ein Greuel. Ihre Kinder zahlen sich dumm und dämlich, um sie *aus* dem Haus und in irgendein Heim zu bekommen, wo sie ihnen nicht täglich begegnen müssen. Die dafür bezahlen und wissen, daß ihnen die Heime das Fell über die Ohren ziehen, sofern sie privat und nicht staatlich sind, denn es ist ja so lukrativ, diese alten Leute dauernd mit Vitaminen und Antibiotika und bei Bedarf auch mit der Sauerstoffmaske am Leben zu halten. Anders als in den staatlichen Heimen, wo in einer Winternacht einmal ein Fenster einen Spaltbreit offen bleibt und das Zimmer zur Hälfte von seinen zahlungsunfähigen Gästen leert. Lungenentzündung und aus! Um so besser, denn genügend andere Alte warten schon darauf, ihre Plätze einzunehmen, und genügend junge Leute seufzen erleichtert auf, wenn sie ihre Eltern aus dem Haus und aus den Augen bekommen.

»Sie ist ein Greuel! Ich *ertrage* sie nicht!« sagte eine junge Pflegerin, die bei Naomi Dienst tat, und ließ die Schultern hängen und weinte vor Empörung.

Nun gut, die junge Pflegerin bekam einen Tag frei. Nachdem sie einmal richtig ausgeschlafen hatte, kam sie wieder zu sich und kehrte zurück. Und wie so viele andere versuchte sie sich um den Dienst bei Naomi zu drücken und statt dessen die Jüngeren zu pflegen, die Hundertjährigen. Diese waren zum Teil noch bereit, ihre Hörgeräte und Gebisse zu tragen, ein Segen fürs Pflegepersonal.

Wir haben jetzt 2090, und Naomi ist bestimmt über zweihundert. Im Dunkeln leuchtet sie in einem blassen Gelbgrün, ißt und trinkt kaum noch nennenswert, läßt aber mehrmals täglich Wasser und hat gewöhnlich einmal am Tag Stuhlgang. Das zeigt doch, daß Naomi Barton Markham noch lebt, nicht wahr? Diese nassen, ekligen, stinkenden Windeln! Naomi hat, wie wir alle, ihr Leben in Windeln begonnen und wird es in

Windeln beenden, das heißt, wenn es ein Ende je gibt, aber eigentlich ist kein Ende in Sicht. Ihr ›Zustand‹ ist seit hundert bis hundertzehn Jahren unverändert. Ihre Rechnung, die sich gegen Ende des zwanzigsten Jahrhunderts auf etwa 2100 Dollar im Monat belief, hat sich inzwischen auf 6300 Dollar im Monat erhöht, doch das zahlt die ›Alte Heimstatt‹, weil Naomi so eine gute Reklame für sie ist.

Die Zeitungen können jederzeit anrufen und einen Termin für ein »Interview« und neue Fotos von dem alten Gespenst vereinbaren, aber inzwischen ist das so ein alter Hut, daß Naomi nur noch alle Schaltjahre für einen Artikel gut ist.

Dennoch ist Naomi ein Symbol für den Wahlspruch der ›Alten Heimstatt‹ und anderer Pflegeheime:

SEHT, WOZU EIN GUTES PFLEGEHEIM IMSTANDE IST – ES HÄLT EURE LIEBEN FÜR ALLE ZEIT AM LEBEN!

Macht nichts, daß »alle Zeit« vielleicht ein bißchen übertrieben ist. Wer wird das schon so genau nehmen? Zum Beispiel stirbt man ja auch nicht mehr, sondern geht dahin. Klingt netter. Das Wort Tod muß man vermeiden. Und dieser Dreh mit den Särgen. Mit Seide müssen sie ausgekleidet sein und nicht nur einfache, nein *doppelte* Stahlwände haben! Das hält eure Lieben länger in einem gewiß wunderschönen Zustand, man sieht das vom Bestattungsinstitut auf tote Lippen und Wangen gemalte Rouge noch drei-, vier-, fünfhundert Jahre lang (soll das wohl heißen, und wie lange hättet ihr wohl noch Lust, herzukommen und euch davon zu überzeugen?), und sicher halten doppelte Stahlwände auch die Würmer länger ab, aber das Wort »Würmer« spricht man natürlich nicht aus, denkt es nicht einmal, und schon gar nicht redet man davon, daß die Würmer aus den Fliegeneiern kommen, die wir schon in uns haben, sie kommen weder durch die Luft noch aus dem Weltraum, und eure teuren Stahlsärge richten gegen das Schicksal, das unser aller wartet, rein gar nichts aus.

Aber zurück zum Thema, dem Thema privater amerikanischer Pflegeheime zumindest: Wollt ihr nicht, daß eure Lieben so lange wie irgend möglich am Leben bleiben? Und im größtmöglichen Komfort, den ihr euch leisten oder auch nicht ganz leisten könnt?

Solange andere zuhören und zusehen, sagt ihr besser: »Doch, natürlich!«

Aber mal ohne Zuschauer, ohne Zuhörer: Würdet ihr es wirklich wollen? Möchtet ihr, daß eure Mutter, euer Vater »so lange wie möglich« am Leben bleibt? Wißt ihr nicht eigentlich genau, daß es für alle und jeden einmal Zeit wird zu sterben?

Würdet ihr eure Mutter weiter und immer weiter leben sehen wollen wie Naomi, die gelbgrün leuchtet in der Nacht, die in die Windeln pinkelt und mindestens einmal in zwei Tagen Stuhlgang hat, stets darauf angewiesen, daß jemand ihr das Essen in den Mund schiebt, darauf angewiesen, daß jemand ihre Windeln wechselt? Und kein Ende abzusehen? Würdet ihr selbst so leben wollen, nicht mehr fernsehen können, nicht hören, auch mit fremder Hilfe keinen Schritt mehr gehen und auch keine Briefe mehr lesen, die alte Freunde euch vielleicht noch schicken, zu schwachsinnig gar, um überhaupt noch etwas lesen oder auch nur verstehen zu können, was andere euch vielleicht vorlesen?

Wollte jemand einen alten Hund, eine alte Katze in einem ähnlichen Zustand bei sich daheim am Leben halten, man würde es ihm verbieten. Nachbarn würden ihn anzeigen, und ein Tierschutzverein würde wegen Tierquälerei einschreiten. Menschen aber erlaubt man nicht, mit der gleichen Würde zu sterben, die man den Tieren zubilligt.

Naomi Barton Markham leuchtet in der Nacht und bevölkert ihren einsamen Verschlag mit Gestalten aus der Vergangenheit, Menschen, die lange tot sind, noch gespenstischer als sie selbst – ihren Eltern, ihren Verehrern, die sie schlecht behandelte, ihrem vernachläßigten, aber bis zuletzt getreuen

Sohn, ihren Ehemännern (zwei), die sie mit Füßen trat. Sie schmäht sie, verhöhnt sie, lacht sie aus, feixt mit ihrem letzten bißchen Kraft und dreht das Gesicht weg wie in alten Zeiten, wie sie es früher bei Männern tat, die sie doch liebten, sogar bei Freunden, die doch nur freundlich sein wollten.

Du wirst uns alle schaffen, Naomi. Wenn nicht du persönlich, dann deinesgleichen. Du bist ein Triumph der modernen Medizin, der Vitamine und Antibiotika und so weiter. Schade, daß du für deinen Unterhalt nicht mehr selbst aufkommen kannst, aber wir wissen ja, daß du dir darüber keine Sekunde Gedanken machst. Vom Denken, Nachdenken und Rechnen bist du Lichtjahre entfernt.

Du hast es gut, Naomi! Das heißt, falls du noch deinen Spaß hast. Hast du das? Wic fühlt man sich in diesem Inkubus, auf dem Rücken liegend, mit einem Gummiring unter dem Leib gegen Bettschwären? Woran denkt man so? Was brabbelt man so mit zahnlosen Kiefern – rabäh-rabäh – wie früher als Säugling, wenn man seine Windel um die Lenden gewickelt bekam?

Naomi Barton Markham, ich schwöre, du wirst uns alle unter die Erde bringen, solange es noch eine ›Alte Heimstatt‹ gibt, die die Zechinen einstreichen kann, und solange sich immer wieder ein Trottel findet, der dafür blecht.

Papst Sixtus VI. vom Roten Pantoffel

Am Morgen seiner Abreise nach Mittel- und Südamerika stieß Papst Sixtus VI. sich die große Zehe an. Er war in Sandalen zum Morgengebet in eine Krypta des Vatikans gegangen und, wie schon tausendmal, die vier Stufen hinaufgestiegen, als er mit der rechten großen Zehe gegen die oberste Stufe stieß und beinahe sogar hingefallen wäre, hätte nicht Pater Stephen einen Satz gemacht und ihn mit kräftigem Arm aufgefangen. Sixtus setzte ein verkrampftes Lächeln auf, denn es tat arg weh, dann trat er mit Stephen in die Kapelle.

Um halb zehn, als der Papst mit Gefolge in den Vatikan-Jet stieg, war die Zehe schon knallrot und pochte. Sie war auch bedrohlich geschwollen, weshalb Sixtus in letzter Minute noch die Fußbekleidung gewechselt hatte: weite schwarze statt der engeren weißen Pantoffeln, die zu seinem hellen Gewand paßten. Es war Juni, und in Rom war es warm und schwül. Dr. Franco Maggini, Sixtus' Leibarzt, hatte sich die Zehe angeschaut und ihm geraten, sie beim Frühstück »in einem warmen Astringens« zu baden, wie er sich ausdrückte, aber Sixtus konnte nicht sagen, was das Baden genützt hätte. Die Zehenspitze war jetzt sogar schon ein bißchen violett, vielleicht durch geplatzte Kapillaren.

An der Flugzeugtür drehte Sixtus sich jedoch lächelnd um und winkte, wie er es immer tat, den paar hundert sorgsam Auserwählten zu, die hinter einem Absperrseil am Ende des Rollfelds standen.

Verhaltener Jubel ertönte, Rufe wie »Santo Sisto!« und »Buon viaggio!«

»Gottes Segen!« rief Sixtus VI. zurück. »Der Herr sei mit euch!«

Dann nahm Sixtus auf seinem breiten, bequemen Sessel Platz, legte den Sicherheitsgurt um und nahm das Täßchen Tee, das sein Diener Giorgio ihm auf einem Tablett brachte, denn Giorgio wäre enttäuscht gewesen, wenn er es nicht genommen hätte.

»Eure Heiligkeit sehen heute gut aus«, sagte Giorgio.

So? Sixtus wechselte über den Gang ein Lächeln mit Pater Stephen, dem jungen Kanadier, der vor kurzem zum Priester geweiht worden war und mit dem er sich gern unterhielt, denn Stephen war an Politik ebenso interessiert wie an der Theologie. Der junge Stephen war ein Konservativer.

Die liebe Politik! Sie war der Grund für die heutige Reise des Papstes, in neun Monaten schon seine zweite nach Lateinamerika, wobei er aber diesmal andere Länder besuchen würde. Diesmal stand Mexico City auf dem Programm, dann Kolumbien, dann das von Armut geplagte Peru, dann Chile, wo die Regierung Uniform trug und Menschen verschwanden. Überall herrschten Unruhe, Unzufriedenheit und Unglück. Sixtus VI. war sich dessen wohl bewußt, bewußt auch, wie schwer es war, wenn nicht gar unmöglich, einem Hungernden in die Augen zu sehen und ihm zu sagen: »Vertraue auf Gott, und alles wird gut.« Fast so schlimm wie die alte, abgedroschene Phrase: »Trage deine Mühsal auf Erden, und wenn du glaubst, wirst du nach deinem Tode im Himmel wohnen auf Ewigkeit.« Die Menschen glaubten immer weniger daran, daß es Himmel oder Hölle gab oder überhaupt ein Leben nach dem Tode.

Die Triebwerke brüllten auf, das Flugzeug setzte sich in Bewegung und drückte Sixtus hart gegen die Rückenlehne.

Dann waren sie in der Luft, und der Papst griff sofort nach der glänzenden schwarzen Ledermappe, die vor ihm auf dem Tischchen lag, und löste seinen Gurt, obwohl die Maschine noch stieg. Er entnahm der Mappe die fünfseitige Ansprache, die er anderntags um diese Stunde, zwölf Uhr mexikanischer Zeit, in Mexico City halten würde.

»... Gottes Wort ist unfehlbar«, las Sixtus, »und er sieht uns alle, er vergißt nicht eine Seele. Doch es gibt in unserer Mitte heute Elemente, die dieses große Gebäude der geistigen Stärke, des Trostes und der Wahrheit niederzureißen trachten. Statt dessen haben sie ein verwässertes, verfälschtes Christentum zu bieten, bestechend und verlockend auf den ersten Blick, in Wahrheit aber trügerisch und hohl. ... Als erstes und oberstes der absolute Glaube, absoluter Gehorsam ...«

Sixtus' Augenlider zitterten, so sehr schmerzte ihn die Zehe; die eigenen Worte vor ihm wurden abstrakt und schwer zu fassen. Noch gestern, als er die Rede laut gelesen, auf Band genommen und abgehört hatte, war sie ihm stark erschienen, wahr und schlicht. Der Papst liebte die Schlichtheit; er sprach so oft zu Menschen, die nicht lesen und schreiben konnten. Schlichtheit war für Sixtus gleichbedeutend mit Wahrhaftigkeit, nämlich in dem Sinne, daß ein unaufrichtiger Mensch, wenn er schlichte Worte sprach, seine Unaufrichtigkeit nicht verbergen könne. Aber sollte er nicht einiges von dem, was hier geschrieben stand, noch einmal überdenken? Zeit genug hatte er, aber das Denken fiel so schwer bei dem Schmerz in seiner rechten großen Zehe, der inzwischen so arg war wie Zahnweh.

»Eure Heiligkeit –« Dr. Maggini erschien neben ihm und beugte sich lächelnd herunter. »Was macht die Zehe?«

»Gerade wollte ich nach Ihnen schicken, Franco. Sie ist schlimm, die Zehe. Da ich erst zwei Aspirin genommen habe, könnte ich wohl noch ein drittes bekommen? Oder etwas Stärkeres?«

»*So* schlimm?« Franco zog die buschigen Brauen zusammen und rieb sich das Kinn. Er war um die Fünfundvierzig und trug einen vollen, aber gepflegten Schnurrbart; selbst im Sommer bevorzugte er dunkle Anzüge und trug jetzt einen leichten, fast schwarzen Popelinanzug mit weißem Hemd und dunkelblauer Krawatte. »Darf ich noch einmal sehen?«

Der Papst bückte sich, streifte den Pantoffel ab und schob

den elastischen weißen Kniestrumpf hinunter, damit der Arzt ihn ganz wegziehen konnte. Stephen war aufgestanden und woandershin gegangen, dabei kannte der Papst ihn mittlerweile gut genug, daß es ihm nichts ausmachen würde, wenn Stephen seine Zehe sähe.

»Wie Sie sehen, ist sie noch weiter geschwollen«, sagte der Papst. »Und sehen Sie mal, dieses *Violett* – was kann das bedeuten?«

Der Arzt betrachtete stirnrunzelnd die Zehe, als hätte er so etwas noch nie gesehen.

»Meinen Sie nicht, sie könnte gebrochen sein?«

»Durch bloßes Anstoßen, das glaube ich kaum, Eure Heiligkeit.«

»Oder ausgerenkt?«

»Auch unwahrscheinlich. Ich nehme an, es ist eine Quetschung – und Knochenprellung natürlich. Knochenprellungen brauchen Zeit.«

»Aber –«, die Schmerzen trieben dem Papst plötzlich den Schweiß auf die Stirn, »diese Schwellung tut *so* weh, daß ich mich frage, ob da nicht ein kleiner Schnitt angebracht wäre. Schlimmer können die Schmerzen davon auch nicht mehr werden.«

Der Arzt schüttelte bedächtig den Kopf. »Jetzt noch nicht, Eure Heiligkeit. Wenn wir das aufschneiden, könnte es Komplikationen geben. – Vielleicht können wir die Zehe in Dallas-Fort Worth röntgen.«

Es machte Sixtus unwillig, daß der Arzt von dem Flughafen immer wie von einer einzigen Stadt sprach. »Oder in New York? Das wäre früher.«

»New York ist nur zum Auftanken, wie Eure Heiligkeit sich gewiß erinnern, und für die Sicherheit ist nicht vorgesorgt. Wir sind nur ein paar Stunden auf Kennedy.«

Sixtus erinnerte sich. Und die Reise mußte nach Plan gehen, überall.

Dr. Maggini gab ihm zwei Aspirin aus einem Schächtelchen

in seiner Tasche. »Ich würde Eurer Heiligkeit empfehlen, zu ruhen und den rechten Fuß hochzulegen.«

Sixtus VI. zog sich in seine Privatkabine zurück. Hier hatte er ein breites Bett, nicht so breit wie ein Ehebett, versteht sich, Dusche, Waschbecken, Toilette und vor einem Fenster einen Tisch mit zwei Sitzgelegenheiten. Vor das Bett konnte man einen Vorhang ziehen, was Sixtus ein wenig absurd fand. War das für den Fall, daß er auf einem Flug starb? Damit er in seinen letzten Sekunden ungestört sein konnte?

Er legte sich nieder, schob sich ein paar Kissen in den Nakken und nahm sich wieder die Ansprache vor. Doch jetzt fühlte er sich schläfrig, vielleicht von den Tabletten, und schloß die Augen. Das Summen der Triebwerke wirkte beruhigend. Ein stechender Schmerz in der Zehe weckte ihn auf, als hätte Franco tatsächlich hineingeschnitten. Aber nein. Franco war nicht da, und die Zehe pochte, als schlüge ein Hammer auf den Nerv. Sixtus kniff vor Schmerz und Schrekken die Augen zu. *Auch ich bin sterblich*, ging es ihm durch den Kopf, aber das hatte er ja schon immer gewußt und in seinen Ansprachen oft gesagt. Er war nur die sterbliche Brücke zwischen Gott und den Menschen, mehr nicht. Wenn es nun eine Blutvergiftung war, die langsam im Bein emporkroch? Amputation? Schön und gut. Daran starb man nicht.

Warum tat das so weh? Sixtus wollte schon nach Franco läuten, zog seine Hand aber wieder zurück. Er hatte zu leiden, *das* war Leiden, und wie oft schon hatte er seinen Gläubigen gepredigt, Leiden aller Art zu ertragen? Es stünde ihm schlecht an, jetzt wegen einer geprellten Zehe zu wimmern!

Der Papst aß mit Stephen, Dr. Franco Maggini und Kardinal Ricci zu Mittag. Es herrschte eine gelöste Atmosphäre, wenngleich der Kardinal ihn wegen der Zehe höflich seines Mitgefühls versicherte.

»Wird schon gutgehen«, war die allgemeine Stimmung bei Tisch, die Kardinal Ricci sogar zum Ausdruck brachte.

In Dallas oder Fort Worth war nichts für eine Röntgenaufnahme vorbereitet, doch der Papst beklagte sich nicht, damit ihm nicht wieder »keine Sicherheit« entgegengehalten wurde. Erneutes Auftanken, dann weiter nach Mexico City. Der Papst schlief schlecht und konzentrierte sich darauf, morgen »eine gute Figur« zu machen, wie er es still bei sich nannte. Seine Pflicht gut zu erfüllen, hieß das.

Papst Sixtus VI. war als Luciano Emilio Padroni in einer armen Region der Toscana zur Welt gekommen. Auf sonderbare Weise hatten Armut, Trauer und Tod in der Familie, Mühsal und seine Verehrung für Padre Basilio, den Dorfpriester, ihn in die Arme der Kirche gelenkt. Nach ein paar jugendlichen Eskapaden, einmal mit neunzehn und noch einmal mit zweiundzwanzig Jahren, hatte er Tritt gefaßt, und zwar mit beiden Beinen fest auf dem Boden der Kirche. Luciano glaubte an Gott und Jesus Christus. Er war von kräftiger Statur und ein begeisterter Wanderer und Skifahrer, auch noch jetzt mit Ende Fünfzig. Er verstand sich Freunde zu machen, doch die Gabe des Intrigierens hatte er nicht. Den Leuten schienen seine Direktheit und sein Gesicht zu gefallen. Das war in viel jüngeren Jahren schon so gewesen, aber es war dennoch überraschend für Luciano gekommen, als er, wenige Jahre zuvor noch Bischof einer unbedeutenden toscanischen Diözese, zum Papst gewählt wurde. Kurz nachdem er die Nachricht erhielt, hatte er mit seiner Mutter telefoniert. Sechs Jahre war das jetzt her, und es wollte ihm vorkommen, als wäre die Welt damals ruhiger gewesen und die Völker hätten sich nicht allenthalben in den Haaren gelegen, aber wahrscheinlich stimmte das nicht. So radikal veränderte die Welt sich nicht, sie wurde nur immer radikaler in bestimmten Bereichen. In den USA erhoben sich jetzt wieder die Befürworter der Geburtenkontrolle, wie vor ein paar Jahren in Irland. Bischöfe und Priester in Amerika hatten sich schon in ihren Kirchen für die Geburtenkontrolle und Toleranz gegenüber Homosexualität ausgesprochen, die sie eine psychische Abweichung nannten, nicht Sünde. Auch Geschlechtsverkehr vor der Ehe fanden sie in Ordnung. Und gleichen Stand in der Kirche auch nach einer zweiten Eheschließung. Derartiger liberaler Ideen gab es scheint's kein Ende, und die Leute sahen nicht, daß sie die Kirche mit ihren neuen »Prinzipien« kein bißchen stärkten, sondern zu einem lecken Kahn machten.

Luciano Emilio Padroni warf sich stöhnend herum und konnte nicht einschlafen.

Und jetzt in Mexiko und anderswo die Befreiungstheologie, Priester, die sich wie Bauern kleideten und zum Teil sogar bereit waren, mit der Waffe zu kämpfen, die für Landreform und höhere Löhne agitierten, alles nur verwirrend und für die Bedeutung und Aufgabe der katholischen Kirche auf Erden *irrelevant*!

Luciano hatte wach zu liegen geglaubt, in Wahrheit aber weckte ihn die Sonne Mexikos, die golden und heiß durch die runden Flugzeugfenster schien, während er sich duschte, rasierte und anzog. Inzwischen konnte er auf dem rechten Fuß nur noch mit der Ferse auftreten. Die geschwollene große Zehe glänzte und ließ den Nagel aberwitzig klein wirken, wie einen Knopf in einem dicken Polster. Und das Rot war gedunkelt.

»So – können wir jetzt vielleicht schneiden?« fragte Sixtus den Arzt, als sie in seiner Kabine frühstückten. Franco hatte gebeten, die Zehe zu sehen, also bitte, da war sie, unbestrumpft, ansonsten war der Papst jedoch fertig angezogen.

Erneut schüttelte Franco den Kopf. »Wenn sie aufplatzt, haben wir Penizillinpuder. Gestern habe ich noch zwischen Eisbeutel und bloßem Hochlegen geschwankt.«

Und gegeben hast du mir nur ein paar Aspirin gegen die Schmerzen, dachte der Papst. Aber er schwieg höflich.

Nun die Treppe hinunter, während die Menge, zurückgehalten von einer Dreierreihe Polizisten und Soldaten, ihn laut begrüßte. Der Papst hob die Arme und lächelte, und als er das Rollfeld betrat, beugte er sich hinunter und küßte den Boden, wobei ihm die Zehe so weh tat, daß er schon zu hoffen wagte, sie sei geplatzt, doch er sah nicht auf seine Füße hinunter. Er trug lockere weiße Pantoffeln, weiße Strümpfe, ein goldbesticktes weißes Gewand und ein rundes weißes Käppchen auf dem Kopf.

Ein Konvoi von Motorrädern und schwarzen Limousinen brachte die päpstliche Reisegruppe an ihr Ziel, das Sportstadion der Universität von Mexiko. Sixtus war schon einmal in Mexiko gewesen, aber nur zur Einweihung einer Kathedrale, nicht um eine Ansprache zu halten. Der mexikanische Präsident, der mit dem Papst im selben Wagen fuhr, lächelte, obwohl ihm sichtlich zu warm war in seinem Anzug mit Eckenkragen und Krawatte. Die Klimaanlage des Wagens sei ausgefallen, hörte der Papst jemanden auf spanisch sagen.

Wachkompanien, schrille Fanfarenstöße und eine Militärkapelle mit ansatzweise einem feierlichen Marsch. In der Hitze wäre ein Kamel verdorrt. Der Papst, seinen Krummstab in der Hand, erklomm die hölzerne Treppe zu einem hölzernen Podium und trat vor die Massen im Stadion. Das Summen der vielen tausend Stimmen schwoll zum Brausen. Die Leute auf dem großen Oval, soweit sie nicht schon standen, erhoben sich von ihren Klappstühlen, und die auf den Tribünen standen ebenfalls auf, winkten schreiend mit ihren Sombreros und klatschten, alles was nur Lärm machte. Sixtus hob vergebens die Arme, um Ruhe zu gebieten. Die Mexikaner hielten das für einen Gruß und grüßten zurück. Das war oft so. Der Papst wartete gutmütig oder machte wenigstens ein gutmütiges Gesicht. Unten, keine zehn Meter von ihm, sah er einen flinken Polizisten in Hemdsärmeln mit seinem Knüppel nach einem mageren Hund schlagen, um ihn zu vertreiben. In der Menge hatten viele etwas zu essen bei sich: Tacos, Tortillas und geröstete Maiskolben, und die Promenadenmischung, die etwas von einem Windhund hatte, war hinter den Krümeln her. Es war nicht der einzige Hund hier, wie der Papst bemerkte. Noch ein paar magere Streuner hatten sich herangepirscht und wurden von den Polizisten gejagt und getreten.

Die Zehe pochte und pochte, wie der Puls in seiner Schläfe. Sixtus fühlte, wie ihm der Schweiß von den Koteletten herunter über die Wangen rann.

»Meine Brüder!« begann er auf spanisch. »Im Namen Gottes ...« Das kannte er in mehreren Sprachen auswendig. Der schwache Wind hob die Blätter seines Redemanuskripts, das vor ihm auf einem Pult lag, und um das Pult herum war ein Ring von schwarzen Mikrofonen und dahinter die Massen der Mexikaner, hauptsächlich Männer in Hemdsärmeln und Sombreros, aber auch etliche Frauen und Kinder. Da und dort sah er Väter ihre kleinen Kinder hochheben, damit sie später sagen konnten: »Mein Sohn oder meine Tochter hat den Papst gesehen!« Sixtus VI. sah zwei Männer in zerlumpter Kleidung, die sich um einen Platz unmittelbar vor ihm balgten. Eine Familie schien mindestens sechs Kinder zu haben, alle sehr klein aus der Sicht des Papstes. Ein paar Frauen mit Kopftüchern wischten sich Tränen aus den Augen.

»Ruhe!« rief ein Mann auf dem Podium.

»Schmeißt ihn *raus*!« rief eine Frauenstimme von unten, und der Papst sah, wie ein magerer, vierzig- bis fünfzigjähriger Mann in weißer Hose und T-Shirt einmal, zweimal einen Polizeiknüppel über den Kopf bekam und dann halb bewußtlos von einem anderen Polizisten vom Platz geschleift wurde. Sein T-Shirt war aufgerissen und klaffte auseinander, und der Papst sah deutlich die Rippen des Mannes, so deutlich wie ein paar Augenblicke zuvor die Rippen des Hundes.

»Dieb!« rief eine Stimme von irgendwoher. »Auf Geld hatte er's abgesehen! Eine Schande!«

»Ruhe! Eine Schande!« Die Stimme, von einem gesichtlosen Mann irgendwo unten, drang an die Ohren des Papstes. Eine Schande, daß jemand sprach, während der Papst redete?

»Meine Brüder!« begann der Papst von neuem, frei sprechend, ohne Manuskript. »Ich habe heute eine besondere Botschaft für euch.« Schon oft hatte er diese Worte gesprochen, in Lima, Rom, Warschau. »Hört auf eure Priester, die *padres* in euren Dörfern – Männer wie Padre Felipe!« Felipe aus dem Bundesstaat Chiapas war von allen der »liberalste« und wortgewandteste. Der Papst hörte ein kollektives Luftschnappen, ein vereinzeltes »Ha!« der Verwunderung von irgendwo unter ihm. »Eure Priester haben recht, wenn sie sagen, daß die Reichen gnadenlos sind, daß eure Löhne nicht ausreichen – nicht für die Menschenwürde, nicht zur Ernährung der Familie. Und –«

Der Papst mußte sich unterbrechen, denn ein Geraune wehte gleich einem Wind über die Menge. Sixtus stampfte mit dem rechten Fuß auf, umfaßte mit der rechten Hand seinen Hirtenstab, so fest er konnte, und biß die Zähne aufeinander.

»Eure Heiligkeit – die *Rede*! ... Ist Ihnen wohl?« Es war Franco, sein Arzt, der sich von links besorgt zu ihm herüberbeugte, fast als wagte er nicht, seinen linken Arm zu berühren, obwohl er die Hand schon dazu ausgestreckt hatte.

Sixtus VI. hatte plötzlich eine Wut auf Franco, eine unsinnige, irrsinnige Wut, und hochmütig ignorierte er den Arzt und fuhr fort. »*Mehr* noch!« rief er in die Mikrofone. »Da eure Armut eine Schande ist, nicht für *euch*, sondern für die, die *reicher* sind als ihr – habt ihr alles Recht, jedes nur denkbare Recht, eure Verhältnisse verbessern zu wollen. ... Und ihr Frauen, ihr Mütter – es ist nicht eure Pflicht oder euer von Gott gegebenes Schicksal, ewig ans Kindbett gefesselt zu sein – wie ein Esel mit verbundenen Augen an das Brunnenrad.«

Sixtus legte eine Pause ein und beobachtete merkwürdige Bewegungen in der Menge vor ihm. Er fühlte ein Gewitter nahen, fühlte aber auch, daß seine Botschaft angekommen war. Ein paar Gestalten unten hoben die Arme, als fürchteten sie sich, laut aufzuschreien, obwohl sie das am liebsten getan hätten. Der Papst stieß seinen Krummstab auf den Boden. »Mein Wort ist Wahrheit – *mein* Wort!« Der Schaft des Krummstabs stieß zweimal auf den Holzboden. Ohne dabei nach unten zu sehen, versuchte der Papst seine Zehe zu treffen. Noch einmal stieß er den Stab mit aller Kraft hinunter, und diesmal traf er voll.

Der Schmerz war so arg, daß ihm am ganzen Körper heiß wurde, doch dann kühlte seine Stirn sich ab, und er lächelte die Menge an.

»Gott segne euch!« rief Sixtus VI. »Gott segne euch!« Er hob beide Arme, in der Rechten immer noch den Krummstab. Der Schmerz war aus der Zehe gewichen, und sein rechter Fuß fühlte sich sogar angenehm kühl an.

»Eure *Heiligkeit*!« Stephen war in seiner dunklen Kutte mit weißem Kragen zu ihm heraufgesprungen, ein Lächeln auf dem jungen Gesicht. Er schüttelte verwundert den Kopf. »Der Fuß!« sagte er und zeigte nach unten.

Die Menge war jetzt auf den Beinen und schrie, und es war ein solcher Lärm, daß keiner irgendein Wort deutlich hätte heraushören können. Der Präsident und sein Gefolge versuchten mit freundlich einladenden Gebärden anzuzeigen, Sixtus möge jetzt wieder vom Podium herunterkommen. Der Papst wußte, was als nächstes auf der Tagesordnung stand: ein Besuch auf irgendeinem Platz in der Innenstadt, beim Zocalo.

»Ist Padre Felipe in der Stadt?« fragte der Papst. »Ich würde heute gern mit ihm zusammen sein!« Er mußte schreien, um sich Gehör zu verschaffen, und sprach die Adjutanten des Präsidenten an, nur nicht den Präsidenten selbst, auf dessen Entgegenkommen er nicht unbedingt zählen konnte.

»Wir werden Felipe schon *finden*!« Wer hatte das gerufen?

Der rechte Pantoffel des Papstes, auf den Stephen mit besorgter Miene zeigte, war völlig rot von Blut.

Der Papst bedeutete ihm mit einer Geste, es sei alles in Ordnung.

Eine Limousine brachte den Papst, Stephen, Dr. Maggini und noch ein, zwei andere aus dem Gefolge des Papstes zusammen mit dem Präsidenten eilends in die Stadt. Der

Papst zog den Pantoffel aus und legte ihn sich aufs Knie. In der heißen Luft, die durch das teilweise geöffnete Fenster hereindrang, trocknete der Pantoffel schnell und wurde steif.

»Eure ... Heiligkeit«, sagte der mexikanische Präsident, vor Aufregung schluckend, »ich muß Eurer Heiligkeit dringend raten, sofort zum Flughafen zu fahren. Es ist eine Frage der Sicherheit.«

Sixtus VI. hatte damit schon gerechnet. »Gottes Wille geschehe. Ich fürchte mich nicht. Die Leute erwarten mich doch auf der kleinen Plaza, oder nicht?«

Der Präsident nickte, denn er konnte dem Papst nicht gut widersprechen, und biß sich auf die Lippen und wandte den Blick ab.

Irgendwie hatte Padre Felipe die Botschaft bekommen. Der Papst sah schon seine schlanke, schwarz gewandete Gestalt, bevor die Limousine auf der Plaza ganz angehalten hatte. Hier wimmelte es von Polizei und Militär. Der baumlange Felipe wirkte wie eine Vogelscheuche, wie er sich mit ausgebreiteten Armen dahin und dorthin drehte und gelassen den Polizisten widerstand, die ihn offenbar vom Ort des Geschehens weghaben wollten.

»Felipe!« rief der Papst, als er aus der Limousine stieg. Das war er also, der fünfundzwanzigjährige Felipe Sainz, der zweimal im Gefängnis gesessen hatte, weil er Streiks um bessere Unterkünfte für Landarbeiter angeführt und allzu laut nach ärztlicher Versorgung für verletzte Arbeiter und Verpflegungszuschüssen für werdende Mütter gerufen hatte. Der junge Priester machte ein sehr verdutztes Gesicht, als der Papst ihn umarmte.

Soldaten und Polizisten rissen die Münder auf und beobachteten recht nervös die Massen ringsum. Sie hatten jetzt schon über tausend Menschen in Schach zu halten, und durch die vielen auf die Plaza zulaufenden Straßen und Gassen kamen noch immer mehr dazu. Auch hier stand eine Art Podium, oder mehr schon eine runde Bühne, nur diesmal aus

Metall, wie ein Orchesterpavillon ohne Dach. Der Papst ging mit Felipe die Stufen hinauf. Stephen folgte.

»Eure Heiligkeit, Euer *Fuß*!« rief Padre Felipe. Er war unrasiert wie immer, hatte einen dicken Schnurrbart und trug eine gewöhnliche dunkle Hose zum Priesterrock, der aussah, als hätte er darin geschlafen.

»Bis vor einer Stunde hat der Fuß mir noch weh getan, jetzt aber nicht mehr«, sagte Sixtus lächelnd. Sein weißer Strumpf war ebenfalls ganz rot, fühlte sich aber trocken an, als hätte das Bluten aufgehört.

»Das –« Stephen drehte den starren roten Pantoffel zwischen den Fingerspitzen der rechten Hand.

Padre Felipe riß die Augen auf. »Blut?«

Der blutige Pantoffel war ganz dunkel geworden, aber das Rot war unverkennbar die Farbe von Blut.

»Mein Blut – ich bin ein Mensch wie ihr – und sterblich«, sagte Sixtus.

Die Menge starrte ihn staunend und ratlos an, viele lächelten und wußten nicht recht, wie sie die Worte des Papstes verstehen sollten, andere fixierten sein Gesicht mit ihren dunklen Augen, als könnte der bloße Anblick des heiligen Mannes aus solcher Nähe ihnen alle Weisheit geben, die sie zum Leben brauchten.

So kam der Beiname »Papst vom Roten Pantoffel« in die Welt. Daß er sich die Zehe gestoßen habe (was er ausführlich schilderte), führte der Papst als Beweis für die Fehlbarkeit der Menschen selbst in hohen Ämtern an. Die darauf folgenden Schmerzen seien Zeichen des Irrtums, und die Erlösung von den Schmerzen nach Auseinandersetzung mit den Tatsachen sei Wahrheit und Wirklichkeit. Eine geprellte Zehe! Mißgeschicke dieser Art verstand jeder.

Der Papst trat an den Rand des Podiums und streckte den rotbestrumpften Fuß aus, damit so viele wie möglich ihn sehen konnten. »Die Schmerzen sind weg!«

Padre Felipe lachte leise, und seine Augen blitzten.

Wie schon im Stadion begriff das verdutzte Publikum nur sehr langsam, wovon der Papst sprach und warum Padre Felipe bei ihm war. Der Papst reichte Padre Felipe die Hand, und der Priester nahm sie. Weiter brauchte Sixtus nichts zu sagen.

Das Raunen der Menge wurde lauter. Irgendwo begannen Kirchenglocken zu läuten, unrhythmisch, ein fröhlicher Klang. In der Nähe stimmte eine Straßenband eine *mariachi* an, zuerst zögernd, dann selbstsicherer, und dann legte sie los. Aber die meisten Leute brachten ihre Freude gemessen zum Ausdruck, man schwatzte und lachte miteinander. Der Papst ging im Gedränge umher und legte kleinen Kindern und Säuglingen die Hand auf den Kopf.

Polizisten folgten ihm auf Schritt und Tritt. Der Präsident stand neben einer Reihe schwarzer Limousinen und sah ihm nervös nach. Mindestens drei Fernsehteams waren an der Arbeit.

Zum Mittag war ein spätes Mahl nach mexikanischer Art im Präsidentenpalais vorgesehen. Inzwischen war es schon nach zwei. Der Papst fragte den Präsidenten, ob er nicht auch Padre Felipe dazu einladen könne? Oder ob ihm das Umstände mache? Er wußte wohl, daß es auf jeden Fall eine gezwungene Atmosphäre schaffen würde, hoffte aber, dies würde Felipes Anwesenheit nicht im Wege stehen, doch sagen wollte der Papst das nicht.

Der Präsident, Zauderer aus Notwendigkeit, holte tief Luft und wollte gerade antworten, doch da kam ihm Dr. Maggini zuvor.

»Eure Heiligkeit, ich muß Ihnen so bald wie möglich die Temperatur messen. Im Hinblick auf Ihren Fuß – und die Hitze –«

Sixtus verstand: Der vorsichtige Arzt versuchte eine Entschuldigung für die Worte des Papstes im Stadion und hier auf der Plaza vorzubereiten. *Seine Heiligkeit hat nicht alles so gemeint, wie er es sagte. Hohes Fieber hat ihm momentan den*

Geist verwirrt. »Sie dürfen mir gern die Temperatur messen, Franco, aber ich fühle mich ganz wohl, wirklich ganz wohl.«

»Eure Heiligkeit – darf ich vorschlagen –« Der Präsident suchte nach diplomatischen Worten. »Die Menge wird immer größer. Je eher wir abfahren –«

Die Menge wurde in der Tat immer größer, Soldaten und Polizisten wurden aktiver, sprangen in die Luft und schwenkten drohend ihre Knüppel. Sixtus sah zwar, daß die zusammenströmenden Menschen guter Dinge waren, aber die Zahl der Polizisten und Soldaten würde bald nicht mehr genügen, um ihrer Herr zu bleiben. Kardinal Ricci beriet sich mit dem Präsidenten, man zeigte auf eine Limousine, dann wurde der Papst dorthin gedrängt.

Alle stiegen ein, bis auf Padre Felipe, dem der Papst zum Abschied durchs Fenster zuwinken mußte. Schon waren sie in voller Fahrt, aber nicht zum Präsidentenpalais, sondern zum Flughafen. Eine halbe Stunde später saß der Papst, ein Fieberthermometer im Mund, in seiner klimatisierten Kabine des Vatikan-Jets in einem Sessel.

Der gute Dr. Maggini mußte einräumen, daß die Temperatur des Papstes normal war. Ein Diener badete dem Papst den Fuß in einer Schüssel mit lauwarmem Wasser. An der Zehenspitze war die Haut aufgeplatzt, aber die große Zehe hatte fast wieder ihre normale Farbe, fast auch wieder die normale Größe, und die kleine Platzwunde hatte schon zu bluten aufgehört.

»Ist das nicht wie ein kleines Wunder?« meinte Sixtus und lächelte den Arzt, den Kardinal und Stephen an, die bei ihm in der Kabine waren. »Und wo ist mein roter Pantoffel, Stephen?«

»Ach ja, jemand –«, begann Stephen verlegen. »Es könnte Padre Felipe gewesen sein, Eure Heiligkeit, aber ich bin sicher, daß er ihn sich nicht aneignen wollte, nur tragen. Es ging in den letzten Minuten alles ein wenig drunter und drüber.«

»Könnte ich Eure Heiligkeit einen kleinen Moment unter vier Augen sprechen?« flüsterte der Kardinal.

Der Papst zeigte mit einer Geste an, daß er alleingelassen zu werden wünschte. »Geht etwas zu Mittag essen, meine Freunde.«

Kardinal Ricci blieb. »Eure Heiligkeit sind sich vielleicht der Konsequenzen bewußt –«

»Ja, ja«, sagte Sixtus. »Es wird eine Weile dauern, bis meine Worte bei allen Menschen auf fruchtbaren Boden gefallen sind – ihre *Wurzeln* erreichen.«

»*Auf fruchtbaren Boden*, Eure Heiligkeit! Möchten Sie jetzt einmal das Fernsehprogramm ansehen? Rom sendet ohne Unterbrechung. Irland – New York – Paris. Es ist geradezu eine Explosion. Es wird wochenlangen Aufruhr geben – länger – falls Sie Ihre Worte nicht abschwächen, ein wenig anders formulieren.«

»Irland – ja, das kann ich mir denken«, sagte Sixtus. »Und gewiß sind auch einige Leute in Amerika sehr beglückt?«

Der Kardinal warf einen Blick zur Kabinentür, wie wenn er Lauscher fürchtete oder einen Störenfried. »Ist Ihnen klar, wo wir sind, Eure Heiligkeit? Auf dem Flughafen von Mexico City. Wir können von hier aus nicht nach Bogotá fliegen. Dort ist man für Ihren Schutz nicht eingerichtet. Kein lateinamerikanischer Staat kann für Ihre Sicherheit garantieren – unter den gegebenen Umständen.«

Der Papst verstand. Die Gefahr waren die ihm freundlich Gesinnten, die ihn und sein Gefolge zu Tode quetschen könnten, nicht die Bewaffneten, die vielleicht später noch kommen würden. Gewiß waren die Großgrundbesitzer schon eifrig dabei, sich zu organisieren. »Aber jetzt nach Rom umzukehren«, begann Sixtus ruhig, »das sähe doch nach Rückzug aus, nicht wahr, mein lieber Kardinal? Nach Flucht.«

»Nun ja, vielleicht!« antwortete der Kardinal prompt. »Die Sache ist nur die, daß die Kurie ebenso schockiert ist wie alle anderen und nicht geneigt, Eure Heiligkeit – äh – zu beglückwünschen. Ich räume ein, daß unser Leben im Vatikan weniger gefährdet ist.«

Sixtus mußte sich sagen, daß er mit einer kühlen bis ablehnenden Reaktion der Kurie wohl hätte rechnen müssen, aber der Gedanke war ihm bisher noch nicht gekommen. »Essen wir zu Mittag und schalten das Fernsehen ein. Ich zumindest«, sagte der Papst.

Der Papst duschte und zog frische und bequemere Sachen an. Dem Kardinal wie auch den anderen in seiner Begleitung machte er unmißverständlich klar, daß er nach Bogotá, der Hauptstadt Kolumbiens, fliegen wolle, auch wenn sie dort zu unerwarteter Zeit einträfen. Ob sie die Nacht nicht hier auf dem Vorfeld bleiben könnten? Mexikanische Soldaten könnten sie doch notfalls beschützen? Der Papst erhielt ausweichende Antworten. Kardinal Ricci versprach, über Funk mit »den Behörden« zu sprechen.

Der Papst schaltete, während er mit Stephen und Dr. Maggini zu Mittag aß, den Fernseher in seiner Kabine ein und sah, daß er sich um den Verbleib seines roten Pantoffels nicht hätte zu sorgen brauchen.

Der Pantoffel mit seiner leicht aufwärts gebogenen Zehe, der simplen Öffnung für den Fuß, war inzwischen in Mexiko, New York, sogar in Rom tausendfach kopiert worden! Leute hatten sich Pantoffeln aus Karton gemacht. Der Nachrichtensprecher mußte lächeln und stotterte ein wenig, als er die Sache mit dem Pantoffel auf spanisch erklärte. Kleine Kinder, Erwachsene, denen die Tränen über die lächelnden Gesichter liefen, hielten papierene Nachbildungen seines Pantoffels in die Höhe, blutrot gefärbt. Und das alles in nicht einmal vier Stunden!

Sixtus begegnete Stephens Blick. »Ich dachte, Sie würden das mißbilligen, Stephen – Sie, der Konservative.«

Stephen antwortete: »Es war die Art, *wie* Sie es gesagt haben – vor allem auf der kleinen Plaza.« Er leckte sich nervös über die Lippen, dabei aß er, wie der Papst, seine frische Papaya mit Genuß. »Da habe ich plötzlich verstanden, Eure Heiligkeit.« Stephen warf einen Blick zu Kardinal Ricci und Dr. Maggini, die beide mit ziemlich langen Gesichtern auf den Fernsehschirm starrten. »Sie können auf mich zählen«, sagte Stephen leise.

»Danke, mein lieber Stephen. Ich will weiter nach Bogotá – *ich* möchte hin.« Er wolle, hieß das, niemandem, nicht den Piloten noch sonst jemandem aus seinem Gefolge, befehlen, ihn zu begleiten, denn jetzt hätte das vielleicht bedeutet, das Leben anderer zu gefährden.

»Ich komme mit«, sagte Stephen. Einen Moment später meinte er mit Blick auf den Fernsehschirm: »Diese Pantöffelchen! Aber ich fürchte, Eure Heiligkeit, bis morgen gibt es schon welche aus *Plastik*! Haha!«

Irland war jetzt dran, Londonderry, eine Gruppe lachender Frauen wurde interviewt.

»Ob wir platt sind? Und wie! Aber es mußte ja mal kommen, oder? Jedenfalls sind wir alle sehr glücklich...« Ein Sprecher begann jetzt ins Spanische zu übersetzen. Die irischen Katholikinnen seien alle tiefgläubige Menschen und dem Papst dankbar, sagte eine Frau, und nach dieser Tat von Sixtus Sextus würden sie nun noch bessere Katholiken sein.

»In lateinamerikanischen Ländern zeigt sich im Volk ein ähnliches Bild«, fuhr der Nachrichtensprecher auf spanisch fort, als auf dem Bildschirm eine Plaza mit Kathedrale im Hintergrund erschien, ein Bild wie in Dutzenden südamerikanischen Städten. Männer und Frauen skandierten: »Arriba Sisto!« Und Soldaten, die meisten in ungezwungener Haltung, sahen mit geschulterten Gewehren wohlwollend zu.

Der Papst schaltete mit seiner Fernbedienung auf einen anderen Sender um, als ihm der Kalbsbraten gebracht wurde. Dieses Programm war insgesamt ernster: In Rom wurde ein älterer Politiker auf italienisch interviewt. Sixtus erkannte den Mann sofort, dessen Gesicht ihm inzwischen so vertraut war wie das eines nahen Verwandten: Ernesto Cattari, Vorsitzender einer konservativen Minderheitspartei, die es in der italienischen Regierung nie zu etwas brachte und dennoch eine wichtige Rolle spielte als Symbol für Geld, Titel, Stabilität der Kirche und Antikommunismus.

»... hoffen wir darum alle, daß diese seltsame Erklärung ein Ausrutscher war.« Hier lachte er gekünstelt in seinen kurzen grauen Bart. »Ausgelöst vielleicht von der sengenden Sonne – und am besten schnell vergessen... Wir rechnen natürlich noch mit weiteren Erläuterungen von Seiner Heiligkeit.«

In Rom ist schon später Abend, dachte der Papst; und Signore Cattari sah in der Tat recht müde aus.

Madrid. Abend. Auf dem Bildschirm erschien die Fassade eines Mietshauses in einem, wie der Sprecher sagte, »recht armen Arbeiterviertel«. Aus fast allen Fenstern hingen Frauen, auch ein paar Männer, und winkten, lächelten und riefen: »Arriba el Papa!« und »Dank dem Papst!« Ein Fernsehreporter hatte auf der Straße eine junge Frau vor dem Mikrofon. »Sie fragen *mich*?« meinte sie auf spanisch. »Ich finde keine Worte – noch nicht. Nur daß diese Rede von Papst Sixtus unser Leben verändern wird – zum Besseren, das steht fest.«

Der Papst hörte irgendwo draußen Schüsse, ziemlich weit weg, wie es sich anhörte, und im selben Moment klopfte es an die Kabinentür. Einer seiner Sekretäre steckte den Kopf herein.

»Verzeihung, Eure Heiligkeit! Wir bekommen soeben eine dringende Bitte vom Präsidenten« – der Sekretär schluckte – »sofort den Flughafen zu verlassen. Die Polizei kann die Menge nur noch unter Schwierigkeiten zurückhalten. Die Leute kommen *zu Fuß* zum Flughafen –«

Der Papst verstand und legte Messer und Gabel hin. »Was waren das für Schüsse, die ich da gehört habe? Schießt die Polizei auf die Leute?«

»Vermutlich Warnschüsse, Eure Heiligkeit, aber soweit ich es verstanden habe, wäre es wirklich am klügsten, sofort zu starten und nach –« Er unterbrach sich. »Das Flugzeug ist aufgetankt und startbereit, Eure Heiligkeit.«

»Zum Start wohin?«

»Am besten wäre es, irgendwohin zu fliegen, wo wir nicht erwartet werden. Wir können den Flug noch unterwegs anmelden. Zum Beispiel nach Miami in Florida.«

»Ich möchte lieber nach Bogotá, wie vorgesehen, auch wenn es noch zu früh ist. Fragen Sie, ob jemand lieber vorher aussteigen möchte.«

»*Aussteigen*, Eure Heiligkeit?«

»Ihnen ist doch klar, daß es gefährlich ist«, sagte Sixtus mit dem Gefühl, etwas Offenkundiges auszusprechen, was bei seinen überhöflichen Untergebenen allerdings oft nötig war. »Fragen Sie nur. So viel Zeit muß noch sein – ein paar Minuten, haben wir die noch?«

Der Sekretär verschwand.

Die Triebwerke starteten, das Flugzeug drehte die Nase in eine andere Richtung. Der Papst schaltete den Fernseher aus. Durch ein Fenster sah er vier, fünf männliche Gestalten sich entfernen, mit Koffern. Er erkannte keinen von ihnen, aber er sah auch nicht sehr genau hin. Er lächelte Stephen an.

»Bogotá. Ich schicke eine Botschaft voraus und bitte um Ruhe – Würde – Besonnenheit. Eine stille Feier des roten Pantoffels.«

Der Papst sandte die Botschaft kurz nach dem Start ab, dann schloß er in seinem bequemen Sessel die Augen zu Gebet und Meditation. Er hatte Stephen aufgetragen, ihn ruhig zu stören, falls es etwas Wichtiges gäbe, und den Kardinal gebeten, sich an Stephen zu wenden. Der Papst fühlte sich angenehm erschöpft, und sollte er bei der Meditation ein wenig einnicken, würde er sich deshalb keine Vorwürfe machen. Mitunter kamen einem in solchen Augenblicken große Ideen, und abgesehen davon würde er in den vor ihm liegenden Stunden alle Kraft und Weisheit brauchen.

Stephen weckte ihn mit einem leisen »Eure Heiligkeit!« und überreichte ihm ein zusammengefaltetes Blatt Papier.

Der Papst las: Empfehlen ergebenst, nicht nach Bogotá zu fliegen, sondern nach Rom zurückzukehren. Empfehlen ergebenst Herausgabe einer revidierten Fassung der Mexiko-Rede, da sonst schwere Unruhen die Folge.

Das Telegramm kam von mehreren Kardinälen aus Rom, sechs oder sieben, von allen namentlich gezeichnet.

»Eine Antwort, Eure Heiligkeit?« fragte Stephen abwartend.

»Ja, danke, Stephen. Telegrafieren Sie zurück: ›Bogotá steht auf dem Plan. Ich werde meine Aufgabe erfüllen.‹ «

Die Maschine tankte in Costa Rica auf. Inzwischen war es elf Uhr abends und dunkel. Der Papst sah eine kleine Menschenansammlung, kaum mehr als die auf Flughäfen üblichen Schaulustigen. Für die Sicherheit ein gutes Omen. Die Piloten hatten das Auftanken in San José erst in der letzten Stunde beantragt. Ihre voraussichtliche Ankunftszeit in Bogotá war jetzt acht Uhr morgens. Sie hatten es nicht eilig, von San José wieder wegzukommen. Ein Mechaniker erklärte stotternd irgendwem im Flugzeug, es sei ihm eine Ehre, beim Auftanken des päpstlichen Flugzeugs mithelfen zu dürfen. Der Papst hörte es durch eine offene Flugzeugtür mit.

Vor Morgengrauen kam eine Nachricht von einem Regierungsvertreter in Bogotá: »Wir heißen den Heiligen Vater, Papst Sixtus VI., auf unserem Boden willkommen und werden unser Äußerstes tun, um seine Sicherheit zu gewährleisten.« Für den Papst klang das ein wenig besorgt.

Schüsse knatterten in das Summen der Triebwerke hinein, als die Maschine auf dem Flughafen von Bogotá landete. Ein doppelter Militärkordon stand mit dem Gesicht zum Hauptgebäude des Flughafens, als der Jet ausrollte. Eine Zusatzbeleuchtung war eingeschaltet. Der Papst sah ein paar Panzer und Truppentransporter neben dem Rollfeld. Die Piloten wurden über Funk höflich gebeten, aus Sicherheitsgründen bis auf weiteres mit geschlossenen Türen zu warten.

Der Papst duschte und frühstückte. Es war kurz nach halb neun und kein Grund zur Eile. Er schätzte, daß er bis gegen elf von den Stufen der Kathedrale in der Hauptstadt gesprochen haben würde. Der Tag verhieß strahlenden Sonnenschein. Dr. Maggini kam, um sich die Zehe anzusehen. Der Riß in der Haut wuchs schon wieder zu und war kaum noch verfärbt. Trotzdem streute der Arzt noch einmal Penizillinpuder darauf.

Um elf, etwas später als über Funk versprochen, kam eine bewaffnete Eskorte mit dem Präsidenten Kolumbiens, einem gedrungenen, etwa sechzigjährigen Mann mit graumeliertem Haar. Er trug einen weißen Anzug und begrüßte den Papst höflich, wenn auch etwas gezwungen, nachdem der Papst von der Treppe gestiegen war. Der Papst lächelte, kniete nieder und küßte den Boden, dann erhob er sich und ging ruhig auf die wartenden Limousinen zu. Die Limousinen hatten Glasdächer, zweifellos kugelsicher. Den Papst begleiteten Stephen, Kardinal Ricci und Dr. Maggini.

»Die Leute sind sehr erregt«, sagte der schwitzende Präsident, nachdem er und der Papst und die anderen in einer Limousine Platz genommen hatten.

»Aber ich nehme an, sie freuen sich. Es ist immer so«, antwortete der Papst liebenswürdig.

Die Menschenmenge begann zu jubeln, als die Limousine sich auf hundert Meter der Kathedrale näherte. Mauern von Soldaten hielten die Massen zurück, und darüber kreisten und schwebten Hubschrauber und machten einen Höllenlärm. Wie sollte er sich gegen diesen Krach Gehör verschaffen?

Der Papst stieg aus. Er fühlte förmlich, wie die Menge jenseits der Soldatenkette auf ihn zudrängte.

»... Papa! ... Sisto! ... La zapatilla roja! Donde *está* ...?« Wo ist der rote Pantoffel, fragten sie gutmütig.

Sixtus lächelte und hob beide Arme. »Seid gesegnet! Seid alle gesegnet im Namen des Herrn!«

Langsam, dann in einer Explosion von Farbe, kamen rote Pantoffeln zum Vorschein. Kinder zogen zusammengefaltetes rotes Papier aus den Taschen. Eine Gruppe Teenager entrollte einen mindestens drei Meter langen Stoffpantoffel, den sie hüfthoch vor sich hielten. Alle lachten und schwatzten. Ein paar der eingehakt stehenden Soldaten wurden zu Boden gestoßen und rissen ihre Nachbarn beiderseits mit. Auf spanisch erschollen Kommandos, und Drohungen wurden ausgestoßen, die der Papst hörte und verstand: *Zurück! Zurückbleiben, sonst wird vom Schlagstock Gebrauch gemacht!*

»Sprich zu unseren Grundbesitzern, Sisto!« schrie eine Männerstimme.

»Sprich zu unseren *Bossen*!«

»Meinen Mann haben Soldaten erschossen, Eure Heiligkeit! Wegen der Ko-...«

Weil er Koka angebaut hatte? Der Papst wußte, daß viele Kolumbianer Koka für die Kokainherstellung anbauten, weil sie sonst nicht genug zu essen gehabt hätten. Die Angelegenheit war zu kompliziert, um im Moment darauf einzugehen.

»Meine Brüder!« begann der Papst auf der Steintreppe der Kathedrale. Die Leute verstummten, nicht aber die Hubschrauber. Der Papst wandte sich an den Präsidenten, sprach aber zu einem Näherstehenden. »Diese Hubschrauber –«

»Wir bedauern sehr, Eure Heiligkeit! Die Hubschrauber könnten notwendig werden. Die Sicherheit...«

»Der Papst soll auf unsere *Felder* kommen! Unsere *Felder*!« Der Sprechchor kam aus einer Nebenstraße, und der Papst sah ein paar hundert oder noch mehr Männer und junge Burschen näherkommen, und die vordersten trugen einen roten Pantoffel, etwa einen Meter groß, über den Köpfen. Soldaten pfiffen und richteten ihre Gewehre gegen die aus der Seitenstraße nahende Kolonne.

»Zurück! Zurückbleiben!« schrien die Soldaten.

Ein Hubschrauber warf einen Kanister ab, der torkelnd herunterfiel und beim Aufschlag eine weißliche Rauchwolke freisetzte. Die Menge murrte ungehalten. Die Soldaten brüllten zurück. Sixtus sah mehrere Soldaten ihre Gewehre in Anschlag bringen; sie schossen noch nicht, aber er sah sie nervös von einem Fuß auf den anderen treten.

»Ich will zuerst zu den Frauen sprechen!« hob der Papst erneut mit lauter Stimme an. »Zu unseren Müttern – unseren Schwestern – unseren geliebten *Frauen*!«

Der Jubel scholl zum Himmel hinauf, nicht nur von hohen Frauenstimmen, auch von Männern.

»Die Frauen sind nicht Sklaven, sondern Partner der Männer!« rief er. Wieder stimmte die Menge ihm lautstark zu, und der Papst wußte, daß er die Worte »Abtreibung« und »Geburtenkontrolle« gar nicht auszusprechen brauchte, um von den Leuten verstanden zu werden. »Frauen sind auch nicht die Sklaven ihrer Körper«, fuhr er fort. »Am besten wird Leben gar nicht erst gezeugt – wenn es nicht gewünscht ist – wenn man es nicht ernähren und ihm kein menschenwürdiges Zuhause bieten kann.«

»Olé!« Applaus und Jubelrufe.

Der Papst ahnte, daß seine Redezeit sehr begrenzt sein würde. Der Präsident ging schon auf einer der mittleren Stufen der Kathedrale auf und ab. Lautsprecher übertrugen die Worte des Papstes in die Nebenstraßen, und er sah immer noch mehr Menschen zur Kathedrale strömen.

»Ich, euer Hirte, werde euch den Weg weisen!« fuhr der Papst fort und konnte für die Menschen vor ihm nur das Beste hoffen. »Es darf keine Gewalt geben! Unser Heiland hat keine Gewalt gebraucht! Auf seinen Wegen müssen wir wandeln, seinen Schritten folgen!« Etwas abstrakt, mußte Sixtus sich sagen, doch die Menge folgte ihm und applaudierte strahlend. Noch eine letzte, wichtige Botschaft hatte der Papst anzubringen: »Hört auf eure Padres – eure Priester – solche, die mit euch von Mensch zu Mensch reden!«

Das war's. Die Szene glich plötzlich einem riesenhaften Bienenkorb; die Menschen tanzten und sprangen in die Luft, Frauen jubelten im hohen Sopran, Männer spendeten heiser Beifall und rannten in ihrem Vorwärtsdrang die Polizisten um. Sixtus sah einen Soldaten lächeln, dessen Nase blutete.

»Eure Heiligkeit«, raunte Stephen dem Papst ins Ohr. »So viele – von *außerhalb* – auf dem Weg hierher –«

Der Präsident faßte sich ein Herz. »Man wird Sie zerquetschen, Eure Heiligkeit, sogar in der Kathedrale. Wir können die *Türen* gar nicht zuhalten!«

Natürlich wollte der Präsident nicht, daß der Papst auf seinem Boden starb, weil es an Schutz für ihn fehlte, das war dem Papst durchaus klar. Weitere Kanister fielen, und einige Frauen kreischten auf. Die Polizei begann jetzt über die Köpfe der Menge zu schießen. Sie wollte damit wenigstens die neu Hinzukommenden zum Stehen bringen.

»Eure Heiligkeit sollten sich am besten wieder zum Flughafen begeben! Ich fürchte um Ihr Leben!« Anscheinend fürchtete der Präsident auch um sein eigenes Leben.

Ein über ihnen schwebender Hubschrauber ließ soeben einen Rettungssitz hinunter, eine Art Plastikbank für zwei Personen, mit Gurten, und der Präsident bedeutete dem Papst, darauf Platz zu nehmen.

»Stephen?« Sixtus zeigte auf den zweiten Sitz.

»Nein, Eure Heiligkeit. Vielleicht der Herr Präsident?« antwortete Stephen.

»Es sind noch *mehr* Hubschrauber da!« sagte der Präsident. »Kein Problem! Nur keine Zeit verlieren!«

Der Papst setzte sich allein auf die Rettungsbank und legte den Gurt um, der zweite Platz blieb frei. Bestes Theater, dachte er, eine regelrechte Himmelfahrt, nur um einiges gefährlicher, denn noch war er ja aus Fleisch und Blut und sterblich, und es flogen Kugeln.

»Zu den *Feldern*! Unseren *Feldern*!« schrie von unten eine große Gruppe.

Sanft schaukelnd umfaßte Sixtus die Sitzlehne mit der einen Hand und hob die andere, um der Menge zu winken. Welch ein Anblick! Diese ihm zugewandten Gesichter, die ihm lächelnd nachstarrten, als wollten sie ihrem Gedächtnis das Bild des Papstes vom Roten Pantoffel für immer einprägen. Langsam zog die Winde ihn jetzt nach oben in den Hubschrauber.

»Fliegen wir vielleicht zu den Feldern? El Re Verde, ja?« fragte der Papst. El Re Verde war eine riesige Kakao- und Kaffeeplantage und viel in den Schlagzeilen, weil dic dort beschäftigten Arbeiter sich von ihren Frauen und Kindern trennen mußten, so riesig waren die Ländereien. Auch Koka wurde dort angebaut, ausschließlich für Kokain, hieß es. Ein kolumbianischer Rauschgiftfahnder war erschossen worden, als er El Re Verde kontrollieren wollte.

»El Re – nicht sicher«, sagte der Kopilot schüchtern und verlegen. »Der Besitzer hat Soldaten – eine Privatarmee – das stimmt, aber –« Der arme Mann wußte nicht, wie er dem Papst etwas abschlagen sollte.

»Fliegen wir hin«, sagte der Papst. »Sie können mich dort genauso absetzen, wie Sie mich aufgenommen haben.«

Der Kopilot griff zum Mikrofon. »Verstärkung!« rief er ein paarmal hinein.

Es würde sich schnell herumsprechen, dachte der Papst, daß er auf dem Weg zum Re Verde war. Der Soldat, mit dem der Kopilot über Funk gesprochen hatte, würde es einem anderen erzählen und so weiter. Als der Hubschrauber ein paar Minuten später die Plantagen von El Re Verde erreichte, hörte der Papst Gewehrfeuer.

»Es ist gefährlich – Eure Heiligkeit«, sagte der Kopilot. »Der *patrón* läßt schon auf – die Arbeiter schießen, weil sie angreifen.«

»Angreifen?« Der Papst sah ein paar gestürzte Gestalten – sechs vielleicht – zwischen den flachen weißen Gebäuden, dem Herrschaftsanwesen wahrscheinlich, und einem Halbkreis vorrückender Landarbeiter auf dem Boden liegen. Kleine Rauchwölkchen kamen von den weißen Gebäuden, wo Soldaten oder Leibwachen anscheinend von den Dächern feuerten.

»Können sie mich irgendwo da unten in den Feldern absetzen?« fragte der Papst.

Es waren Sixtus VI. letzte Worte, bevor er nur noch »Friede! Friede zwischen Brüdern – im Namen des Herrn Jesus Christus!« sagte, als er für Sekunden zwischen den verdutzten Landarbeitern auf unebener, aber weicher Erde stand. Ein paar Arbeiter hatten Stöcke bei sich, andere Macheten, aber die konnten auch für ihre Arbeit sein. Alle blieben stehen und sahen diesen Mann an, diesen Papst, den sie erkannten, der wie ein Deus ex machina herabgestiegen kam aus einem Hubschrauber der kolumbianischen Armee. Sie gingen nicht weiter, nein, und einer erklärte dem Papst, sie wollten nur »mit *los patrónes* reden«... über ihre Unterkünfte, ihre Löhne.

Aber *los patrónes*, oder ihre Söldner, hatten Schußwaffen, und eine Kugel drang dem Papst in die Kehle. Er lebte noch etwa eine Minute, umringt von schockierten, durcheinander redenden Landarbeitern, die jetzt als Gruppe ein leichtes Ziel für die Schützen im Herrschaftshaus waren. Ein paar Arbeiter hoben Sixtus auf, um ihn wegzutragen, »fort«, irgendwohin, nur weg von den Gebäuden, von denen die Schüsse kamen. Und als die Kunde sich verbreitete, der Papst, der *echte* Papst vom Roten Pantoffel, sei getroffen worden, da liefen die Arbeiter ungeachtet der Kugeln zusammen und wollten die Gebäude stürmen, von denen eines, ein schönes zweigeschossiges Haus im Hacienda-Stil, das Haupthaus für den *patrón* und seine Familie war, wo auch seine Verwalter arbeiten und schlafen konnten, wenn es sein mußte.

Die angreifenden Landarbeiter begegneten einem Kugelhagel, zum Teil aus Maschinengewehren. Von denen auf dem offenen Feld blieb keiner auf den Beinen. Nur an den Rändern konnten ein paar entkommen und die Nachricht verbreiten.

Von nun an kämpften Armee und Grundbesitzer gegen das Volk, und nicht nur in Bogotá, auch in Mexico City, Chiapas, Lima und der chilenischen Hauptstadt Santiago, wo Sixtus eigentlich erwartet worden war. Pater Stephen gelangte auf eigene Faust nach Santiago, denn der Vatikan-Jet kehrte noch am Abend nach der Ermordung des Papstes nach Rom zurück. Stephen fand Gehör. Er war in Sixtus' letzten Lebenstagen an der Seite des Papstes gewesen, hatte sozusagen den Saum seines Gewandes berührt. Stephen predigte eins ums andere Mal: »Friede – Diskussion aller Probleme – Würde des Mannes wie der Frau.« Doch die Mächtigen liebten Pater Stephen nicht und duldeten ihn nur so lange wie unumgänglich (sechs Stunden), schützten ihn nicht vor der zu großen Liebe der Massen, das taten höchstens ein paar sympathisierende Polizisten von sich aus. Stephen hatte das sichere Gefühl, daß die Führer dieses Landes nur zu froh gewesen wären, wenn ihn dasselbe Schicksal ereilt hätte wie den Papst, aber sie hatten wohl nicht die Zeit gehabt, die Polizei ganz abzuziehen. Jedenfalls konnte Stephen schließlich gesund und munter in eine Pan-Am-Maschine steigen und in der Touristenklasse nach Miami fliegen. Er wußte, daß er von einigen nordamerikanischen Kirchenführern ebenso scheel angesehen wurde wie von südamerikanischen, doch er hatte auch das Gefühl, ein unverwundbares Leben zu besitzen, gegen Kugeln gefeit zu sein; er konnte seine »Kirche« an jeder Straßenecke haben, wenn er wollte, und würde Zuhörer und Gläubige finden.

Eine Revolution ging langsam um die Welt, kostete aber leider zahlreiche Todesopfer. Bei den vielen folgenden Vorstößen oder Angriffen, selbst auf den Philippinen, waren die Land- und Industriearbeiter zahlreicher als bei dem Scharmützel in Kolumbien, bei dem der Papst gefallen war, denn sie hatten Zeit gehabt, sich zu sammeln. Auf den Gütern, in Fabriken und Villenvierteln war man ebenfalls vorbereitet und erwartete sie mit Tränengas, Wasserschläuchen, hohen Eisentoren und Maschinengewehren, aber es gab einfach noch mehr Arbeiter als Kugeln. In vielen Schlachten stürmten sie über die Leichen ihrer gefallenen Kameraden hinweg die Herrenhäuser und nahmen sie in Besitz. Dann kam das Tauziehen, das Verhandeln. Im wesentlichen blieb das Volk besonnen im Vertrauen auf seine Zahl und Stärke, und oft berief es sich darauf, daß Gott und die Kirche auf seiner Seite stünden.

Es gab Tumulte in Irland, in Belfast und Londonderry, Prügeleien und kleine Aufstände in Manhattan, wo Menschen Rechenschaft einforderten für eine ungeheuerliche Begebenheit, die alle als ein Unrecht begriffen: die Ermordung eines Papstes, der laut nach Gerechtigkeit für den einzelnen wie für die ganze Menschheit gerufen hatte. In seinen letzten Sekunden hatte der Papst »Frieden« gefordert, und es war, als hasse die Menschheit sich selbst dafür, daß sie den Papst erschlagen hatte, seinen Tod geschehen ließ. Äußerlich aber ging es bei diesen Unruhen um Dinge wie für und gegen den Schwangerschaftsabbruch, ganz konkrete Anliegen.

Nur ganz wenige Reiche mit Privatarmeen, in Südamerika und anderswo, siegten über die Arbeiter, nach außen hin zumindest, und konnten einander in Worten und Taten lächelnd versichern, sie hätten »das Richtige« gegen den »militanten Kommunismus« getan. Doch der Kern der Revolution war im Herzen der katholischen Kirche, einer auf immer veränderten Kirche. Mochten die Landarbeiter auch wieder auf die Felder zurückkehren, ihre Arbeitsbedingungen waren jetzt besser, und sie hatten ein Selbstvertrauen, an dem es den Grundbesitzern fehlte. Die Priester der Befreiungstheologie und auch solche, die sich an derlei Kampagnen früher nicht beteiligt hatten, traten freilich jetzt in solcher Zahl und Stärke in Erscheinung, daß kein Land es wagen würde, sie zu erschießen, einzusperren oder auch nur mundtot machen zu wollen. Hinter ihnen standen die europäische Linke und die Mehrheit der Vereinten Nationen.

Die beiden »Pantoffelreden« des Papstes hallten noch über ein Jahr lang nach, wie die Nachbeben eines Vulkanausbruchs. Viele tausend verloren ihr Leben, oft bei wirklich friedlichen Straßendemonstrationen, die von bewaffneter Polizei und verstörtem Militär fehlgedeutet wurden. Der Tribut an Toten gehe über zwei Millionen, behaupteten manche. Die katholische Kirche mußte ihre Haltung gegenüber Geburtenkontrolle und Abtreibung aufgeben und tat dies passiv, indem sie schwieg, wenn Priester vor ihren Anhängern offen redeten oder als in Irland zum Beispiel die Pille und andere Verhütungsmittel plötzlich ohne weiteres zu haben waren. Ärzte nahmen ohne Aufsehen Abtreibungen vor, besonders wenn Mann und Frau es beide wünschten und es sich herumgesprochen hatte, daß die zuständigen Priester und Bischöfe keinen Einspruch erhoben.

Es wurde gesagt und fand sich bestätigt, daß die katholischen Kirchen Amerikas und Frankreichs deutlich stärker besucht würden.

Es gab einen neuen Papst, Johannes XXIV., nur fünf Tage nach Sixtus' Tod gewählt. Papst Johannes XXIV. hielt sich zurück und bemühte sich nach einem Jahr noch um ein Image als toleranter, aber frommer Katholik. Die gewöhnlich starre vatikanische Kurie und einige Bischöfe bewiesen derweil ihre Fähigkeit zu metaphysischer und logischer Akrobatik, indem sie die Äußerungen Sixtus VI. einerseits als Auslegungen alter bestehender Dogmen zu erklären versuchten, andererseits als Geistesverwirrung infolge der Hitze, unter der Papst Sixtus VI. in Mexiko und Kolumbien zu leiden gehabt habe, sowie der großen Schmerzen von seiner stark geschwollenen rechten großen Zehe, für die sein Arzt, Dr. Franco Maggini, Zeugnis ablegen konnte.

Der »Pantoffelfimmel« sei genau dies und nichts anderes, meinte *L'Osservatore Romano*, ein Fimmel, der bald vergehen werde und nicht wert sei, daß fromme Gottesmänner ihn zur Kenntnis nähmen. Vielleicht wünschte *L'Osservatore* sich, er hätte dem Roten Pantoffel nicht einmal soviel Aufmerksamkeit gewidmet, denn der Fimmel verging keineswegs, und der kleine rote Pantoffel in allen Größen erwies sich als sehr beliebt und dekorativ, wenn man zum Beispiel einen Ring daran befestigte und ihn sich um den Hals hängte oder ihn als Brosche an der Bluse oder als Anstecknadel am Revers trug. Ich bin ein Revolutionär, besagte der Rote Pantoffel, »und gleichwohl gläubig«.

Präsident Buck Jones zeigt Flagge

Sonntag war ein verhexter Tag im Weißen Haus, und er begann morgens um neun. Der Präsident und die First Lady waren in Washington, und das war schon ungewöhnlich an sich, denn üblicherweise begaben sie sich Freitag mittags per Hubschrauber und Jet zur Lucky Buck Ranch, ihrem Domizil in Arizona, und kamen nicht vor Montagnachmittag zurück.

An diesem Wochenende war nun eine Krise eingetreten, zwei Krisen, genauer gesagt, eine innen- und eine außenpolitische. In der vergangenen Woche war nämlich herausgekommen, daß die »Regierung« an beide Seiten in einem Nahostkonflikt Waffen verkauft hatte, nachdem sie erklärtermaßen an keine verkaufen wollte. Niemand werde die Sache auffliegen lassen, hatte man dem Präsidenten versichert, denn schließlich hätten *beide* Seiten einen Vorteil davon, und etliche amerikanische Waffenhändler und Mittelsmänner profitierten ebenfalls. So könne es ewig weitergehen, meinten Bucks engste Berater, denn dieser Krieg zwischen den beiden Ölstaaten am Golf dauerte nun schon acht Jahre. Beide Seiten hielten ein paar amerikanische Geiseln fest, zusammen knapp fünfzig, und Buck und seine Regierung hofften mit den Waffenlieferungen beide Seiten milder zu stimmen, so daß sie geneigter wären, ihre amerikanischen Gefangenen freizulassen. Und dann war es Fulton J. Phipps (genannt Phippy), einem aus Bucks engstem Kreis, in einem Interview offenbar unbeabsichtigt herausgerutscht. »... da sie von uns beliefert werden ...«, lautete Phippys Formulierung. Von uns beliefert? Womit? »Waffen«, hatte Phippy, immer noch arglos, geantwortet. Fulton J. Phipps, siebenundvierzig Jahre alt, hatte sein Leben lang in Regierungsdiensten gestanden und in den letzten Jahren mehreren Präsidenten als »enger Berater« ihre Reden geschrieben; er kannte jeden in Washington und war allseits beliebt.

Aber jetzt hielt Phippy an seiner Aussage fest, daß Amerika schon die ganze Zeit »einiges an Waffen und Geräten« für den Krieg zwischen diesen beiden Ländern liefere, während Buck und seine Kumpane die Version beschlossen (und ausgegeben) hatten, daß nur ein paar unbotmäßige Händler Waffen an beide oder eine der beiden Seiten verkauft hätten, dies aber nicht die Politik der Regierung sei oder je gewesen sei. Phippys Ausrutscher, sofern es einer war, wurde von den Zeitungen mit der seinerzeitigen beiläufigen Bemerkung Butterfields verglichen, daß Nixons Watergate-Gespräche mit seinem Stab »natürlich auf Band« seien. Daraufhin hatten alle die Bänder hören wollen.

Die Öffentlichkeit wollte nun also mehr über die Waffenlieferungen hören, denn allem Anschein nach gewann jetzt die »falsche«, nämlich die antiamerikanischere und extremistischere Seite im Golfkrieg, die Oberhand, da sie durch mehr amerikanische Panzer, als die andere Seite besaß oder gekauft hatte, im Vorteil war. Dies war die fanatische Seite, die nach Meinung der meisten Staatsoberhäupter der Welt, vor allem der westeuropäischen, nicht siegen durfte. Kurz, in diesen letzten Wochen hatten die USA sich gründlich zum Narren gemacht und zum Lügner gestempelt. Alle Welt lachte, soweit man nicht lamentierte und tiefbesorgt in die Zukunft blickte.

Und die kleine Millie Jones (winzig war sie neben dem großen, stämmigen Buck) hatte in den letzten Tagen in Verteidigung ihres Gatten kein Blatt vor den Mund genommen. Sie war eine treue Seele, weiß Gott! »Jag Phippy zum Teufel!« hatte sie gekreischt, und das in Hörweite von Hausangestellten, mehreren Journalisten und, wie der Zufall es wollte, Leuten aus Fulton J. Phipps' Team, netten Jungs, die Phippy gern hatten und den Präsidenten auch.

Und nun war Sonntag morgen, und Buck stellte Millie immerzu dieselbe Frage: Hatte sie am Samstag abend gegen halb sechs »eine kleine Pressekonferenz« gegeben und dabei ihre Ausfälle gegen Phipps wiederholt oder nicht? Vielleicht, dachte Buck, antwortete Millie nur deshalb nicht, weil sie es nicht mehr wußte. Aber er war es noch nicht leid, ihrem Gedächtnis auf die Sprünge helfen zu wollen. Sie konnte ja noch so einiges mehr gesagt haben in dem Ein- bis Zweiminutengespräch, das sie vielleicht mit Reportern geführt hatte. Es war nämlich so, daß Millie des öfteren mal einen Scotch zu sich nahm, um ihre Nerven zu beruhigen, darüber war sogar schon in der Presse gemunkelt worden, und oft genug galt *in vino veritas*, auch wenn die Sprecherin sich hinterher nicht erinnerte, das Gesagte gesagt zu haben. Darum sprach die Presse so gern mit Millie allein. Und Buck und das Hauspersonal und die Sekretäre hielten Millie von der Presse mit ihren kurzen Überraschungsfragen, auf die es so oft Antworten gab, immer möglichst fern.

An diesem Sonntag morgen war die Situation für Buck Jones besonders peinlich, als eine Limousine des Weißen Hauses ihn und Millie nebst zwei Leibwächtern um zehn vor elf vor den Stufen einer presbyterianischen Kirche absetzte, pünktlich zum Elfuhr-Gottesdienst. Laut Anschlag draußen am Brett lautete das Thema des Morgens: »Was kannst *Du* für *Gott* tun?«

»Kopf hoch!« flüsterte Buck. »Und *lächeln*!« Letzteres hätte er nicht zu sagen brauchen, denn Millies Lächeln war angenäht. Mehrfach geliftet. Er klemmte ihren Arm fest unter den seinen und nickte lächelnd in eine klickende Kamera.

»Du zerquetschst mir die *Hand*!« sagte Millie.

»Scht«, flüsterte der Präsident. Ohne seinen festen Arm unter dem ihren wäre Millie womöglich gewankt. So aber würde die Presse vielleicht auf ihre Verbundenheit eingehen, dachte Buck, und schreiben, sie hätten ausgesehen wie Jungvermählte, was nur nützlich sein konnte.

»Wenn du wissen willst, was ich gestern gesagt habe«, sprach Millie leise in ihren engen Nerzkragen. »Ich habe gesagt – *so* schlimm wäre das alles gar nicht, wenn nur nicht so viele *Elemente* es hätten vertuschen wollen.«

»Elemente?« flüsterte der Präsident, ganz Ohr.

»Also gut, *Leute* – hol sie der Teufel! Die wollen nur alles vertuschen, um ihre *eigene* Haut zu retten.«

»Das ist doch ganz normal«, murmelte Buck und richtete den Blick sowie sein berühmtes Lächeln jetzt auf einen Kirchenmann, der den Eintretenden die Hände schüttelte. »Ganz *unserer*seits«, erwiderte er die Worte des Geistlichen, die er nicht mitbekommen hatte. »Gottes Segen!«

Zog Millie ihn nur auf und hatte in Wirklichkeit gar nichts gesagt? Vor lauter Grübeln konnte der Präsident sich nicht auf die Predigt konzentrieren. Egal, er würde dazu keinen Kommentar abgeben müssen. Millies spontane Äußerungen wurden in der Presse nicht immer sofort weiterverbreitet, dachte er, sondern öfter erst Tage oder Wochen später losgelassen, ganz wie es denen in den Kram paßte. Vor drei Wochen hatte man sie aufs übelste beleidigt, nachdem sie in Philadelphia in einer Schulturnhalle eine etwas verunglückte Rede gehalten hatte. Erst war sie eine halbe Stunde zu spät angekommen, dann hatte sie zweimal dieselbe Seite vorzulesen begonnen, bis eine Sekretärin zu ihr hinaufging und das Blatt umdrehte. Man hatte Buck eine Zeitung gezeigt, in der das ihrem Übereifer für die Sache der Drogenbekämpfung zugeschrieben wurde, aber Phippy – der treue, aufrechte Phippy, zwanzig Jahre jünger als Buck – hatte gemeint, das könne auch Ironie sein, denn, so erzählte er Buck, in einer anderen Zeitung habe gestanden, Millie ziehe doch nur Alkohol vor. Ein witziger Kolumnist hatte das schon in einer Glosse verarbeitet. Buck boykottierte diesen Kolumnisten ebenso wie einen bestimmten, sehr gefragten Karikaturisten.

»Amen!«

Sie waren wieder draußen, mußten lächeln, ein paar Hände schütteln.

Montag. Morgen, dachte Buck. Morgen um diese Zeit tagte seit gut zwei Stunden der Sonderuntersuchungsausschuß. Dieser sollte der Frage »auf den Grund gehen«, wie im letzten Jahr für vier Millionen Dollar, vielleicht auch mehr, Waffen, Panzer und Flugzeuge in zwei benachbarte, aber verfeindete Länder hatten gelangen können. Der Präsident versuchte es auf ein Jahr einzuengen, aber gelaufen war es über drei bis vier Jahre. Das wußte auch Phippy, wie Buck sich sagen mußte, denn Phippy war einer seiner Weggefährten der ersten Stunde gewesen. Ein halbes Dutzend anderer Spitzenleute wußte natürlich auch Bescheid, aber – und dafür mußte Buck sie bewundern – sie hatten mit solcher Entschiedenheit *nicht* Bescheid wissen wollen, daß sie von den Waffengeschäften wirklich nichts wußten. Sie hatten es nicht nur vergessen, nein, sie hatten nie etwas gewußt, es war ihnen vollkommen neu. *So* wünschte Buck Jones sich Berufspolitiker, solche Leute brauchte das Land! Und dann, Herr im Himmel, das Geld! Waffen waren zum Verkaufen da – vielleicht auch zum Gebrauchen. Weswegen machten diese Herz-Jesu-Pinscher eigentlich so ein Geschrei?

»Laß mich los!« sagte Millie am Auto.

Er hatte wieder ihre Hand zu fest gehalten. Buck fand in die Gegenwart zurück und drückte ihr einen Kuß auf die Wange.

Ein paar Kameras klickten. Gut.

Nach dem Lunch kamen zwei seiner engsten Vertrauten, ein Redenschreiber und ein Privatsekretär, mit Papieren ins Wohnzimmer des Präsidenten.

»Dies hier sind die Daten, die Sie sich merken müssen, Sir. Sie haben sie schon gesehen, aber falls es noch Fragen gibt – wenn Sie noch einmal einen Blick darauf werfen möchten ...« Richard Coombes, etwa dreißigjährig, ein Kleinstadtjunge auf dem Weg nach oben und Bucks rechte Hand, lächelte den Präsidenten ermutigend an.

Buck warf einen Blick auf die sieben mal zwölf Zentimeter großen Kärtchen, ein Format, das leicht in jede Jackentasche paßte. Auf der ersten Karte stand eine rot unterstrichene EINS, darunter das Datum der ersten Waffenlieferung, von der Buck wußte. Über Inhalt und Preis der ersten Sendung WISSEN SIE NICHTS, WEIL MAN ES IHNEN NICHT GENAU GESAGT HAT. Karte ZWEI erinnerte ihn daran, daß er seine Informationen vorwiegend von seinem Außenminister John B. Sprague bekommen habe. Sprague war von allen in Bucks Team der standhafteste Fels in der Brandung. Er gehörte zu den unersetzlichen Wenigen, die einem in die Augen blicken und behaupten konnten, sie wüßten etwas nicht, was sie genau wußten. Wahrscheinlich war Sprague auch gegen Lügendetektoren resistent.

»Alles klar«, sagte Buck mit einem Blick auf den Rest.

»Bestimmt?«

»Wenn ich mir nicht sicher bin, rufe ich zurück.« Buck wurde nämlich schläfrig. Nach dem Lunch machte er immer gern ein Nickerchen. Auch den Redenschreiber entließ er, aber als die beiden Männer zur Tür gingen, fragte der Präsident: »Ich muß doch morgen keine Rede halten, Pete?«

Pete White, der Redenschreiber, drehte sich um. »Nein, Sir, aber ich habe Ihnen für das Ende der morgigen Anhörung eine halbe Seite aufgesetzt, eine Art Schlußwort und alles Gute.«

»Vielleicht später. Phippy muß morgen am meisten reden. Melden Sie sich bei Phippy.«

»Er dürfte schon gut vorbereitet sein, Sir. Mr. Sprague und ich haben fast den ganzen Vormittag mit ihm zusammengesessen.«

»So, so! Gut! Ausgezeichnet!«

Bald saß der Präsident in Hausschuhen, Pyjama und Morgenmantel in einem großen, bequemen Sessel, die Füße zum Kaminfeuer ausgestreckt, und schlief. Er träumte von Kommunisten. Er drückte einen Knopf oder zwei, und schon ward

Amerikas Macht zu Lande, Luft und Meer losgelassen. Farbenprächtige Bombendetonationen erhellten eine Tropenlandschaft irgendwo in Süd- oder Mittelamerika, Menschen verbrutzelten und zerfielen zu Staub. Alle Kommunisten wurden getötet, und die Amerikaner gingen, ohne einen Toten, als strahlend lächelnde Sieger hervor, doch keiner lächelte so strahlend wie er, Buck Jones, als er den Helden Amerikas vor allen Fernsehkameras des Landes gratulierte und ihnen Orden um den Hals hängte.

Buck erwachte gutgelaunt. Manchmal gingen seine Kommunistenträume schlecht aus, da waren die Roten entschlossen und stark, standen fest wie eine Mauer, und Amerika verlor den Krieg. Aus solchen »Verlierer«-Träumen erwachte Buck immer schlechtgelaunt.

Buck drückte zweimal auf die Klingel – das Zeichen für Kaffee –, und schon ging es los: Drei Anrufe erwarteten ihn, zuerst zwei republikanische Senatoren mit allen guten Wünschen für die morgige Anhörung; als dritter meldete sich ein Adjutant, der sagte, ein Chor wolle Buck ein Ständchen bringen, und ob Buck ein paar nette Worte für sie bereit habe? Sein Vorschlag sei:

»Menschenskinder, das ist aber eine Überraschung und Ehre für mich, am Sonntag nachmittag gleich ein ganzer Chor vor meiner Haustür. Vielen –«

»Was für ein Chor?« unterbrach ihn Buck. »Meinen Sie einen Kirchenchor?«

»Von der Kirche, in der Sie und Ihre Gattin heute waren«, sagte der Adjutant, dessen Name Buck entfallen war, wenngleich er die Stimme kannte. »Abblasen können wir das jetzt nicht. Es dauert etwa neun Minuten. An- und Abfahrt mit Bus. ... Ach ja, ungefähr in einer halben Stunde.«

Der Präsident zog widerwillig einen Straßenanzug mit weißem Hemd und Krawatte an. Er konnte an diesem Sonntag, an dem er hart arbeiten und sich mit den Fakten für morgen wappnen sollte, nicht gut in Freizeithose, Sweatshirt und offenem Hemd auftreten. Drei Wochen hatte der Justizminister (kein Freund von Buck) gebraucht, um einen zwölfköpfigen Ausschuß für die morgige Anhörung zusammenzustellen. Drei davon hatte Buck noch durch andere ersetzen können, aber mehr war nicht zu machen, und es würden harte Fragen gestellt werden. Buck gedachte mit Hilfe seiner Sieben-mal-zwölf-Kärtchen, die an Informationen und Fakten genau nichts enthielten, zu mauern. »Nicht vergessen, Buck, Phippy ist bereit, alles auf seine Kappe zu nehmen, wenn es soweit kommt; machen *Sie* sich also keine Sorgen«, hatte einer seiner Vertrauten gesagt. Das war richtig. Phippy hatte in Bucks Gegenwart zu John Sprague gesagt, er werde den Kopf hinhalten, denn Phippy wußte genau, daß ihr Tun illegal war. Das heißt, nicht ganz illegal, fand Buck, in solchen Begriffen sollte er gar nicht erst zu denken anfangen. Aber was sie taten, war allerdings gegen die derzeitige erklärte Politik des Landes, wonach ausdrücklich diese beiden Länder *keinerlei* Waffen von den USA erhalten sollten, da es im Interesse des Weltfriedens und der Ölpreise war, daß ihr alberner Krieg so bald wie möglich zu Ende ging.

»... eine Hilfe heut' ...« tönte es durchs geschlossene Fenster seines Schlafzimmers, als der Präsident gerade mit Ankleiden fertig war. Der Chor war schon da.

Ein Diener klopfte und teilte dem Präsidenten mit, daß man ihn jetzt auf der Freitreppe erwarte.

»Seid stark, und euer wird sein ...«

Es dämmerte schon. Mindestens fünfzig Kinder zwischen zehn und fünfzehn Jahren hatten sich in Dreierreihe vor der Freitreppe des Weißen Hauses aufgestellt. Sie sangen einen Choral ohne Instrumentalbegleitung, aber dirigiert von einem Chorleiter, der mit dem Rücken zum Präsidenten stand.

»Gut! Und dann sagt einfach: ›Das ist nicht mein *Stil* – nicht mein Name – nicht mein Stil – nicht mein *Name ...*‹« Millie war das. Sie stand singend auf der dritten Treppenstufe vor dem Chor, vom Präsidenten aus gesehen links. Und sie sang – schlecht – ihr Anti-Drogen-Kampflied »Nicht ich«, das dem frommen Song so recht zuwiderlief.

»Millie? ... *Millie*!« rief Buck, indem er die Treppe hinunterging. Millie glaubte offenbar eine Gruppe Drogenabhängiger oder ehemaliger Drogenabhängiger vor sich zu haben.

»Ihr könnt es alle schaffen! Ihr seid so *wunderbar*! Ihr –«

Buck packte sie hart am Arm. Doch er lächelte. »Millie? – Hallo, Freunde!« Er flüsterte ihr ins Ohr: »Millie, das ist ein *Kirchen*chor. Das ist keine –« Er mußte sich unterbrechen, da er nicht gut »Junkie-Versammlung« sagen konnte, wenn das alles von Gott weiß was für Mikrofonen aufgenommen wurde. »Seid *staaaark* ...«, sang Buck die zweite Strophe mit.

Nachdem der letzte Ton verklungen war, hoben die jungen Leute grinsend die Arme, und Buck Jones ergriff sogleich voll Liebenswürdigkeit das Wort:

»Danke, Dank euch allen. Menschenskinder, das ist aber eine Überraschung und Ehre für mich, am Sonntag nachmittag gleich ein ganzer Chor vor meiner Haustür!«

»Yeaaaah!« grölten die Kinder und klatschten Beifall, allerdings hatten viele von ihnen Handschuhe an, denn die Luft war beißend kühl.

Dann geleitete der Präsident, gefolgt von zwei Leibwächtern, die hinter Säulen hervortraten, Millie die Treppe hinauf zur Tür des Weißen Hauses. Dabei hielt er nach wie vor Millies rechten Arm unter den seinen geklemmt und sagte, immer noch grinsend: »Lächeln! Wink den Kindern mit der linken Hand zu.«

Millie tat wie geheißen, aber kaum im Haus, drehte sie sich zu Buck um und sagte mit weinerlicher, tränengeladener Stimme: »Du liebst mich nicht!«

»O mein *Gott*!« rief Buck und schlug sich an die Stirn. Sie waren jetzt im runden Foyer, das eine ausgezeichnete Akustik hatte, aber Buck wußte ja, daß die Leibwächter und das Personal inzwischen schon alles mögliche mitgehört hatten.

Er aber, genau genommen, auch von *ihnen*. Selbst ohne sein Hörgerät voll aufdrehen zu müssen, hatte er geflüsterte Bemerkungen aufgeschnappt wie: »Der Saftladen geht in die Binsen, das sag ich dir«, oder: »Das Schiff sinkt, und die Ratten gehen von Bord.« Vor kurzem hatten ja auch wirklich ein paar Leute gekündigt.

»Der morgige Tag wird hart«, sagte der Präsident ein paar Minuten später, wieder in der Abgeschiedenheit seines Wohnzimmers, zu Richard Coombes. Millie war in ihr Schlafzimmer gegangen. »Millie sollte am besten gar nicht hier sein. Könnte man nicht einen Besuch in diesem Drogen-Rehabilitationszentrum bei Houston für sie arrangieren – wie heißt das Ding doch gleich?«

»›Neuer Anfang‹«, sagte Coombes. »Aber ein Rehabilitationszentrum hatten wir erst letztes Mal, Sir. Es gibt noch etliche andere Möglichkeiten wie – ach ja, morgen wird doch in Atlanta eine Gartenschau eröffnet. Gewächshäuser für den Winter. Die Blumen machen sich im Fernsehen sicher gut, und Atlanta wird sich freuen, wenn wir denen sagen, daß Mrs. Jones kommt.«

Buck lächelte. »Was täte ich ohne Sie, Dick? Versuchen Sie das mal. ... Sie geht bestimmt. Wenn Sie Schwierigkeiten bekommen, sagen Sie es mir. Sagen Sie ihr, der morgige Tag ist futsch – Anhörung hinter verschlossenen Türen, zum Lunch gehe ich aus, und bis nachmittags um fünf bin ich dann fix und fertig.« Immerhin konnte Buck über diese schrecklichen Aussichten noch lachen.

»Genau darüber wollte ich gern noch einmal mit Ihnen reden, Sir. Die Sache sieht so aus – ja, am besten setzen wir uns. Das Ganze ist so ungeheuerlich, diese Waffenverkäufe –«

»Die *Medien* blähen das auf!«

»Ich wollte sagen – es zieht so weite Kreise und betrifft so viele Leute, Sir. So viele, daß ich finde, wir können getrost behaupten, einige dieser Frachtflugzeuge – wie viele und wann, ist egal – seien entführt worden, gekapert von fundamentalistischen Irren. Ich sage nicht, daß es so war, Sir, aber behaupten können wir es doch. Es sind Waffen und Geld verschwunden. Vielleicht waren ein paar von diesen Lufttransporten für Israel bestimmt, also völlig legal, bitte sehr. Wenn das seit fünf bis sechs Jahren läuft, sind wir –«

»Zehn Monate.«

»Sagen *Sie*, Sir; Sie glauben das auch, *und* es wurde Ihnen so gesagt.«

»Mit anderen Worten, ich habe recht«, sagte Buck und sah Dick Coombes mit seinem überzeugendsten Blick an.

»Jawohl, Sir. Also bleiben Sie dabei, schön. Mir geht es jetzt darum, wie es *wirklich* war. Diese Leute werden Sie nämlich morgen mit Sachen im Wert von mehreren Milliarden Dollar konfrontieren, nicht nur Millionen, und mit langen Zeiträumen und Namen über Namen, von Israel bis zur Türkei und –«

»Türkei?«

»Schön, lassen wir die Türkei aus dem Spiel, es geht nur um einen *Türken.* Zur Sache. Das Ganze läuft schon lange, auf Land-, Luft- und Seewegen. Das Geld – was davon übrig blieb – ist nach Mittelamerika geflossen, in den Kampf gegen den Kommunismus, richtig. Davon wußten Sie bis vor ein paar Tagen nichts, das werden Sie morgen sagen, denn Ihr Stab – die Leute, die damit zu tun hatten – wollte Sie nächsten Monat, im März, damit zum *Geburtstag* überraschen.«

»Wenn ich mich – recht erinnere«, meinte der Präsident bedächtig, »wollen die Freiheitskämpfer in Mittelamerika nur an die zwanzigtausend Dollar bekommen haben – alles in allem.«

»Erstens lügen die, wie üblich. Zweitens haben ihre eigenen Führer weiß Gott wieviel in die eigene Tasche gesteckt. Darauf sollten wir sie nicht festnageln, Sir.«

»Nein, nein«, pflichtete der Präsident ihm bei.

»Zurück zu morgen. Sie sind zutiefst betroffen wegen der siebzehn amerikanischen Geiseln, die vor zehn Tagen im

Fernsehen geköpft wurden. *Das* würde ich erwähnen, Sir, aber wirklich.«

»O ja«, sagte Buck ernst.

»Ich notiere mir, daß Sie zu diesen Enthauptungen noch ein Kärtchen bekommen. Aber unsere Verkäufe an beide Seiten – wovon Sie ein *bißchen* wußten – waren mit der Absicht verbunden, beide Seiten freundlich zu stimmen, verstehen Sie? Es hat ja keinen Sinn, sich ein Land zum Freund und das andere dafür zum Feind zu machen, nicht?«

»Ganz meine Meinung, Dick. Und zum Teufel noch mal, gucken Sie sich die Gewinne an! Es hat die Kämpfe vermehrt, ja, aber das bedeutet doch wieder *mehr* Waffenverkäufe, oder? Ich begreife überhaupt nicht, weswegen manche von diesen Leuten da so einen *Tanz* aufführen!«

»Weil Waffenverkäufe ohne Wissen des Kongresses verboten sind, Sir.«

»Hol der Teufel den Kongreß! Der hat mir schon genug Scherereien gemacht, als ich damals die Verminung dieses Hafens befohlen habe – welcher war das noch?«

»Gewiß, aber die Verminung von Häfen ist ein kriegerischer Akt, Sir, kommt einem Krieg gleich, und Krieg erklären kann laut Verfassung nur der Kongreß.«

Buck Jones schüttelte gelangweilt den Kopf. »Zu kompliziert für mich. Im Kongreß sind zu viele Leute. Die sitzen da bloß herum – während amerikanische Geiseln die eine Woche geköpft und die Woche davor erschossen werden, und der Kongreß rührt keinen Finger. Wir – ich – *meine* Leute hier im Weißen Haus haben es wenigstens versucht!«

»Aber das können Sie morgen nicht sagen, Sir. Die Waffengeschäfte hatten mit Geiseln nichts zu *tun*, weil Sie versprochen hatten, da ganz hart zu bleiben. ›Keine Zugeständnisse an Terroristen‹, haben Sie – haben *wir* gesagt.«

Der Präsident nickte und dachte darüber nach.

Buck und Millie sahen sich vor dem Schlafengehen noch einen Film an, eine Saga von amerikanischem Wagemut im

Wilden Westen, deren Held sein eigener Herr war und sich von niemandem befehlen ließ. Millie genehmigte sich eine Cola mit Rum. Buck, gutgelaunt nach dem Film, traute sich nicht, Millie etwas von der Reise nach Atlanta zu sagen, denn womöglich ging sie in die Luft und erklärte, da nicht hinfliegen zu wollen. Sie liebte solche offiziellen Spritztouren nicht, bei denen sie ein Band durchschneiden, eine kleine Ansprache halten und für Journalisten und Fotografen lächeln mußte. Da blieb sie lieber zu Hause und beaufsichtigte das Personal beim Putzen ihrer Silbersachen (Teesets, Zuckerschälchen, Geschenke von Staatsoberhäuptern), kontrollierte, ob die Mädchen das Mobiliar poliert hatten, und besprach mit ihrer Sekretärin Ethel, wie man ihr und Bucks Erscheinungsbild in der Öffentlichkeit pflegen und verbessern könne.

Buck konnte trotzdem nur schwer einschlafen, und das kam bei ihm selten vor. Er versuchte nicht an morgen zu denken – bisher war doch immer alles gut für ihn ausgegangen, oder nicht? –, aber er bekam diese Anhörung nicht aus dem Kopf, die um zehn beginnen sollte. Er versuchte sich Fulton J. Phipps mit seinem nervösen, aber optimistischen Gesicht zu vergegenwärtigen, den guten alten Phippy, stets bereit zu dienen, zu helfen. Phippy würde morgen die Antworten parat haben, falls der Präsident in Verlegenheit geriet. Es hatte ja niemand gesagt, daß er allein in einem geschlossenen Raum vernommen werde. Nein. Er würde seine treuen Freunde um sich haben.

Endlich schlief Buck. Doch es kam ihm vor, als wäre er eben erst eingeschlafen, als ein Summen neben der Nachttischlampe ihn weckte. Er nahm den Hörer vom Haustelefon.

»Hier ist Dick Coombes, Sir. Fulton Phipps' Frau hat eben angerufen – ganz außer sich. Phippy ist tot, Sir.«

»*Was*? – Was heißt hier tot?«

»Überdosis, Sir. Sagt seine Frau. Sie hat gesehen – jedenfalls ist sie so außer sich, daß sie noch keinen Arzt und kein Krankenhaus angerufen hat, nur mich, weil sie weiß, daß ich Sie jederzeit erreichen kann und...«

Buck sah auf seiner Leuchtzifferuhr, daß es zwanzig nach fünf war. *Selbstmord.* Das ging nicht. Bucks Hirn begann intuitiv zu arbeiten, und so arbeitete es immer am besten. »Hören Sie«, unterbrach er Dicks Gestammel. »Phippy hat doch einen Swimmingpool, oder?« Phippy hatte ein schönes Anwesen in Fairfax, knapp außerhalb Washingtons. Buck war ein paarmal dagewesen. »Sie drehen das so, daß Phippy verunglückt ist, ertrunken. Ist das klar, Dick?«

»Aber – es ist Februar, Sir. Da geht doch keiner schwimmen.«

»*Tun* Sie das! Einen Selbstmord können wir in dieser Situation nicht brauchen!« schrie Buck, ganz wie der Held in dem Film, den er vor ein paar Stunden gesehen hatte, und legte auf.

»Darling –«

Bucks laute Stimme hatte Millie aufgeweckt, trotz ihrer Schlaftablette. Buck zog sich gerade den Morgenmantel über. »Ärger auf der Ranch. Hab was zu erledigen. Schlaf du weiter, Millie.«

»... Uhr ist es?«

Buck hielt sich nicht mit Antworten auf. Er dachte nach. *Kaffee, eimerweise*, fiel ihm ein Satz aus einem guten Film ein, den er einmal gesehen hatte, da hatte ein feindlicher Angriff auf ein amerikanisches Truppenlager plötzlich alles in Bewegung gebracht. Echt amerikanische Tüchtigkeit, harte *Marines* und harter Kampf hatten alles wieder herausgerissen. So würde es auch jetzt sein.

Bei seiner ersten Tasse Kaffee telefonierte Buck vom Wohnzimmer aus, wo das Feuer noch glomm, mit seinem Außenminister John B. Sprague. »Bedaure, daß ich Sie um die Zeit wecken muß, John, aber es ist etwas passiert.«

»Nicht schon wieder eine Entführung –«

»Schlimmer. Phippy hat sich umgebracht.... Ja, ich habe es

eben von Dick Coombes gehört, der es von Phippys Frau hat. Nun passen Sie auf – das können wir nicht *brauchen.* Kann sein, daß wir die Anhörung heute morgen verschieben müssen, aus irgendeinem Grund, denn ich trete um keinen Preis ohne Phippy vor die hin. Verstanden?«

Sprague verstand. Sprague hatte etwas von einem Bären: langsam und schwerfällig, weitschweifig im Reden, aber er wußte jederzeit seinen Kopf aus der Schlinge zu halten, folglich auch die Köpfe anderer. »Selbstmord«, murmelte er, als müsse er darüber erst einmal nachdenken.

»Und es wird ein *Unfall* daraus. So – Sie rufen jetzt den Justizminister an, John. Wir brauchen eine amtliche Feststellung der –«

»Justizminister? Meinen Sie nicht – äh – vielleicht den Coroner, Sir?«

»Ja doch, Sie haben recht, Entschuldigung, ich meine den Kerl, der bestätigt – was passiert ist. Es soll Tod durch Ertrinken sein ... Also, verlangen Sie *jetzt* keine Erklärung von mir, ich muß nämlich zu Phippys Frau, auf der Stelle. Besorgen Sie den obersten Coroner von Washington, egal wer das ist, und schicken Sie ihn *sofort* nach Fairfax, zu Phippys Haus. Sagen Sie ihm, daß es dringend ist, Befehl vom Präsidenten.« Dann schlich Buck auf Zehenspitzen ins Schlafzimmer, wo Millie wieder eingeschlafen war, holte sein Adreßbuch und kehrte ins Wohnzimmer zurück. Er wählte Phippys Privatnummer. Inzwischen war es fünf vor sechs.

»Hallo?« meldete sich eine Frauenstimme, bebend und tränenerstickt.

»Laura, hier ist Buck«, sagte Buck mit tiefer, maskuliner Stimme, nachdem er soeben im Adreßbuch gelesen hatte, daß Phippys Frau mit Vornamen Laura hieß. »Sie haben noch nicht im Krankenhaus angerufen?«

Ihr Schluchzen war ein Ausbruch unterdrückten Schmerzes.

»Ich ... Phippy ist *tot*!«

»Jetzt sind Sie auf sich gestellt«, fuhr Buck im selben ruhigen Ton fort. »Na gut, wir werden gleich da sein, meine Liebe. Verlieren Sie jetzt nicht den Kopf. Machen Sie sich einen Tee. Wir sind – vielleicht in einer Viertelstunde – bei Ihnen. Ist eigentlich Ihr Swimmingpool voll?«

»Der Swimmingpool? Ja – voll ist er, aber die Winterabdeckung ist drauf. Sie wissen schon, damit kein Laub hineinfällt. ... Warum fragen Sie nach dem Swimmingpool?«

»Wir sehen uns in Kürze, Laura.«

Als nächstes war Coombes dran, der seinerseits schon auf einer anderen Leitung darauf wartete, mit dem Präsidenten verbunden zu werden. Während der Präsident mit Dick Coombes sprach, trat ein Diener ein und fragte, ob er jetzt sein Frühstück einnehmen wolle.

»Orangensaft und ein Croissant, Tim. Und bitte noch etwas Kaffee.« Buck sprach weiter zu Coombes: »Ich habe von seiner Frau erfahren, daß der Swimmingpool voll ist, aber noch zugedeckt. Die Abdeckung nehmen wir also runter.«

»Aber – natürlich verstehe ich, Sir. Mir ist nur gerade eingefallen, daß Wasser nicht mehr in die Lungen dringt – nicht soviel, vielleicht auch gar keins –, wenn der Betreffende schon tot ist.«

Das klingelte bei Buck, das hatte er schon irgendwo gehört, und es fuchste ihn, wie so viele kleine Pannen in letzter Zeit. Er richtete sich auf, die Hand fest um den Hörer. »Bitte, dann *pumpen* wir's ihm notfalls eben in die Lungen! Mit einem Schlauch! Wofür *bezahlen* wir denn diesen Coroner? Er hat heute eine Aufgabe zu erfüllen, und das soll er gefälligst tun. Haben Sie mich verstanden, Dick? – Können Sie mich in etwa zehn Minuten abholen? An der Tür des Westflügels.«

Dem Präsidenten war ein gutes Druckmittel eingefallen: Mrs. Fulton J. Phipps würde nicht gern bekanntwerden lassen, daß ihr Mann ein Selbstmörder war. Selbstmord hatte etwas Schändliches, bedeutete irgendwie, daß der Mann sich einer Sache, die auf ihn zukam, nicht stellen konnte. Wenn ihr

Mann dagegen vor einer wichtigen Anhörung noch ein paar morgendliche Runden geschwommen und dabei leider ertrunken war, konnte man das so darstellen, daß er bestens in Form war und vor Erledigung einer gestellten Aufgabe Körper und Geist zu stählen pflegte. Gewiß, es war ein kühler Morgen, aber Phippy war immer ein harter Bursche gewesen, nur hatte er diesmal anscheinend einen Krampf bekommen, und das war sein Ende.

Millie erwachte, als Buck den blau-gelben Schlips anlegte und unter den Kragen seines frischen weißen Hemdes zog. »Warum so früh, Buck? – Was ist denn los?« fragte sie schläfrig.

»Phippy –« Buck drehte sich um, er war vorbereitet. »Phippy hat heute früh in seinem Swimmingpool ein paar Runden gedreht und ist ertrunken. Sie versuchen ihn wieder zu sich zu bringen, aber ich habe wenig Hoffnung. Deshalb fahre ich jetzt mal zu –«

»Geschwommen? Bei dieser Kälte?«

»Vielleicht ist ihr Becken beheizt, ich weiß es nicht.«

Millie hob den kleinen Kopf. »Er ist *tot*, sagst du?«

»Ja, Schatz! Ehrlich. Ich habe es heute morgen von seiner Frau erfahren. Deshalb bin ich ja schon wach.«

»Also, wer – dieser ich weiß nicht was! Sich *jetzt* umzubringen! Dich im Stich zu lassen!«

Millies sechster Sinn war manchmal unheimlich. »Schrei nicht so, daß es das ganze Haus hört! ... Ich werde tun, was ich kann, setze für heute alle Termine ab, soweit möglich.«

Ein paar Minuten später holte Dick Coombes den Präsidenten ab, nachdem dieser es abgelehnt hatte, sich von dem üblichen Leibwächterquartett begleiten oder abschirmen zu lassen. Sie jagten durch den spärlichen Morgenverkehr aus Washington hinaus und kamen in die vornehme Wohngegend von Fairfax mit ihren hübschen, zweigeschossigen Häusern, die hinter den dicken Eichen und Walnußbäumen auf gepflegtem Rasen kaum zu sehen waren.

Dummerweise war eine Nachbarin bei Laura. Die beiden Frauen saßen in der Küche, als Buck und Dick eintrafen.

»Laura«, sagte Buck mitfühlend, nachdem er sie erkannt hatte, und legte, als sie aufstand, zärtlich einen Arm um sie. »Es tut mir ja so leid.«

»Er konnte es nicht ertragen«, sagte Laura und sah den Präsidenten mit geröteten Augen an. »Er wußte, daß er heute vormittag lügen sollte – was das Zeug hielt –, um *Sie* zu schützen. Das war ihm so schrecklich!«

»Was heißt hier lügen?« fragte der Präsident. »Diese alberne Geschichte mit den Waffenverkäufen an zwei Seiten – man sollte meinen, das sei das Verbrechen des Jahrhunderts! Aber jetzt geht es um Phippy, der –«

»Es ist mir zuwider!« sagte Laura.

»Mr. President, Phippy hat einen Abschiedsbrief hinterlassen. Möchten Sie ihn lesen?« fragte die Nachbarin mit sanfter Stimme.

»Zeig ihn ihm nicht, das will ich nicht!« sagte Laura.

»Bitte, Madam, versuchen Sie sich zu beruhigen«, sagte Dick Coombes begütigend.

In dem Moment hörten sie alle den Klopfer an der Haustür. Der Coroner war da, begleitet von einem Arzt mit Tasche, wie Ärzte sie so haben.

Der Präsident gab dem Coroner die Hand. Dieser stellte sich als George Davies und den anderen als Dr. Munzie vor, und nachdem man sich mit gedämpften Stimmen allseits bekannt gemacht hatte, ging man ins Schlafzimmer, wo Fulton J. Phipps auf dem Rücken im Bett lag, die Decken bis ans Kinn gezogen.

Buck Jones begann sofort mit seiner Rede. »Meine Damen, meine Herren – und vor allem Sie, Laura. Wir wissen alle, daß Selbstmord etwas Schreckliches ist – eine Schande in den Augen der meisten Menschen, besonders der Menschen in diesem unserem großen Land. Darum halten ich und meine engsten Berater es für angezeigt, Phippys Tod so darzustellen, daß er ein paar frühmorgendliche Runden in seinem Swimmingpool geschwommen und be-... ertrunken ist«, verbesserte sich der Präsident und zog ernst und nachdenklich die Stirn in Falten.

Die Nachbarin griff ein: »Hören Sie, auf dem Pool ist noch die Winterabdeckung! Und das Wasser ist eiskalt!«

»Sie kennen meine Anweisungen«, sagte der Präsident zu Coroner Davies. »Ich darf Sie daran erinnern, daß ich Ihr höchster Vorgesetzter bin.«

»Wir nehmen jetzt die Abdeckung herunter, Madam«, sagte Dick Coombes zu Mrs. Phipps in so bestimmtem Ton, daß ein Hypnotiseur ihn darum beneidet oder doch immerhin bewundert hätte.

Man setzte sich in Bewegung. Der Arzt und Dick Coombes gingen zur Hintertür hinaus und machten sich an der Abdekkung des Swimmingpools zu schaffen. Zuerst mußten sie das Laub aus einer Pfütze in der Mitte der Abdeckung harken, dann die Schnüre lösen, die an Ringen um den Beckenrand herum die Abdeckung festhielten. Darunter war das Wasser einigermaßen sauber und klar. Sie falteten die Segeltuchplane zusammen und ließen sie in einem Werkzeugschuppen des Hauses verschwinden.

Im Haus hatte der Präsident inzwischen dem Coroner seine Wünsche erläutert: Dieser solle bestätigen, daß Phippy durch Ertrinken zu Tode gekommen sei. Sogar Laura Phipps schien jetzt »alles egal« zu sein, da ihr Mann ja sowieso tot war. Ihre Feindseligkeit gegen den Präsidenten war jedoch offenkundig.

»Könnten Sie ihm nicht Wasser in die Lungen pumpen?« fragte Buck Jones leise, den Blick auf dem bleichen Profil Phippys, wenige Meter von ihm weg.

»Wozu die Umstände, Sir?« antwortete Coroner Davies mit alles andere als glücklichem Gesicht. »Wenn wir sagen – wenn *ich* sage –, daß er ertrunken ist, und wenn Mrs. Phipps dem zustimmt –«

»Der Teufel soll euch alle miteinander holen!« sagte Mrs. Fulton Phipps.

»Es wird nicht Ihr Schaden sein, Laura«, tönte der Präsident. »Sie werden ausgesorgt haben – für den Rest Ihres Lebens –«

Mit einem Wehlaut, der halb ein Aufschrei war, verließ sie das Zimmer und ging in die Küche.

»– wird niemand uns die Stirn bieten und eine Autopsie vornehmen«, fuhr der Coroner fort. Für seine heutigen Dienste war ihm soeben ein recht hübsches Honorar versprochen worden.

Und so wurde an diesem Morgen um neun in den Medien bekanntgegeben, daß Fulton J. Phipps, nur wenige Stunden bevor er vor dem Sonderuntersuchungsausschuß zu den Waffenverkäufen an zwei verfeindete und miteinander Krieg führende Golfstaaten sowie zur eventuellen Veruntreuung riesiger Summen durch noch unbekannte Dritte aussagen sollte, in Fairfax in seinem Swimmingpool ertrunken sei. Laura Phipps mußte ins Krankenhaus gebracht und ruhiggestellt werden, was von der Öffentlichkeit, wie Buck Jones und seine Vertrauten annahmen, als ganz normal verstanden würde. Noch vor neun hatte Buck dem Vorsitzenden des Untersuchungsausschusses mitteilen lassen, daß die für den Vormittag angesetzte Anhörung aufgrund des plötzlichen Todes von Fulton J. Phipps, einem Schlüsselzeugen, der heute früh ertrunken sei, ausfallen müsse. »Phippy war ganz wild darauf, dort auszusagen«, wurde Mrs. Phipps zitiert. Der forsche Ton sollte den Eindruck erwecken, Phippy habe sich heute früh so obenauf gefühlt, daß er sogar noch eine Runde habe schwimmen wollen.

Bis Mittag aber hatte dieses wirre, doch immer noch verstehbare Drehbuch eine schroffe Wendung genommen beziehungsweise war ins Kreuzfeuer geraten. Irgend jemand – vielleicht Laura Phipps' Nachbarin, vielleicht aber auch nur ein Witzbold, obwohl Witze in der Buck-Jones-Ära der Wirklichkeit nie weit voraus waren – hatte gesagt, Fulton J. Phipps, genannt Phippy, habe zu Hause eine Überdosis Tabletten genommen, seine Frau habe ihn am Montag morgen in aller Frühe tot im Bett gefunden und er habe einen Abschiedsbrief hinterlassen, den seine Frau niemandem zu lesen geben wolle. Und damit nicht genug, hieß es in diesem Witz oder Gerücht weiter, habe die »Regierung« sofort eingegriffen und es als Tod durch Ertrinken im eigenen Swimmingpool im Garten hingestellt, und das bei Temperaturen um drei Grad über dem Gefrierpunkt. Makabre und ergreifende politische Karikaturen wurden durch diese Geschichte inspiriert. An einem aber zweifelte niemand: Fulton J. Phipps hatte vor der Wahl gestanden, zu lügen oder die Wahrheit zu sagen, und beiden Möglichkeiten hatte er nicht ins Auge sehen können.

Bis mittags zwischen zwölf und ein Uhr Washingtoner Zeit war diese dramatische Geschichte per Funk, Fernsehen und Satellit in aller Welt. Ein neues Vertuschungsmanöver? War es denkbar, daß die Regierung Phippy irgendwie aus dem Verkehr gezogen hatte? In Wirklichkeit gab es nicht mehr viel zu vertuschen. Buck Jones und seine Vertrauten, ja sogar John B. Sprague, der standhafte Wasserbüffel, hatten allesamt gelogen, die einen mehr, die andern weniger, und wußten mehr, als sie zu wissen zugaben. In Rundfunk und Fernsehen wurde an diesem Tag gemunkelt, Buck Jones werde demnächst zurücktreten oder müsse zurücktreten, er sei erledigt, denn im Inland wie im Ausland finde sich keiner mehr, der ihm noch etwas glaube.

Millie Jones war restlos außer sich, auch wenn sie so auftrat, als gelte es, das Fort zu verteidigen, wobei das Fort das Weiße Haus und sein Kommandant ihr Mann war. Sie hatte heute früh von dem Termin in Atlanta erfahren und ihre Sekretärin Ethel gebeten, ihn mit dem Ausdruck tiefsten Bedauerns abzusagen. Um zehn hatte sie beim Anziehen und (besonders sorgfältigen) Make-up das Radio eingeschaltet und am Ende der Nachrichten den Sprecher witzeln hören, die

Regierung habe zwar keine als solche erkennbare Außenpolitik, dafür aber eine sonnenklare Innenpolitik, nämlich die, daß die Spitzenleute um Buck Jones entschlossen an ihren Sesseln und Gehältern festhielten, komme was da wolle.

Millies Wut über diesen »Witz« wurde nicht eben dadurch gemildert, daß zwei Mitarbeiter des Weißen Hauses noch vor Mittag kündigten, einer aus der Wirtschaftsabteilung, der andere aus Bucks Pressestelle, und beide mit der Begründung, woanders »eine anspruchsvollere Aufgabe« angeboten bekommen zu haben. Ethel informierte Millie, daß Laura Phipps es vorgezogen habe, das Krankenhaus (wo man sie gar nicht ruhiggestellt, sondern nur zur Beobachtung dabehalten hatte) zu verlassen und nach Hause zu gehen, und es sei nun vielleicht ein Gebot des Taktes, daß Millie sie besuche. Millie war Feuer und Flamme und redete, sekundiert von Ethel, fast eine Stunde lang am Telefon auf Laura ein, um diese zu bewegen, sie in ihrem Haus in Fairfax zu empfangen. Laura blieb jedoch hart und wollte »lieber mit ein paar Freunden allein sein, vielen Dank«. Um halb eins versuchte Millie übers Haustelefon Buck zu erreichen, um sich mit ihm zum Lunch zu verabreden, aber eine Männerstimme, die Millie nicht kannte, klärte sie darüber auf, daß der Präsident mit seinem neuen Sprecher Vince Donegan allein zum Lunch ausgehe.

»Neuer Sprecher? Was ist denn mit Chet?« Ja, wo war Chet gestern und heute mittag gewesen, als die Sache mit Phippy bekannt wurde?

»Chet Swanson sagt, er sei übermüdet, Madam, und könne seiner Aufgabe nicht mehr gerecht werden. Das waren seine Worte ...«

Millie fragte nicht erst, mit wem sie gesprochen habe. Sie wäre gern mit Buck beim Lunch gewesen, wenn er den neuen Mann in seine wichtige Aufgabe einwies, aber sie wußte auch, daß sie besser nicht dabei war, wenn Buck so gereizt war wie heute.

Sie tröstete sich mit einem Scotch on the Rocks, bevor sie

zum Lunch kaltes Roastbeef mit Hüttenkäse zu sich nahm. Sie hatte Ethel gebeten, ihr dabei Gesellschaft zu leisten. In dem Zimmer, in dem sie lunchten, schalteten sie die Rundfunknachrichten nebst ein paar Fernsehgeräten ein, und schon mußte Millie sich über eine Erklärung des sowjetischen Regierungschefs ärgern. »›Jetzt ist Mr. Jones am Ball‹, sagte der russische Staatschef zu seiner Bekanntgabe, er habe bis auf weiteres alle Atomwaffentests gestoppt, und er wiederholte sein Angebot, die Zahl der zur Zeit in sowjetischen Arsenalen liegenden Sprengköpfe um glatte zehn Prozent zu verringern, falls die USA bereit seien, entsprechende ...«

»Der lügt, ich glaube ihm kein Wort«, sagte Millie wie zu sich selbst, den Blick unverwandt auf dem Bildschirm.

»Wie soeben gemeldet wird«, sagte der Rundfunksprecher mit angespannter Stimme, »hat es in einem Golfhafen eine ungewöhnlich starke Explosion von einer oder mehreren abgeworfenen Bomben gegeben. Augenzeugen berichten, der Feuerball habe den Himmel erhellt wie hundert Sonnen und brenne noch immer. Gerüchten zufolge könne es sich um eine Atombombe gehandelt haben, dafür gebe es jedoch – bisher – noch keine Bestätigung. Dem Vernehmen nach geht das Gerücht um, die Sowjetunion habe aus ihrer feindseligen Haltung ...«

»Die soll der Teufel holen!« sagte Millie, schon mit dem Lunch fertig, kaum daß sie ihr Essen angerührt hatte, und ihr Plan stand fest. Sie schickte Ethel vor dem Dessert und Kaffee weg und zog sich in ihre Gemächer zurück, um sich hinter ihrer verschlossenen Badezimmertür erst einmal mit einem beruhigenden Schlückchen Scotch zu stärken. Die Leute konnten sagen, was sie wollten, aber Alkohol beruhigte nun einmal die Nerven und belebte den Geist. Es kam natürlich darauf an, daß man es nicht übertrieb. Wie viele Leute kannte allein schon *sie*, die einfach zu nichts imstande waren, wenn sie nicht fast eine Flasche täglich tranken – na ja! Aber wo stünde die Welt ohne sie? Buck trank so gut wie gar nichts, und da sah man's ja! Fehlentscheidungen hinten und vorn. Buck war nicht immer so gewesen, dachte Millie. In letzter Zeit war er einfach zu vertrauensselig, ging allzu selbstverständlich davon aus, daß alle ihn liebten, *ihn* liebten. Vielleicht taten sie das ja, aber in erster Linie ging es ihnen allen um sich selbst und erst in zweiter Linie um Buck Jones. Millie stellte entschlossen ihr leeres Glas hin, prüfte im Spiegel ihre kurze, toupierte Frisur und ging hinaus.

Sie ging geradewegs ins Amtszimmer des Präsidenten, das sie jetzt leer wußte, weil Buck noch irgendwo draußen beim Lunch war. Sie öffnete die Tür eines angrenzenden Zimmers, das kleiner war und einen Schreibtisch und ein paar Stühle enthielt, und betrachtete kurz die kleine Tastatur auf dem Schreibtisch. Sie bestand aus fünfzehn bis zwanzig Tasten. Mit einem Druck auf den Knopf rechts oben schaltete Millie die Anlage ein. Das Schlüsselwort für ihr Vorhaben hieß REPLAY, obwohl dieses Stück noch nie live gespielt worden war. Sie drückte auf REPLAY, das sich oben links zwischen anderen Knöpfen mit Namen wie LITEX, TRYON und so weiter befand. Als nächstes, erinnerte sie sich, kam DREI, ZWEI, EINS, und sie drückte darauf. An einer Taste ging ein grünes Licht an. Millie war sehr zufrieden mit sich, weil sie alles noch so gut wußte und weil sie jetzt für ihren Mann und das Land etwas *tat*.

SANI hieß der letzte Knopf, den sie drückte, und er hätte auch FEUER! heißen können. SANI war Frankfurt, und der Befehl lautete, einen ersten Atomsprengkopf auf einen bestimmten Militärstützpunkt mit Munitionslager in der UdSSR abzufeuern. Es gelte nur als »Warnung« vor dem, was die USA könnten, hatte Millie einmal Verteidigungsminister Dingsda zu Buck sagen hören. Als irgend jemand mit Buck das Knöpfedrücken durchgenommen hatte, war sie nicht dabeigewesen, aber Buck hatte sie später in sein Amtszimmer geführt und ihr bei abgeschaltetem Strom voller Stolz vorgeführt, wie es ging. Ein paar Minuten später – vielleicht auch gleich an Ort und Stelle, das wußte sie nicht mehr so genau – hatte sie sich die Prozedur dann notiert, sicherheitshalber, falls irgendein Tölpel, womöglich sogar Buck selbst in einem Moment der Wut oder übergroßen Zuversicht, einmal die Knöpfe drückte; wenn sie jemanden dabei sähe, wüßte sie wenigstens, was er da tat. Aber jetzt war die Zeit reif, fand Millie, genau richtig. Rußland würde kuschen. Die Welt würde wissen, daß Amerika nicht durch alberne innenpolitische Problemchen gelähmt war und nicht tatenlos zusah, wie die Russen mir nichts, dir nichts Atombomben auf einen Golfhafen warfen – der so wichtig für die *Ölversorgung* Amerikas und Westeuropas war!

Die Nuklearbereitschaft der amerikanischen Streitkräfte in Frankfurt feuerte zwölf Minuten nach Millies Knopfdruck die Rakete ab, über die Bedenken eines Obersten hinweg, der vergebens dafür plädierte, zuerst per Funk rückzufragen. Der befehlshabende General wollte schießen.

Die sowjetische Militärbasis und die dort lagernde Munition flogen in die Luft, ein paar hundert Soldaten und einige Zivilisten wurden auf der Stelle getötet, in den umliegenden Ortschaften brach Panik aus: Menschen flüchteten, die Hände vor den Augen wegen des furchtbaren Feuerballs am Himmel, den sie bis dahin nur von Fotos kannten. Ganze Dörfer gingen in Flammen auf, obwohl der Stützpunkt in einer »dünn besiedelten Gegend« liegen sollte. Moskaus Reaktion ließ nicht auf sich warten. Ein großes Flugzeug mit einer »Drohne« an Bord, einem unbemannten Flugkörper, startete in Richtung amerikanische Ostküste. Im gegebenen Moment würde das Mutterflugzeug die Drohne ausklinken, die zum Flug nach Philadelphia programmiert war.

Ein hoher amerikanischer General und ebenso ein Admiral versuchten den Präsidenten zu erreichen: War der Raketenabschuß von Frankfurt ein Unfall? Oder war der Krieg erklärt worden?

Der Präsident hatte nach einem langen, zwanglosen

Gespräch mit seinem neuen Sprecher Vince Donegan beschlossen, diesen zu Laura Phipps mitzunehmen, um ihm eine Lehrstunde in Diplomatie und Finesse zu erteilen.

»Unentwegt reden – und schauen Sie ihr in die Augen«, sagte Buck, als der chauffierte Wagen vor dem Haus der Phipps in Fairfax vorfuhr. Der Präsident hatte einen Blumenstrauß mitgebracht. In diesem Moment summte das Funktelefon in der Präsidentenlimousine, und das rote DRINGEND-Lämpchen ging an. Buck nahm den Hörer ab und sagte: »Ja?«

»Frankfurt hat soeben einen Atomsprengsatz über sowjetischem Gebiet gezündet, Sir. ... Ja, Sir, *unsere* Streitkräfte, auf Befehl.«

Buck versuchte das noch zu verstehen und sah dabei in das nicht minder verblüffte Gesicht Vince Donegans, der mitgehört hatte, als dicht vor dem halboffenen Fenster auf der Präsidentenseite das Gesicht einer Frau erschien.

»Sie fahren besser wieder weg, Mr. Jones.« Es war die Freundin von Laura Phipps, die Buck heute früh schon kennengelernt hatte, und ihr Gesicht war böse. »Laura hat die Meldung über Phippy gehört – daß er im Swimmingpool ertrunken sein soll. Sie ist angewidert und will die Wahrheit sagen! Also – verduften Sie, Mr. President!« Ihre Augen funkelten.

Buck hatte das Gefühl, ein wilder Tiger sei in der Nähe und werde jeden Moment zuschlagen. »Fahren Sie los, Joey! Zurück zum – nach Hause, bitte«, sagte Buck zum Fahrer.

Marineinfanteristen bezogen soeben Stellung um das Weiße Haus herum, als Buck und Vince die Zufahrt heraufkamen. Ein Sicherheitsbeamter öffnete die Wagentür und sagte: »Wichtige Nachricht, Sir, Sie sollen sofort in Ihr Amtszimmer gehen.«

Die Nachricht war, daß Moskau ein Trägerflugzeug mit einer Drohne gestartet hatte, die einen Atomsprengkopf trug, aber die Russen seien bereit, die Maschine zurückzurufen, wenn Washington erkläre, daß der Frankfurter Raketenabschuß ein Versehen gewesen sei.

»Frankfurter *Raketenabschuß*?« fragte Buck. »Aber wer hat das befohlen? – Dick! Mann, bin ich froh, Sie zu sehen!« Der Präsident lächelte.

Dick Coombes kam soeben angelaufen, im Hemd und mit gelöster Krawatte. »K-kommen Sie bitte mit in mein Büro, Sir.«

Im großen Foyer, wo Buck eben noch gestanden hatte, war die Atmosphäre gespannt gewesen vor Angst, sogar Feindseligkeit, das hatte Buck genau gefühlt. Vier, fünf Männer, die Buck gut kannte, hatten nur sprachlos dagestanden und ihn angesehen. »Dieses russische Projektil ist *unterwegs*?« fragte Buck, sowie Dick die Tür zu seinem Büro schloß.

»Millie hat REPLAY ausgelöst. Gegen eins oder kurz danach, Sir. Der Befehl ist nach Frankfurt gegangen, und Frankfurt hat ihn ausgeführt. Was sollen wir jetzt –«

»Sakrament! Hat Millie den Verstand verloren?« Buck wandte sich zur Tür. »Wo zum Teufel ist sie jetzt?«

»Sir, die Zeit *drängt*! Am besten – und das konnte ich noch mit ein paar Generalen abklären – sagen wir, es sei ein technisches Versehen gewesen oder in drei Teufels Namen ein menschliches Versehen, jedenfalls ein *Versehen*. Und sie möchten bitte das Flugzeug mit der Drohne zurückrufen. Das sollten wir den Russen sofort übermitteln.«

»Ich werde die Russen nicht ›bitten‹«, versetzte Buck Jones mit vorgeschobenem Kinn.

»Die Russen –«, sagte Dick Coombes mit bangem Seufzer, »haben mitgeteilt, das Projektil fliege Philadelphia an. Das wird auch New York in Mitleidenschaft ziehen – vielleicht auch uns hier.«

»Wir fangen es ab. Wozu haben wir Abfangjäger? Testen wir sie mal am Ernstfall. Wurde diese russische Maschine von Satelliten erfaßt? Wird ihre Bahn verfolgt?«

»Von Satelliten, ja, Sir, aber sie fliegt jetzt sehr hoch. Und sie *abzuschießen* – das wäre Fortsetzung des Krieges, wenn Sie verstehen. Denken Sie einen Moment nach, Sir. Am besten sagen wir, die Frankfurter Bombe war –«

Ein seltsam klagender Ton unterbrach Dick Coombes, tief, schaurig, durchdringend. Er wußte nicht, was es war, aber der Präsident wußte es.

»Das ist die Alarmanlage des Weißen Hauses. Atombombenalarm«, sagte Buck. »Ein bißchen voreilig wohl. Dieses russische Flugzeug hat doch kaum Frankreich hinter sich.«

Dick Coombes schluckte. »Es fliegt wahrscheinlich die Polroute, Sir, und kommt von Nordosten. Die Technik hat gesagt, sie will die Alarmanlage testen.«

Türen gingen auf. Klingeln schrillten. Klingeln auf Dicks Schreibtisch.

Generale riefen an und wollten wissen, wer das Kommando habe. Das konnte in den folgenden fünfundvierzig Minuten keiner feststellen, danach auch nicht. Die Nachricht von der anfliegenden sowjetischen Atombombe hatte die Medien im ganzen Land erreicht, und vor allem die Ostküste befand sich in heller Aufregung und Panik.

Buck Jones verlangte eine Minute Redezeit im Rundfunk und Fernsehen, aber sein Sekretär rief zurück und meldete, Rundfunk- oder Fernsehteams kämen nicht zum Weißen Haus durch, da die örtliche Verkehrspolizei den Notstand ausgerufen habe, vorwiegend zum Schutz des Weißen Hauses.

»Gut, dann übermitteln Sie eine Nachricht – von mir«, sagte Buck. »Wir werden diese anfliegende Bombe vernichten. Wir holen sie direkt vom Himmel. Kapiert?«

Man sagte Buck, daß Millie in ihrem Büro sei, und er eilte zur Suite seiner Frau, die aus Vorzimmer, Büro und Schlafzimmer bestand. Dort saß sie und diktierte gerade ihrer Sekretärin Ethel etwas, als Buck anklopfte und eingelassen wurde.

»Ja, ich *habe* den REPLAY-Befehl an Frankfurt gegeben«,

sagte Millie. »Es wird Zeit, daß diese Regierung ihre Würde und Autorität wiedererlangt – und so wird das gemacht!«

Millie war blau wie ein Veilchen, das sah Buck, aber er war selbst so aufgewühlt, daß ihre Zuversicht auf ihn übersprang und er sich gleich schon etwas besser fühlte. »Und Frankfurt hat prompt gehorcht«, sagte Buck. »Aber hör mal, Schatz, wir könnten – könnten *jetzt* noch den Russen sagen, Frankfurt sei ein technisches Versehen gewesen. Dann würden die *ihre* Bombe zurückrufen. Es ist nämlich eine unterwegs. Wußtest du das? Atombombe im Anflug auf Philadelphia.«

»Ja, das hat mir jemand gesagt. Wie zu erwarten. Schick einen Sprengsatz rauf, wenn sie nah genug ist. Bis dahin müssen *wir* aber noch ein paar losschicken. Das wollte ich dir überlassen, Buck.« Millies angespanntes Lächeln wurde ein wenig breiter. Aufrecht saß sie auf dem Sofa, kerzengerade wie zu Pferde. »Geh schon rein und tu's.«

Buck wußte, daß sie den Kontrollraum neben seinem Amtszimmer meinte. Er nickte, nickte auch kaum wahrnehmbar der stummen Ethel zu und machte auf dem Absatz kehrt. »Auf los geht's los«, sagte er über die Schulter.

Jagen Sie eine von München los, hörte Buck sich zwei Minuten später am direkten Draht in dem kleinen Raum neben seinem Amtszimmer sagen. An diesem Telefon klang seine Stimme für ihn selbst recht sonderbar. *Ach, sucht euch das doch selbst aus*, antwortete er gutgelaunt auf die Frage des Generals am anderen Ende: *Welche Ziele sind zu bombardieren?*

Es war jetzt drei Uhr nachmittags. Die Satellitendaten sagten voraus, daß die russische Bombe gegen sieben Uhr auf Philadelphia fallen würde.

»Falls Sie nicht einlenken, Sir«, sagte Dick Coombes. »Die Russen haben ihre Drohne noch nicht ausgeklinkt.«

Gerade jetzt stand John B. Sprague in einer Ecke des Präsidentenzimmers, stumm, den Kopf gesenkt, aber den Blick unverwandt auf Buck Jones gerichtet.

»Wäre das nicht ein Rückzieher?« fragte Buck grinsend. »Wir machen keinen Rückzieher. Wir haben ein *Arsenal.*«

»Die Russen auch«, sagte Sprague. »Kommen Sie, Buck. Eine Minute nachdenken. Eine halbe Minute?« Spragues Bärenfigur im Tweedanzug kam ein paar Schritte näher, und er drohte mit dem Finger. »Wir haben noch zwei, höchstens drei Stunden Zeit, Buck – und mit soviel würde ich nicht einmal rechnen –, um dieses Spiel abzupfeifen. Natürlich würden wir dann auch unsere Bomben zurückrufen.«

»Nanu, John, so schreckhaft? Haben Sie Angst? Meinen Sie, wir wären den Russen nicht gewachsen?«

So ging es noch ein paarmal zwischen Buck und den beiden anderen hin und her, aber eigentlich hatten Dick Coombes und John B. Sprague es schon aufgegeben, den Präsidenten umstimmen zu wollen. Irgendwann hörte Buck Jones einfach nicht mehr zu.

»Eine Freundin von Phippys Frau hat heute zu mir gesagt, ich soll verduften«, setzte Buck noch eins drauf. »Und ich verdufte *nicht.*«

Weiter flogen die Bomben, und Washington und die ganzen USA gingen in Deckung, soweit es Deckung gab. Ebenso Rußland. Europa, das Überfluggebiet, beschwor derweil die Supermächte, den Unfug abzublasen, und hoffte, daß keine der Bomben zu kurz fallen und das eigene Land treffen möge, England, Frankreich oder welches auch immer.

Aber selbst noch um vier, ja fünf Uhr Ostküstenzeit herrschten in New York und anderswo Zweifel und Fragen. War das ernst mit den Bomben, oder drohten Amerika und Rußland nur und wollten sehen, was die jeweils andere Seite tat oder sagte? Weder der Präsident noch Außenminister Sprague hatten den Abschuß der Atombombe bisher offiziell bekanntgegeben. Die Meldungen über fliegende Bomben gaben nur das wieder, was die Journalisten so aufschnappten, die auf den Stufen des Weißen Hauses lungerten und Hinz und Kunz ausfragten.

Um halb sechs erreichte ein nervöser Redenschreiber, Pete White, den Präsidenten in dessen Arbeitszimmer und legte ihm eine achtzehn maschinengeschriebene Zeilen lange Erklärung vor. »Es ist die Bekanntgabe der anfliegenden sowjetischen Bombe oder Bomben, Sir. Die Öffentlichkeit weiß noch nicht, ob sie daran glauben soll – Sie verstehen.«

Der Präsident stand mit Dick Coombes und einem schwergewichtigen Herrn in Generalsuniform über eine große Landkarte gebeugt, die vor ihnen auf einem Tisch lag. Die Whiskyflasche war offen, und der General hielt ein Glas in der Hand. »Verstehe«, sagte Buck und nahm Pete White das Blatt aus der Hand. »Aber den Leuten früher Bescheid zu sagen, hätte nur eine Panik ausgelöst. Jetzt ist der richtige Moment, ganz meine Meinung, live in den Sechsuhrnachrichten. Dann haben die Leute noch etwa eine Stunde, um –«

»Aber Verzeihung, Sir, die Panik ist schon da! Die Highways sind restlos verstopft! ... Ich organisiere sofort die Rundfunk- und Fernsehteams –« Pete White leckte sich über die Lippen. Seine Stimme war heiser.

»Die Leute sollen in die Luftschutzbunker gehen«, sagte Buck. »Millionen Bunker im ganzen Land!«

Pete White biß sich auf die Lippen und wechselte einen Blick mit Dick Coombes.

»Die Bunker könnten vielleicht nicht reichen, Buck«, sagte Dick.

Den General schien die Diskussion zu langweilen; er wollte sich gern wieder der Karte zuwenden.

Gerade öffnete der Präsident den Mund, um Dick zu antworten, als der ominöse Heulton erklang, der Bombenalarm.

»Der ist jetzt *echt*«, sagte Pete White mit gehobener Stimme, damit man ihn hörte. »Die Bombe ist vielleicht schon ganz nah!«

»Ich werde diese Erklärung abgeben. Es ist eine *historische* Erklärung«, sagte Buck mit der tiefen, gebieterischen Stimme, die er auf Kommando draufhatte, wenn es sein mußte. »Lassen Sie die Fernsehfritzen kommen, Pete. Sie auch, Dick! – Entschuldigung, General –?«

»Wyman.«

»Wyman. Entschuldigung, aber was sein muß, muß sein. Ich gebe diese Erklärung ab, dann sehen wir weiter, wo wir die Russkis bombardieren.«

Präsident Buck Jones bestand darauf, von der Treppe des Weißen Hauses zu sprechen, was dem Fernsehteam (es war nur eines durchgekommen) die Ausleuchtung erschwerte. Ein Dutzend Mikrofone wurden dem Präsidenten entgegengestreckt, als er anhob:

»Heute – an diesem historischen Februartag – haben die Umstände die Vereinigten Staaten von Amerika gezwungen, einen Atomschlag der Russen – Tausende Meilen von hier in der Golfregion –, den wir als Angriff auf unsere Interessen sehen, zu vergelten. Mit tiefstem Bedauern haben wir unserer Nuklearbereitschaft bei Frankfurt in Deutschland den Befehl gegeben, eine ebensolche Bombe loszuschicken. Nun aber hat der Feind – wie zu erwarten und von uns vorausgesehen – es für richtig befunden, wiederum eine Bombe auf unseren geheiligten Boden abzufeuern. Mit dieser Botschaft will ich auf die Gefahr hinweisen und allen unseren Bürgern an der Ostküste empfehlen, ihre Häuser und Wohnungen zu verlassen und sich in den nächsten Luftschutzbunker zu begeben oder – falls ein Bunker nicht mehr zu erreichen ist – sich in ihre Keller einzuschließen und einen Vorrat an Wasser und getrockneten Lebensmitteln wie Bohnen, Reis und Milchpulver mitzunehmen. Amerika wird siegen, weil seine Sache gerecht ist. Gott segne und erhalte euch alle.«

Die Regie war perfekt, denn fünf Sekunden später, noch ehe die amerikanische Öffentlichkeit, soweit sie die Ansprache (die ihre schlimmsten Befürchtungen bestätigte) gehört hatte, auch nur »Auwei!« sagen konnte, fiel die Bombe, zwar nicht genau auf das Zentrum des übervölkerten Philadelphia, aber nicht weit daneben. Ein paar küstennahe Schiffe der US-

Navy hatten die Drohne mit Raketen beschossen, aber nicht getroffen.

In Philadelphia kamen Tausende um, verbrannten in Sekundenschnelle, wurden geblendet. Millionen andere schlossen in ihren dahinkriechenden Autos die Fenster, kauerten sich in Todesängsten zusammen und strebten weiter nach Süd- und Nordwesten, nur weg von der lodernden, radioaktiven Metropole. In anderen Teilen der Ostküste standen die Menschen brüllend vor den wenigen Luftschutzbunkern und wenigen Kellern und hämmerten vergebens an die geschlossenen Türen. Die Bunker waren in Berghänge gebaut, manche lagen unter Feldern und Wiesen, aber es gab mehr Menschen als Bunkerplätze, und manche rollten in ihrer ohnmächtigen Wut Steine vor die Bunker- und Kellertüren und hofften, daß die Insassen nie mehr herauskämen. Die Ausfallstraßen von Philadelphia und New York waren übersät von verlassenen Autos, denen das Benzin ausgegangen war.

Natürlich blieb es nicht bei dieser einen Bombe auf Philadelphia. Andere fielen jetzt auf Chicago, San Francisco und mitten auf Texas. Bis 20 Uhr Ostküstenzeit war die UdSSR nämlich von weiteren Raketen aus München und anderswo getroffen worden oder wußte dank seiner Satelliten, daß hochfliegende Bomber sich ihrem Territorium näherten oder Langstrecken-Marschflugkörper im Anflug waren. Von besonnenem Schlag auf Schlag war keine Rede mehr. Keine Seite hielt sich mehr zurück, nur daß beide Seiten sich Teile ihrer Riesenarsenale für die Entscheidungsschlacht aufhoben, sofern es noch etwas zu entscheiden gab, wenn erst die Atmosphäre für Mensch, Tier und Pflanze unerträglich war.

Buck und Millie Jones waren um 18.45 Uhr aus dem Weißen Haus geflohen, wo die Dienerschaft noch Wertsachen in den Keller schaffen mußte, der jedoch für das Präsidentenpaar als zu unsicher galt, denn an der Ostküste waren die feindlichen Angriffe am heftigsten. Die Jones wollten weiter nach Westen. Der Hubschrauberlandeplatz des Weißen Hauses war inzwischen überlaufen von Mitarbeitern des Weißen Hauses, die mit ihren Siebensachen darauf warteten, von ihren Chauffeuren oder Frauen im Wagen abgeholt zu werden, so daß die Präsidentenlimousine mit Fahrer und einem Leibwächter den direkten Weg zum Dulles Airport einschlug.

Eine Motorradeskorte bahnte den Weg, drängte notfalls auch Privatautos aufs Bankett ab, damit der Präsidentenwagen andere auf der ziemlich langen Fahrt zum Dulles Airport überholen konnte. Man hatte den Eindruck, ganz Washington strebe zum Flughafen. Noch rücksichtsloser ging es dann auf dem Flughafen zu, wo blindwütige Menschen in Flugzeuge aller Art zu gelangen versuchten. Der Leibwächter zog die Pistole, stieß einen Schrei aus und bahnte den Weg zu Air Force One, der Präsidentenmaschine, deren Position er dank seines Handfunkgeräts kannte.

Der Präsident samt Gefolge startete nach Cincinnati in Ohio, das für Buck und Millie jetzt einen inländisch-heimeligen Klang hatte. Millie hatte in ihrer Handtasche eine (fast) volle Reiseflasche Whisky, doch langsam setzte Ernüchterung ein. Angstvoll und entschlossen versicherte sie Buck eins ums andere Mal, daß sie und er, daß sie *beide* das Richtige getan hatten. Ein aufmerksamer Steward ließ etwas Sauerstoff in die Kabine, ein anderer servierte ihnen zum Abendessen Filets Mignons.

»Wir hätten vielleicht an Laura Phipps denken und sie einladen sollen mitzukommen«, sagte Buck zu Millie. »Das wird eine schlechte Presse geben.«

»*Waaaas?* Nachdem Laura oder ihre Nachbarin dich vom Grundstück gejagt hat? Soll sie brutzeln!« Millie nahm ihr zweites Filet in Angriff.

In Cincinnati konnten sie nicht landen und mußten eine halbe Stunde kreisen, dann funkten sie hinunter, daß ihnen das Benzin ausgehe (stimmte fast), und wiederholten, der

Präsident und seine Gattin seien an Bord, und so bekamen sie eine Landebahn und bewerkstelligten eine holprige Landung. Anscheinend wollte auch alles aus Cincinnati heraus. In ihrer Angst vor radioaktivem Niederschlag flüchteten die Leute nach Westen. Andererseits war inzwischen eine Bombe auf San Francisco gefallen, wozu also noch nach Westen?

Immerhin gab es dort Staaten wie Nevada, die nicht so bevölkert waren.

Der Präsident und Millie standen im Lärm des Flughafens, Millie leicht pikiert, da es keinen Empfang für sie gab.

»Suchen wir einen Bunker auf – oder bringen wir uns irgendwie sonst in *Sicherheit*!« schrie Millie. »Wer hat hier das Kommando?«

»Ich!« sagte Buck. »He, Sam!« rief er dann dem Leibwächter zu. »Setzen Sie sich mal mit Dick Coombes in Verbindung!«

»In – wo finde ich ihn denn, Sir?« fragte Sam.

Der Präsident versuchte nachzudenken, vergebens. »Können wir ihn nicht von Air Force One über Funk erreichen?«

Sam verzog das Gesicht. »Ich würde nicht zum Flugzeug zurückgehen wollen, Sir! Das Vorfeld wimmelt von Leuten!«

»Dann besorgen Sie einen Wagen!« sagte Buck. »Sie haben doch eine Pistole.«

Sam zog wieder seine Pistole aus dem Schulterhalfter und bahnte ihnen den Weg zu einer Tür mit der Aufschrift TAXIS – BUSSE. Immer noch mit vorgehaltener Waffe überredete er einen Taxifahrer (der sagte, er wolle nach Hause), sie aufzunehmen. Dann befahl er ihm, zum nächsten Luftschutzbunker zu fahren.

»*Luftschutz*bunker!« sagte der Fahrer. »Hier gibt's einen, ein paar Kilometer von hier, aber der ist gerammelt voll und abgeschlossen, das kann ich Ihnen gleich sagen, denn ich hatte schon ein paar Fuhren dahin. Den können Sie vergessen.«

»Gibt's noch andere?« fragte Sam.

Er wisse von keinem, sagte der Fahrer, und Sam und Buck

beschlossen, es bei dem vollen Bunker zu versuchen und sich notfalls mit Gewalt Eingang zu verschaffen.

»Wäre ein Hotel nicht viel bequemer, Buck?« fragte Millie.

»Wir dürfen kein Risiko eingehen«, sagte Buck. »Dies ist ein Notstand.«

Das Taxi kam nur langsam voran, denn es fuhr gegen den Strom zum Flughafen an, der auf die falsche Fahrbahn überschwappte. Dann mußte der Fahrer tanken.

»Ich kann euch nicht mehr als fünf Liter geben«, sagte der Tankwart. »Eine Bombe soll hierher unterwegs sein, und wir müssen gerecht gegen alle sein.«

»Im Fond sitzt der Präsident der Vereinigten Staaten«, sagte der Leibwächter, der ausgestiegen war.

»Ach ja? Der Typ, der zurückgeschossen hat –?« Der Tankwart, ein erschöpft wirkender Mann um die Dreißig, hängte die Zapfpistole ein und starrte durchs Taxifenster. »Ihr kriegt fünf Liter wie alle andern. Und hol euch der Teufel für die Ballerei –«

»Wir haben *zurück*geschossen!« rief Millie durch einen kleinen Fensterspalt. »*Rußland* hat angefangen –«

»War nicht Rußland! Das haben sie in den Nachrichten gesagt. War irgend 'n anderes Land mit 'ner Bombe, die *wir* ihm gelassen haben. Kann jetzt nicht lange rumstreiten, meine Frau ist im Stadtkrankenhaus und kriegt 'n Kind, sonst wär ich nicht hier. Ihr kriegt eure fünf Liter und könnt euch zum Teufel scheren!«

»So reden Sie nicht mit dem Präsidenten!« sagte Sam, der Leibwächter, und schob das Kinn vor. Er war breit gebaut und zudem einen halben Kopf größer als der Tankwart.

»Ist mir schnurzegal!« versetzte der Tankwart, die Zapfpistole wieder in der Hand. »Ich kann dir und dem Präsidenten die fünf Liter auch ins Gesicht geben, wenn euch das lieber ist!« Damit riß er wütend den Tankdeckel herunter und ließ das Benzin laufen, den Blick auf das Zählwerk hinter sich. »Zu zahlen braucht ihr nicht, stopft euch das Geld sonstwohin.«

Knapp zwei Kilometer weiter kamen sie an einer geschlossenen Raststätte vorbei. Sie hatten alle Durst auf reines Leitungswasser. Kurz vor drei Uhr morgens erreichten sie den Luftschutzbunker, der unter einem Acker links neben der Straße lag, nur eine leichte Erhebung im Boden, leicht zu übersehen, nur daß jetzt ein paar Lagerfeuer rundherum brannten, an denen Menschen saßen, wie Indianer in Decken gehüllt.

»Die machen nicht auf«, sagte ein in der Hocke sitzender Mann zu Sam. »Nein, Sir, nicht mal für den Präsidenten, denn das Ding ist schon überfüllt.«

»Erst *recht* nicht für den Präsidenten«, sagte einer.

Andere lachten. Whisky schien reichlich zu fließen.

Sam ballte die Fäuste und hämmerte brüllend gegen die zwei geschlossenen, schräg gegen den Boden geneigten Türen. Es waren Stahltüren wie vor einem Banktresor. Als von drinnen keine Antwort kam, gab er es auf.

»Versucht's mal 'n Stück weiter die Straße runter!« rief eine junge Männerstimme, worauf die Frauen vor Vergnügen kreischten und die Männer dreckig lachten.

»Wo soll das sein?« fragte Sam.

»Da unten, gut zwei Kilometer. Rechts von der Straße«, sagte jemand anders. »Das is aber 'n *Atom*bunker! Ha!«

»Jippiiieh!« Irres Lachen von allen Seiten.

Sam war skeptisch, befahl aber dem Fahrer, in die bisherige Richtung weiterzufahren, denn dahin hatten die Leute am Lagerfeuer gezeigt. Ein paar Laternen an Pfählen kennzeichneten die Stelle. Hier liefen fünfzig bis sechzig Leute durcheinander und hielten ihre Feuer in Gang, während andere sich mit Hacken und Schaufeln von der Seite in einen Hügel hineinzugraben schienen. Der Präsident war mit dem Kopf auf Millies Schoß eingeschlafen. Sam stieg aus, müde, hungrig und durstig, aber immer noch in besserer Verfassung als der

Taxifahrer, der über seinem Lenkrad zusammengesunken war. Lichtpünktchen krochen über den schwarzen Himmel, Flugzeuge aller Größen mit allgemeiner Richtung Westen.

»Hast du ’ne Hacke oder Schaufel?« scholl es Sam zur Begrüßung entgegen.

»Nein. Ist das hier ein Luftschutzbunker?«

»Haha! Angeblich ja, Mann, aber es ist ein Atom*abfall*bunker!«

»Und wir sind wieder mal die Dummen!« schlurrte eine Frauenstimme.

»Was grabt ihr denn dann hier? Eine Höhle?« fragte Sam, um gut Wetter zu machen, denn die Leute hatten zu essen und zu trinken bei sich. »Vielleicht können wir helfen.«

»Wir graben hier, weil der Boden halbwegs locker ist, aber dauernd stoßen wir nur auf Stahlkisten und Beton –«

»Und Radioaktivität womöglich«, rief ein Mädchen.

»Aber vielleicht weniger Radioaktivität, als wir demnächst auf den *Kopf* kriegen!« sagte eine Männerstimme, und das wurde mit lautem Lachen quittiert, das leicht betrunken klang.

Sam zögerte, dann fragte er: »Habt ihr etwas Wasser übrig? Nur einen Becher voll? Wir sind zu viert und schon –«

»Geht nicht, Kumpel, und jetzt verpiß dich!« Ein rothaariger Bursche, von dem im Strahl einer Taschenlampe nur der Oberkörper zu sehen war, kam auf ihn zu. Er war jung und böse. »Ihr kommt im Taxi hier an und wollt von *uns* Wasser. Das hier ist unser Loch. Nur wer gräbt, darf rein.«

»Haut ab! ... Verduftet! ... Wir brauchen keinen mehr!«

Ein Stein, so groß wie ein Tennisball, flog Sam gegen die Brust, und er machte kehrt und ging so schnell, wie er im Dunkeln konnte, zum Taxi zurück.

»He, *guckt* mal! Das *ist* sie, oder nicht?«

Die Stimme hinter ihm klang so aufgeregt, daß Sam stehenblieb und sich umdrehte, und sofort sah er es, ein Gleißen wie ein silberner Mondaufgang, mit einem intensiveren Lichtstrahl genau in der Mitte. Sam rannte jetzt zum Taxi.

Buck Jones, einen Ellbogen auf dem Rahmen, sah aus dem Fenster und grinste. »Herrlich, was?« meinte er zu Millie. »Und wie er immer größer wird! Denen werden wir's zeigen!«

»Aber die ist von *denen*, nicht von uns, Buck«, sagte Millie.

»Nichts zu wollen hier!« sagte Sam und tippte dem Fahrer gegen die Schulter, um ihn zu wecken. »Fahren wir weiter.«

Sie fädelten sich wieder in die langsam dahinkriechende, wütende Autoschlange ein und passierten eine weitere dunkle, geschlossene Raststätte. Dann ging ihnen das Benzin aus. Ein paar Meter noch stotterte der Wagen weiter und blieb stehen. Andere Autos stießen sie von hinten an und weckten den Präsidenten, der wieder eingeschlafen war. Auch Millie schlief jetzt fest. Buck Jones bat den Fahrer, im Radio die Nachrichten einzuschalten. Der Fahrer versuchte es. Sie rollten jetzt sogar langsam weiter, von Autos neben und hinter ihnen geschoben, doch die nachfolgenden Fahrer brüllten sie an, sie sollten gefälligst die Straße räumen.

»Das Radio ist tot, Mister«, sagte der Taxifahrer, und im selben Moment rammte ein schwerer Wagen das Taxi von links, daß es in den Straßengraben rutschte und auf die rechte Seite kippte. Der Highway war nicht beleuchtet, und drei Autos folgten dem Taxi nacheinander in den Graben. Präsident und Gefolge wurden unter den ersten anderthalb Wagen, zusammen fast zwei Tonnen Stahl und brüllende Leiber, begraben und fanden einen langsamen, qualvollen Tod in Blut und Tränen.

Ehe der Morgen graute, war der Himmel über Amerika und der ganzen gemäßigten Zone der nördlichen Halbkugel von einem blassen Purpurrot, darin silbrige Wolken wehten und wogten, emporstiegen und niedersanken. Die farbige –

tödliche – Atmosphäre war von eigener Schönheit, als sie sich in langen Schlieren langsam über die südliche Halbkugel schob und Millionen vor ihr zum Südpol flohen. Wackere kleine Satelliten umkreisten weiter die Erde oder standen über ihr still, als wäre nichts geschehen, und schossen Bilder und schickten sie erdwärts, wo keiner mehr lebte oder sie empfangen konnte, von ein paar einsamen Militärstützpunkten im Südpazifik abgesehen. Künstler hatten in der Vergangenheit solche Bilder gemalt, Hieronymus Bosch, Max Ernst, wenn man so will auch Tanguy.

Die Menschen auf der Südhalbkugel, sofern sie nicht flohen, sammelten sich in kleinen und großen Gruppen (bis zu mehreren hundert), versuchten Lebensmittel gerecht zu teilen, riefen zu Mut und Hoffnung auf (das machte die Kirche gut), was sich ganz gut anhörte, auch wenn neun von zehn Rednern, berufenen und unberufenen, selbst kein Wort von ihren Reden glaubten. Der rotierende Erdball war jetzt ganz und gar von Radioaktivität übersättigt und hielt sie mit seiner Schwerkraft fest. Winde wurden weniger und schwächer – der allerletzte Fluch.